顔
高すぎて
目が痛い

3

暁晴海 Illust. 茶乃ひなの

TOブックス

contents

Kono Sekai no Ganmen Hensachi ga
takasugite Me ga itai.

イラスト ● 茶乃ひなの　デザイン ● 世古口敦志＋前川絵莉子（coil）

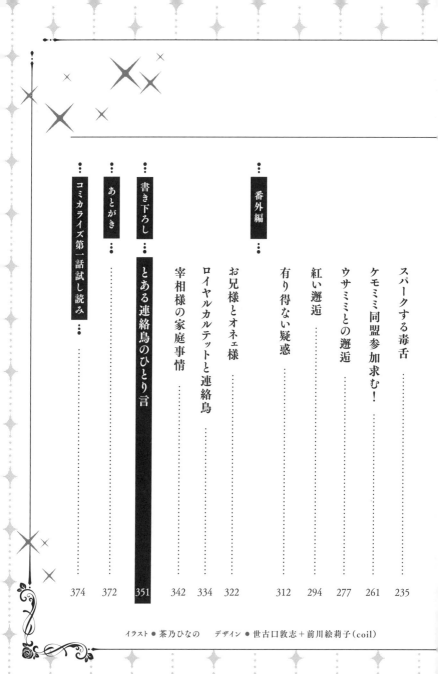

Character

エレノア・バッシュ

超女性至上主義の世界に転生した、恋愛経験ゼロの喪女。
顔面偏差値が高すぎる兄達に傅かれて奉仕される事には、いまだに困惑している。

オリヴァー・クロス

エレノアの兄であり、婚約者。優しく、眉目秀麗で、知力、魔力、思慮深さは他に追従を許さず、全てにおいて完璧。エレノア一筋で、他の女性には目もくれない。

クライヴ・オルセン

エレノアの兄。婚約者で、専従執事でもある。剣技や武術に秀で、魔力量もずば抜けている。怜悧な美貌を持つが、エレノア以外の女性全般が苦手。

セドリック・クロス

クロス子爵家の次男。『土』の魔力保持者で、エレノアの婚約者。

アシュル・アルバ

アルバ王国の第一王子。全属性の魔力と甘やかな美貌を持ち、文武両道のザ・王子様。女性への気遣いや扱いも完璧。

ディラン・アルバ

アルバ王国の第二王子。魔力属性は『火』。攻撃魔法や剣技に特化している。

フィンレー・アルバ

アルバ王国の第三王子。魔力属性は『闇』。

リアム・アルバ

アルバ王国の第四王子。魔力属性は『風』。強力な魔力量を持つ。

序章

宣戦布告と嫉妬

父様が本来の目的（夜会を途中退場した事へのお詫び）の為、国王陛下方によって連行された後、アシュル殿下とリアムと共に、私が鼻血を出して倒れた理由（捏造の方）や、聖女様のツンデレ疑惑についての会話をしていた訳なんですが……。

「はい、エレノア。こっちもどうぞ。あ、チョコレートの方が良かった？」

「い、いえ。どれもこれも、結構なお味で……」

その流れで、何故か今現在、アシュル殿下にお菓子を食べさせられまくっております。

しかも「はい、あーん♡」ですよ⁉　恐れ多くて味があんまりしません！　これって一体、何の拷問なんですか⁉

……って、ちょっと侍従の方々！　わんこソバ状態で、お菓子のお代わり追加するのはやめてください！

そんなこんなで、ティースタンドに乗ったお菓子の半分近く（いや、追加されまくったから、多分ほぼ全部）を食べさせられた頃。ようやくといった様子で、父様がサロンへと現れました。

「エレノア……無事？」

「と……父様！」

どうなさったんですか⁉　覇気も生気も枯れ果てたって顔をなさっていますよ⁉

あっ！　さっきまで無かった白髪発見！　……って、あれ？

父様の後ろに立っている男性は……？

「ほう。貴方がエレノア嬢ですか。お初にお目にかかります、私はこの国の宰相を務めさせていただいております、ギデオン・ワイアットと申します」

私は慌てて席を立ってお辞儀をしようとしたが、ワイアット宰相様は、そんな私をやんわりと制止する。

「よろしいのですよ。聞けば不調で倒れられたばかりとの事。そのままで結構です」

そう言って優しく微笑んだ、長身で初老のナイスミドル（顔がいい感じにぼやけてます）に、私は恐縮しながら頭を下げる。

「ワイアット宰相様、初めまして。アイザックの娘のエレノアです。座ったままでの非礼、どうぞお許しくださいませ」

「これは丁寧に。ようこそ王城へ。体調が万全ではない中、バカ弟子の仕出かしによるくだらぬ用事で、こんな所までご足労おかけしてしまい、大変申し訳なく思っておりますよ。この城の者を代表しまして、心よりお詫び申し上げます」

そう言って頭を下げたワイアット宰相様に、私は慌てて立ち上がると、負けじとばかりに深々と頭を下げた。

「も、勿体ないお言葉です。こちらこそ父の振る舞いにより、多大なるご迷惑をお掛けしてしまいました。娘として深くお詫び申し上げます！」

私の言葉を受け、ワイアット宰相様が、「ふ……」と優しく微笑まれた。(気がした)

「成程……。お噂には聞いておりましたが、アイザックの娘にしておくには勿体ない程の良いお嬢さんだ。是非とも私の娘か孫になっていただきたいくらいですよ」

「そんな事しやがったら、末代まで呪って祟るぞクソジジイ‼」

とうさまー！　不敬ー‼　と叫ぶ間も無く、ワイアット宰相様の額に幾つもの青筋が立った。しかも、今すぐぶち切れそうなぐらいにクッキリと。

「アイザック、貴様ー‼　まーだ叱られ足りないようだな⁉　今すぐ陛下方の元に戻って、今度は鉄拳制裁付きで説教してやろうか⁉　陛下方もさぞお喜びになる事だろう‼」

「くっ！　何という鬼畜な……‼」

「そう思うんだったら、余計な口をきかずに黙っておれ！　このバカ弟子がっ‼　……ああ、失礼しましたエレノア嬢。淑女に大変お見苦しい様をお見せしてしまいましたね」

「い……いえ……そんな……」

私に顔を向けた途端、先程までの鬼の形相(多分)を、瞬時に好々爺へと変貌させたであろうワイアット宰相様に引き攣り笑いを返しつつ、思わず足がガクブルしてしまう。

そしてだが、私が知らなかった父様の知られざる顔にもビックリだ。

なんか父様、家ではにこにこホヤホヤしたおとぼけキャラだったのに、王宮《ここ》では逆に、やんちゃキャラになっちゃうだなんて……。

それだけ王宮《ここ》が戦場だって事なのか。はたまたこれが父様の地だったのかは分からないけど、私としてはどっちの父様も父様だし、やんちゃキャラ……凄く魅力的に見える。

ひょっとして母様に対しても、こんな感じにやんちゃキャラなのかな？

だとしたら、まさかの父様のギャップ萌え！　なんかちょっとドキドキするな！

「聞けば私の孫のマテオとも仲良くしていただいているとの事。重ねて感謝致しますよエレノア嬢。あの子はちょっと……いや、だいぶ性格がアレなもので、友人と呼べる者が少なくてですな。至らぬ孫ですが、これからも仲良くしてやってください」

「え？　はっ！　あ、いいえ！　こ、こちらこそ……マテオとは色々と……はい」

ワイアット宰相様のお言葉に、我に返った私は慌てながら、曖昧に笑って誤魔化した。

だってまさか、会えば軽口たたいたり、小喧嘩ぶちかましております……なんて言えませんよ。

それにマテオにとって、私は憎い恋敵だろうから、仲良くしたいなんて思ってもいないだろうしね。

しかしこの方、父様の事を「バカ弟子」って言ったり、王族への謝罪を「くだらぬ用事」なんて言い切っちゃうあたり、かなりの猛者とお見受け致しました。

あ、リアムとアシュル殿下が「兄上。俺、ワイアットのあんな笑顔、初めて見ます」「ああ。僕も見るのは久し振りだ……」なんてコソコソ言い合っていますよ。

父様もジト目で睨んでいるし、ワイアット宰相様……。貴方実は、王宮を牛耳る裏ボスという設定なのでしょうか？

「さて、では王宮の外までお見送り致しましょう。国王陛下と王弟殿下方は、生憎これから仕事がありましてね。エレノア嬢にはくれぐれも宜しくと仰られておりました」

「か、過分なお言葉を頂戴しまして……。あの、こちらこそ、有難う御座いましたとお伝えください」

「はい、お伝えしますよ。ああそうそう、「用事がなくともいつでも遊びに来るように」とも言付かっております」

「なっ!? そ……いたっ!!」

何か言おうとした父様の頭を、すかさずワイアット宰相様が鷲掴んで黙らせる。

私は汗を流しながら「お心遣い、有難う御座います」と頭を下げたのだった。


そうして私、父様、ワイアット宰相様、そしてアシュル殿下とリアムが近衛達を引き連れながら、ゾロゾロと正門に向かって回廊を歩いて行く。

私はチラリと斜め横を歩くリアムの様子を窺う。

すると、口元が固く一文字に閉じられていた。……うん、明らかに拗ねているな、これは。

なんせ私、途中からはアシュル殿下とばかり喋っていたし、最終的にはアシュル殿下にお菓子食べさせられまくって終了だったしね。そりゃあ拗ねもするだろう。

私はススス……と、さり気なくリアムの傍に行くと、こっそり声をかけた。

「リアム」

「……なんだよ？」

うわぁ……目を合わせようともしない。

しかも凄く不機嫌声。こりゃ相当怒っているわ。

まあね、友達が家に遊びに来たのに（実際は遊びにきた訳ではないけど）、ずっと自分の兄弟とばかり話していたら、私だって気分は良くないだろう。

……う〜ん……何か話題をふるか。でも何を話せば……あ！　そうだ！

「ねえ、リアム。リアムって空飛べる？」

「――は？　何だよ唐突に」

いきなりの私の質問に、リアムが（多分）困惑顔でこちらを振り向く。

「うん、あのね。『風』の魔力が強いと空を飛べるって、ある人から聞いたの。だから、リアムは飛べるのかなー？　って思って」

「え……。いや。そもそもそんな事、考えた事もないが……」

「そっか。出来ないのかー」

残念。リアムが飛んでいるところ見たかったのに。きっと風の妖精みたいで素敵だったろう。

「いや、まぁ……。父上とかに聞けばひょっとして……。父上も強い『風』の魔力をお持ちだから」

「本当!?　じゃあ、もしも飛べるかもだったら教えてね!?」

「……エレノア。もしさ、俺が空飛べるようになったら……お前も飛んでみたいか？」

「えっ!?　私も飛べるの？」

「ああ」

「本当!?　うん！　飛ぶ飛ぶ！」

「そうか。じゃあ俺が飛べるようになったら、一緒に飛ぼう。……約束だからな？」

「うん！」

「お前の兄達やセドリックがダメだと言っても、絶対一緒に飛ぶんだぞ？」

「……うん？」

「よし！　約束だからな！」

リアムは口角を上げ、満足そうに頷く。

どうやら機嫌は直ったようだけど、なんか最後の台詞、引っかかるな。

……お察しの方も多いと思うが、リアムと私の『一緒に飛ぶ』の認識はまるで違っていて、リアムが必死に努力した結果、本当に飛べるようになった時、その認識の違いに青褪める事になるのだが、それは後々の話である。


やがて王宮の正門へとやってくると、バッシュ公爵家の馬車の前で、オリヴァー兄様とクライヴ兄様が立っているのが見えた。

二人は私と父様の姿を確認し、ホッとしたように表情を緩める。

そして同じく、馬車の御者席に座って私達を待っていたメル父様とグラント父様は、ワイアット宰相様を見て「げっ！」と顔を引き攣らせた。

「ふん。馬鹿三人組の、残り二人がこんな所に居たか。……貴様ら、堂々と仕事をサボっているとは、見上げた根性だな!?」

再び青筋を立てたワイアット宰相様のお言葉に、メル父様とグラント父様の目が泳ぐ気配がする。

うわぁ……。父様方、揃ってワイアット宰相様が苦手なんだ。

あの「恐いもの無し」って感じのグラント父様までもが、バツの悪そうな顔しているっぽい。なんか凄い新鮮！

「やあ、クライヴ。それにオリヴァー」

「アシュル……」

「アシュル殿下。ご機嫌麗しゅう……」

バチィ！　と、物凄い火花が散った……気がする。

アシュル殿下も兄様方も、表情は（多分）穏やかそのものなんだろうけど、兄様方は雰囲気が真面目に恐い。しかもなんか、周囲の空気も滅茶苦茶重いし……うう……恐いよぉ……！

「二人とも、そんな恐い顔して待機していなくても良かったのに。心配しなくても、エレノア嬢はちゃんと返すつもりだったんだから。……今はね」

ん？　殿下……『今はね』って一体……？

ひぃっ！　オリヴァー兄様の背後から暗黒オーラが噴き上がった！

ああっ！　し、しかもクライヴ兄様の背後には夜叉がっ!!

「それじゃあね、エレノア嬢。また近いうちにお会いしましょう」

「あ、は、はいっ！　……あの、今日は本当に有難う御座いました」

「いいえ。僕もリアムも、とても楽しい時間を過ごせました。感謝します」

そう言って、アシュル殿下は私の手を取ると、なんと手の甲に口付けた。

「――――ッ⁉」

ボンッ！　と、一気に顔から火が噴く。

それと同時に、凄まじい殺気が兄様方から放たれ、それを受けた近衛騎士達がアシュル殿下を守るべく、一斉に兄様方の前に立ち塞がった。

「お前達、止めろ！　今のは兄上が悪い‼」

リアムの鋭い一喝に、近衛騎士達は剣の柄にかけていた手を降ろし、後方へと下がった。

そうしてリアムは、真っ赤になって頭から湯気を出している私をアシュル殿下から引き離すと、何かもの言いたげに私を見つめた後、私の手をギュッと握った。

「それじゃあ、また学院で！」

「う……うん……」

「エレノア。さ、帰ろう」

すかさず、父様が私の肩を抱いて馬車の方へと急いで向かった。

「エレノア！」

待ち構えていたオリヴァー兄様が、父様を突き飛ばす勢いで私に近寄るとギュッと抱き締め、間髪入れずに横抱きにする。

「ひゃあっ！」

いきなりの事に悲鳴を上げ、あわあわと動揺する私に構う事無く、オリヴァー兄様は私を横抱き

にしたまま、馬車へと乗り込んだ。

「エレノア……！」

「にいさま……んっ！」

馬車に入った途端、オリヴァー兄様に口付けられてしまう。

――って、兄様ー！　ま、まだ馬車の扉、閉めてません！　お、おち……落ち着いてくださいっー

◇◇◇◇◇

そんな感じに馬車の中、エレノアが必死に足をジタバタさせているのを見ていたアシュルが、クライヴに呆れ顔を向けた。

「クライヴ。あれ、止めてあげたら？　エレノア嬢、物凄く嫌がっているけど？」

「誰のせいだ！　誰の!?　そもそもお前が俺達を挑発しなけりゃ良かったんだよ！　あのカッコつけしいは、一旦火が点くと地が出るんだ！　お前もそれ、薄々分かっていただろーが!?」

「だから在学中、いつも言っていたのにねぇ。君や僕のように、正直に生きる方が楽だよって」

「お前が、いつ！　正直に！　生きていたんだ!?」

「君達の前では、割と正直だったけど？」

「……本気なのか？　お前」

互いに睨み合った後、フッとクライヴが表情を無くす。

「……だったらどうする？」

「決まっているだろう。俺達からエレノアを奪おうとする奴は、誰であろうと迎え撃つ！　……それがたとえ、王族《お前》であってもな」

「ふふ……。クライヴらしいね。安心するといい。僕もリアムも『王家特権』を使う気は全く無いから。それに、決めるのはあくまでエレノア嬢だしね」

「……」

「まあ、そういう事だ。これからは僕達と君達とで、正々堂々戦おうじゃないか。この国に生まれた男としてね」

暫し互いに睨み合っていた二人だったが、クライヴが「はーっ……」と盛大に溜息をついた。

「……ったく……。だからお前にエレノア会わせんのヤだったんだよ！」

「じゃあやっぱり、お茶会でのエレノア嬢のあの演技は、僕達に対する虫除けだったたって訳か」

無言で肯定するクライヴに、アシュルは苦笑した。

「それはお気の毒様としか言えないね。でもエレノア嬢がエレノア嬢である限り、こうなる事は不可抗力だったんじゃない？　寧ろお互い、今後の事を考えた方がいいかもね。……これ以上増えないように」

「……それが出来りゃあ、苦労しねぇよ！」

「確かに……」

ここで初めて、アシュルが同情の眼差しをクライヴへと向けた。

今後クライヴ達の苦悩は、まんま自分自身にも適用されるのだ。

あの無自覚タラシなご令嬢は、放っておけば誰かれ構わず虜にしてしまいかねない。

見ている分には面白いのだろうが、当事者になってしまった今となっては、全くもって笑えない。

「……兄上、クライヴ・オルセン。お話し中悪いけど、そろそろあれ止めないと……エレノア、窒息するんじゃないか？」

リアムの言葉を受け、二人揃って馬車に目をやると、ジタバタ暴れていたエレノアの足がピクピクと痙攣しだしている。

「わーっ!!　オリヴァー！　ストーップ!!　ストップだ!!　エレノアー！　しっかりしろ!!」

慌ててクライヴは馬車に飛び込むと、そのまま扉を閉めた。

微かに聞こえる怒鳴り声。

そして馬車が滅茶苦茶揺れまくっているのを、アシュルがリアムと近衛騎士達共々、汗を流しながら見つめる。

そしてその横でワイアットが、「丁度いい！　お前らさっさと自分の仕事場に戻れ！　御者なら別のを付けてやるから安心しろ！」と言いながら、バッシュ公爵、クロス魔導師団長、オルセン将軍を引き摺って王城に戻ろうとしているのが見えた。

――そういえば確か、あの三人が王立学院在学中、唯一頭が上がらなかったのが、特別講師として王立学院に在籍していたワイアット宰相だった……と聞いた事があったな。

成程。今でもその力関係は変わらないと言う訳か。

「……まあ、父上達も頭が上がらないんだから、そりゃそうだよね」

ちなみに自分達も、何かやらかすたびに盛大に雷を落とされたものだ。……鉄拳制裁付きで。

しかし、あのワイアット宰相にあそこまで気にいられるとは……。本当に、エレノア嬢は凄い。

あのオリヴァーとクライヴが溺愛し、誰の目にも触れさせないように画策してきた理由がよく分かる。

「……兄上。抜け駆け無しですからね」

拗ねたような声に振り向くと、そこにはしっかりと男の顔をしたリアム《弟》が自分を見つめていた。

「それは分からないよ？　いくら可愛い弟でも、男として譲れないものはあるからね」

途端、顔がむくれたようになるリアムを見て、こういう所はまだまだ子供だな……と、不覚にもほっこりしてしまう。

「……まあでも、ここは共闘しようか。なんせ戦うべき相手が手強《てごわ》過ぎる。今の状態は、圧倒的にこちらが不利だからね」

そう。自分達が戦うべき恋敵《ライバル》達は、本当に強力極まる相手ばかりなのだ。

クライヴには『王家特権』を使わないと言ったが、正しくは『使えない』が正しい。

なにせ使ったが最後、王国が内乱状態になる程の大惨事になる事は確実なのだから。

それゆえに父上方のスタンスも、あくまで「自分達の力で何とかしろ」である。

だから自分もリアムも、王家の者としてではなく、一個人の男として愛しい女性を得る為、正々堂々彼らに戦いを挑んだのだ。

オリヴァーやクライヴ、そしてセドリックも。必ずこの戦いを受けるだろう。

だって彼らも自分達も、この国の男なのだから。

——この国の男は、真に愛する女性を得る為なら、どんな戦いも苦労も厭わないのが売りだから。

……そう、僕達の父親達のように。

「ひとまず、父上達に報告と……エレノア嬢の愉快な考察を教えてあげようかな」

何とか出発した馬車を見送りながら、アシュルはポツリとそう呟いた後、小さく笑った。

◇◇◇◇◇

「ったく！　お前って奴はー!!」

「……ごめん、クライヴ」

怒り心頭のクライヴの腕の中には、あわや窒息寸前で救出され、ぐったりとしているエレノアの姿があった。

「ク……クライヴ兄様……。私、もう大丈夫です。だからもう、オリヴァー兄様をお叱りになるのはやめてください」

「……」

「クライヴにいさま?」

黙り込んでしまったクライヴを、エレノアが不思議そうに見つめる。

するとクライヴが苦しそうに「は〜〜〜っ！」と長く深い溜息を落とした。

「……マジで拷問……」

「は？」

「何でもねぇ！」

エレノアを腕に抱いたまま、プイッと顔を背けてしまったクライヴの態度に、エレノアは首を傾げた。

ちなみにだが、この時のエレノアの状態はというと……。

まず眼鏡はしっかりと外れている。そしてオリヴァーの全力の口付けに必死で抵抗した為、髪も服もやや乱れ、酸欠その他でぐったりとしてしまい、その表情は、やや気怠げだ。

そしてとどめとばかりに、オリヴァーによって散々嬲られた唇は、いつもの桜色ではなく、少しぷっくりと膨れて煽情的に赤く濡れていて……。

つまりは、そんな状態で上目遣いに見つめられてしまえば……。

まあ、クライヴも健康で血気盛んなお年頃な訳で……。言われなくても察しろよな状態になってしまった訳なのである。

「……オリヴァー……。もう、暴走すんなよ？」

そう念を押しながら、クライヴはエレノアをオリヴァーへと渡した。

本当は渡したくなどなかったのだが、今この状況をエレノアに悟られるのは不味い。

オリヴァーはクライヴの言葉にコクリと頷くと、そっと壊れ物を扱うように、優しくエレノアを抱き締めた。

「……御免ね、エレノア。つい前後不覚になっちゃって……」

普段の自信に満ち溢れた態度など欠片も無く、ただただ、自分のやらかした事を恥じ入るように、深く項垂れているオリヴァー。

その姿には、先程までの激情は欠片も見られなかった。

「……父様もそうでしたけど……。オリヴァー兄様も、我を忘れて荒ぶる事があるのですね……」

「何だ？　公爵様、なんかやらかしたのか？」

クライヴの言葉に、エレノアはコクリと頷く。

「え～と……。はい、実は……」

◆◆◆◆◆

私が王城での父と国王陛下とのやり取りを説明すると、「マジか……公爵様……」と、クライヴ兄様は天井を仰いだ後、溜息をついた。

「あのな、エレノア。『火』の魔力属性持ちってのは、基本激情型なんだ。オリヴァーも公爵様も『火』の魔力持ちだろ？　だから普段がいくら温厚で穏やかそうに見えても、一旦激高したりすると、ああなるんだよ」

「えっ！　そうなのですか!?　……で、では……。父様、あれが『素』なのでしょうか？」

「いや、『素』はあくまで、いつもの公爵様だと思うぞ？　基本、優しくて穏やかな方だしな。オリヴァー《こいつ》は……ちょっと良いカッコしいというか……。メル父さんに鍛えられて、忍耐力が半端ないから、いつも穏やかでいられるというか……」

「は、はあ……」

「まあ、こんだけ地が出るのは、エレノアに関してだけだけどな」

な、成程……。つまりはたまに見る子供っぽい一面や、さっきの恐ろしいまでに強引で苛烈な兄様が、『素』の兄様なのか……。

そういや同じ『火』の魔力属性なメル父様も、見た目の優雅さに反して自分の欲望に忠実だし、割といちいち過激な言動しているしな。

ひょっとしなくても兄様、父様を反面教師にして、あの穏やかさを手に入れたのかもしれない。

「エレノア。僕の事……嫌いになった？」

不安そうに問い掛けてくるオリヴァー兄様に、私は精一杯の笑顔を向けた。

「大丈夫です、オリヴァー兄様。たとえどんな目にあったって、私……それが兄様だったら、絶対嫌いになんてなりません。ずっと、ずっと大好きなままです！」

そう。結局のところ兄様は兄様だし、根っこの優しい所は変わらない。

それに一番最初に私を愛し、転生者である事や、何もかもを躊躇も無しに受け入れてくれたのはオリヴァー兄様だ。

私がこの人を嫌いになる事など、きっと一生涯有り得ないだろう。

「――ッ!!」

エレノアの言葉を受け、瞬時にオリヴァーの顔が真っ赤になった。ついでにクライヴの顔も赤くなる。

――い……今、この状況で、それ言うかー！！？

オリヴァーとクライヴの心の叫びが一つになった。

それもその筈。

初潮を迎え、もうじき十三歳になろうとしているエレノアは、本当に徐々にではあるが、あどけない少女から脱皮し、大人の女性へと成長していっているのである。

そんな愛しい少女が、まるでアレコレ致した後のような、しどけない姿（？）で、「どんな目にあわされても嫌いません」なんて言ってくれたのだ。これで奮い立たない男など、この世に存在するだろうか？　……いや、きっといない。

多分間違いなく「本当に!?　じゃあ遠慮なく！」となる筈だ。うん、絶対そうなる。

「ク……クライヴ……ちょっと……替わってくれる……？」

「ま……待て！　もうちょっと待て！　折角気持ちが鎮まってきたのに……また……！」

エレノアは、挙動不審な兄二人を汗を流しながら見つめた後、「よいしょ」と気合を入れて身を起こし、オリヴァーの横に距離を取って腰かけた。

多分今、自分は彼らから離れた方がいいのだろう。よく分からないがそんな気がする。

そう心の中で呟きながら。

その後暫く、無言で馬車の振動に身を委ねている内に、段々と睡魔が訪れてくるのを感じ、エレノアは小さく欠伸を漏らした。

まあ、それはそうだろう。

幽体離脱して精神攻撃&身体攻撃（？）を食らい、とどめに王宮謝罪行脚である。

しかも、アシュルの意味不明なお菓子食べさせ攻撃を受けたのだ。そりゃあお腹も一杯だし眠くもなる。

ウトウトしながら、前のめりになったエレノアの身体をクライヴがそっとキャッチし、抱き上げると、自分の膝の上に乗せて優しく抱き締めた。

すうすう……と、小さく聞こえる寝息に愛おしさが湧き上がってくる。

だがすぐに、その表情が険しいものへと変わった。

「オリヴァー。アシュルとリアム殿下から、『宣戦布告』を受けたぞ」

クライヴの言葉に、オリヴァーの眉がピクリと上がった。

が、次の瞬間、ふーっと溜息を洩らす。

「そう。やっぱりそうなったか……」

「何だ？　随分冷静だな」

意外そうな顔をするクライヴに、オリヴァーは肩を竦めてみせた。

「まあ、時間の問題だと思っていたからね。……それにしても、あれだけ容姿を残念な感じにしていたってのに、二人揃ってよくぞ惚れたというか……。まあ、それだけ彼らに見る目があるという事なのだろうけどね」

「まあな。そこだけは、流石は王家直系と言うべきか……。真面目に尊敬するよ」

まさに以前、セドリックが話していたところの、「不格好だけど、食べてみたら美味しかったパン」状態である。

あの時は全くもって、言い得て妙な例えだと感心したものだが、よもやこの国の頂点達をも唸らせる程の美味しさだったとは……。

「殿下対策をとるにしても……。問題は、エレノアに彼らの想いを伝えるかどうかだね」

「ああ。確かにそうだな」

そう。本来ならば、もっと危機感を持ってもらう為に、エレノアには殿下方の恋情を伝えるべきなのだ。

けれどそれをした事により、エレノアが変に殿下方の事を意識してしまうのも、非常に不味い気がするのだ。

エレノアは他のご令嬢達と比べてみても、全く見劣りしないどころか、非常に愛らしい容姿をしている。なのに、何故か自己評価が限りなく低く、しかも恋だの愛だのに酷く鈍感だ。

それゆえ、無邪気に相手の好意をスルーしたり、ダメージを与える事もしばしばなのである。

いや、そこは恋敵達に対して言えば、とても頼もしい所なのだが、同時に無自覚に男をタラシこんでしまう悪癖（?）をも持ち合わせているのだ。

……まあ、自分達もその被害者の内の一人な訳なのだが。

ともかく、その自己評価と鈍感さゆえに、幸か不幸かリアム殿下のあからさまな好意にも全く気が付かず、未だに友達付き合いのままなのだ。

ここで下手に意識させてしまえば、見た目に全く躊躇せず、そればかりか想いを寄せてくれている殿下方に対し、心が傾いてしまうという不測の事態が発生しかねないのだ。

……まあ尤もエレノアの事だから、「え？　あんな格好している私に殿下方が？　有り得ませんって！」と、笑い飛ばして終わりかもしれないが。

それにしても、エレノアの『転生者』としての意識ゆえか、自分達は未だに『婚約者』というより『大切で大好きな兄』ポジションから抜け出せてないでいる気がする。

寧ろまだセドリックの方が、婚約者として意識してもらえている状況なのだ。

だからこそ、エレノアが初潮を迎えたのを機に、多少強引にでも自分達を『男』として意識させようとしたのだが……。

あまり強引に事を進めてしまえば、あの恥ずかしがりやなエレノアの事だ。盛大に恥じらって自分達を煽った挙句、ついつい手を出し過ぎた結果、大量出血《鼻血》を引き起こす事になりかねない。……そう、今回のように。

「下手すると、エレノアの命に関わるからな」

「うん。先生は年齢と共に、安定していくって仰っていたけどね」

——オリヴァーとクライヴはつい先日、エレノアの主治医と話し合った時の事を思い返した。

『先生、あの……。エレノアは……ずっとこのままなのでしょうか？』

『……それは、鼻血……の事でしょうかな？』

『……はい』

『う～む……。そうですなぁ……』

先生によれば、エレノアが鼻血を噴きやすいのは、まだ幼いがゆえに体内の魔力コントロールが上手くいかず、感情の昂ぶりが弱い部分に出てしまっているからだろう……との事だった。

つまりはそれが頻繁に出す鼻血に繋がっているのだろう。

それに加えて、魂が『転生者』として覚醒したのも、魔力コントロールが上手くいかない原因の一つなのではないか……とも話していた。

『まあ、初潮も始まったし、身体が大人になるにつれ、徐々に安定して鼻血は出さなくなっていく筈ですよ。……多分』

——多分ってなんだ⁉

そう小一時間ほど問い詰めたくなったが、「まあとにかく、十五歳迄には安定するだろうから、安心しなさい」……と言われ、話はそこで終了した。

だが安心するどころか、不安しかない。

今迄はさほど実害が無かったので、いつかは治るだろうと高をくくり、放置していたのだ。

結果。治るどころか、今回は酷い貧血になってしまうぐらいの大量出血を起こしてしまった。

これが果たして、十五歳までに完全に安定するだろうか。このままでは下手すると、初夜のベッドでエレノアが出血多量になりかねない。

そうなれば、エレノアの身の安全を優先し、仮に十五歳になって結婚出来たとしても、自分達は『白い結婚』を選択する事になってしまうだろう。

『白い結婚』とは、すなわち夫婦生活のない、清い身体のままの結婚の事を言うのだが、そもそもエレノアとの結婚を女性が結婚出来る十五歳に決めたのは、とっとと結婚して王家に奪われるのを避けるのが目的だったからだ。

なのにエレノアが純潔のままでは、たとえ結婚した所で、いつ王家にエレノアを掻っ攫われるか分かったものではない。

それに自分達とて男だ。

唯一無二と決めた愛しい相手と結婚したというのに、指一本触れられない結婚生活なんて、どんな拷問だというのか。

しかもここにきての、殿下方の宣戦布告である。お陰で自分達の焦りは頂点に達した。

「……アシュル殿下に宣戦布告をされてしまった今……」

「ああ。エレノアには悪いが、悠長にしてらんねぇな」

そう。昨夜エレノアに対し、「これからは君の声に、もっと耳を傾ける」……なんて言っておいて大変申し訳ないが、状況が変わったのだ。

こうなったら、エレノアの優しさにとことん甘えさせてもらい、何とかギリギリのラインまで『花嫁修業』で、心身共に自分達とのスキンシップに慣れさせていかなくてはならない。

鼻血の方も、エレノアが持つ「土」属性の一つである治癒能力を高め、まだ不安定な魔力をその力で整えれば、劇的に改善されていくだろう。……そう先生は仰っていた。

ならば花嫁修行と並行して、そちらも着手していかなくては。

――そう……。全てはエレノアと自分達とが、共に歩む幸せな未来の為に。

クライヴはオリヴァーと互いに頷き合うと、腕の中の愛しい温もりを再度優しく抱き締め、その唇にそっと、自分のそれを合わせたのだった。

お兄様方の誕生日

「オリヴァー兄様！　クライヴ兄様！　お誕生日おめでとう御座います！」

「ああ、有難うエレノア」

「有難うな、エレノア。お前もとても可愛いぞ！」

「うん、本当だね。そのフレアドレス。とても似合っているよ」

「兄様方、セドリックも……。有難う御座います！」

あの王宮への謝罪訪問の日から五日経った。

今日はオリヴァー兄様とクライヴ兄様の誕生日パーティーである。

誕生日だからと気合を入れた兄様方のお姿は、今日も今日とて妹の精神と眼球を完膚なきまでに叩き潰す気満々で、眼福なんて言葉じゃ言い表す事の出来ない程に麗しかった。

スラリとした均整の取れた肢体に、それぞれが最高に映える色……。つまり、オリヴァー兄様は黒を基調とし、クライヴ兄様は白を基調とした貴族の正装をお召しで……。

これがまあ、「似合っている」なんて、そんな言葉じゃ言い表せないぐらいにお似合いなんですよ!! まさに神が人類に贈りたもうた福音! 今すぐ地面に膝を突いて拝みたい!!

対して、今日の私の装いですが……。

幾重にも重ねた、薄く光沢のある白いシルクスカートのワンピースに重ね着するように、ウエストから下に向けて切れ目のある、コートタイプの黒いロングフレアドレスを羽織っている。

いつも下ろしている髪も、今日は黒と白のレースを編み込んでハーフアップにしている。

美容班曰く、「わざと垂らした後れ毛が最大のアクセント」だとの事。

正直よく分からん拘りだが、全体的にとても大人っぽい素敵な仕上がりになっていて、何だかちょっと淑女な気分になってしまう。

取り敢えず、美容班にはグッジョブとだけ言っておこう。

ちなみにしっかり、チョーカータイプのネックレスとイヤリングには、セドリックの色であるトパーズが埋め込まれています。

ところでだ。

貴族の子供達の誕生日は、基本招待客を呼んで盛大にお祝いするものなのだけど、我が家は私を他人に極力見せないようにしている為、誰の誕生日であろうが、家族だけでお祝いする事になっている。

兄様方も父様方も、「寧ろ煩わしくなくて丁度いい」と喜んでいるが、私の為に華やかに出来なくて申し訳ないなと、常日頃思っています。

尤も、それをオリヴァー兄様の前でポロリと口にしたら、「じゃあ君がその分、うんと僕の事お祝いして？」と、色気たっぷりに囁かれ、腰が抜けました。

そんでもって今日ですが、実は兄様方の本当の誕生日ではありません。

じゃあ何で誕生日パーティーを開いたのかと言えば、メル父様とグラント父様がアイザック父様と一緒に、第三王弟殿下であるフェリクス様の護衛として、とある国へと表敬訪問に行ってしまったからなのである。

なんでも、今迄全く国交のなかった大国から国交を結ぼうとの親書が届いたとの事で、まずは相手国の視察をしに、こちら側から出向く事にしたのだそうだ。

——おいおい、何でメル父様とグラント父様がいないからって、誕生パーティー開くんだよ!?

……って、普通思うよね？　でもね、これにはちゃんと理由があるのですよ。

実は以前、私の父様が「オリヴァーとクライヴは誕生日プレゼント、何か欲しい物ある？」って本人達に直接聞いた時があったんだよね。

すると何と、二人揃って「それじゃあ、自分達の誕生日に父親達が出席出来ないようにしてください」ってリクエストしてきたんですよ。

兄様方……。よっぽど父様方に鬱憤溜まっているんですね。

「え～……。難しいなぁ……。普通のプレゼントじゃ駄目？」って父様、凄く渋っていたけど。今回運よく（？）外交のお仕事が入って、それじゃあいないない内にとっとと済ませちゃおう！　って、急遽誕生日パーティーを開く事になった訳なのである。

……う～ん。でもいいのかなぁ。

そりゃあ、主役である兄様方の希望なのだから、いいっちゃいいんだけど。メル父様とグラント父様が帰って来た時、それ聞いてブチ切れたりしないかなぁ……。めっちゃ心配だ。

まあ、今はそういう事は忘れて、兄様方の誕生日を全力でお祝いしよう！

「あのっ！　オリヴァー兄様、クライヴ兄様。これ、私の誕生日プレゼントです！　兄様方の為に、私が育てました！」

私がせっせと丹精込めて育てた黒百合と白百合を使った花束。

黒百合はオリヴァー兄様。白百合はクライヴ兄様に、それぞれ手渡していく。

数はそれぞれ四十本。意味合いは『永遠の愛を誓う』だそうだ。

それを聞いた時は恥ずかしさのあまり、「あの……十一本じゃダメ……？」とベンさんに言ったんだけど、思い切り良い笑顔で首を横に振られました。

あの時のベンさんの笑顔、めっちゃ圧があって恐かったな。

「エレノア……！　エレノアが僕達の為に？　自分の手でこの花を⁉」

「ああ……エレノア、有難う！」

兄様方が花束を胸に、感動しきりといった様子で嬉しそうに笑顔を浮かべている。

私も兄様方の喜ぶ姿が嬉しくて、思わず顔が綻んでしまった。

ちなみにだが、私の前世においての黒百合って、白百合に比べて小さくて地味な花だったんだけど、こちらの世界の黒百合は大ぶりでカサブランカに負けない程大きく、艶やかな闇色をしていて物凄く綺麗なのである。

流石は、男性が女性を口説く為の必須アイテム。花までもが進化している。

そういえば……。

なんでもこの世界って、花を贈るのは男性だけらしく、女性からこうして花を贈られる事ってあんまり無いんだそうだ。

この世界って本当……いや、まあ今更か。

でも花ぐらい贈ったげなさいよと、世の肉食女子達には声を大にして言ってやりたい。

人間、塩だけでも生きていけるけど、時には甘い砂糖も必要なんだよ？

――それにしても……。

白と黒。対になって大輪の百合の花束を腕に抱き、微笑む美形兄弟……。

それはまさに、神々《こうごう》しいとしか言い様のない美しさで、感動のあまり目元が潤んでくる。

まるでその姿は、女神様から遣わされた一対の大天使のようだ。

あまりにも神々しくて目が痛い。

ああ……。このベストショットを激写し、ステンドグラスにおこして大聖堂に飾りたい！　……いや、私の部屋に特大パネルにして飾りたい！

そうだ！　次の誕生日のプレゼントは、花束抱えた兄様方とセドリックの特大肖像画をお願いしよう。

「エレノア？　どうしたの？」

感激と視覚の暴力にやられ、ウルウル涙目になっている私に、オリヴァー兄様が首を傾げる。

おおぅ兄様！　黒百合の大天使様っ！　その仕草、けしからんぐらいに反則です!!

「い、いえ……。こんな素敵な兄様方が、私の婚約者なんだって思ったら、凄く幸せな気持ちになって……。私なんかが兄様方のお相手で良いのかな？　って……」

「――――ッ！　エレノア……！」

オリヴァー兄様が感激したように顔を紅潮させ、私を強く抱き締める。

あれ？　花束はどこに？

そう思っていたら、ウィルがしっかり持っていました。流石は兄様。行動早いな！

「ああ……エレノア。僕の愛しいお姫様。僕の方こそ、君が僕の婚約者である事を、女神様に心の底から感謝するよ。今日この日、君がくれた花束に応え、僕は改めて君に永遠の愛を誓う。……愛しているよ……」

顔と言わず、身体全体が真っ赤になってしまう程の、甘ったるい台詞を口にした兄様は、そのまま私の唇に深く優しいキスを落とした。私も目を閉じ、それに応える。

本当は、大勢の召使達がいる中で堂々とキスされ、恥ずかしいなんてもんじゃないんだけどね。

でも今日は、オリヴァー兄様の誕生日。

せめて今日一日くらいは自分の羞恥心に蓋をして、兄様の愛情に存分に応えて……応え……。

『ちょっ！　ヤ……ヤバい!!』

いや、いつもね、ディープなキスはされていますよ？　されていますけど！　こ……こんな……

強引なキスとかってのは、今迄一度もっ！

し……しかもだ。

触れ合っている部分から、何とも言い難い感覚がゆっくりと全身に伝わって、背筋に甘い痺れが走る。足に力が入らない！　うわぁぁぁぁ!!　だ、誰か……っ！

「オリヴァー、ストップ！　もうそこら辺にしろ！」

クライヴ兄様のお言葉が聞こえ、ようやっと私はオリヴァー兄様から解放された。

あ……。兄様の綺麗なアーモンドアイが扇情的に潤んでいて……胸が更に熱くドキドキしてくる。

真っ赤になってふらつきそうになった身体は、オリヴァー兄様と交代するように、クライヴ兄様に抱き上げられる。

「エレノア、俺も……。お前とお前のくれた花束に誓ってもいいか……？」

甘く、蕩けそうな表情で優しく囁く白百合の大天使様に、誰が「い、いえ。今はちょっと……」等と言えようか。

コックリと頷いた私の唇に、今度はクライヴ兄様が深く口付けてくる。

……うん、オリヴァー兄様で多少は耐性がついたから、さっきほどの衝撃は…………って！

『ク、クライヴ兄様ー！　く、くすぐっ……あ……っ！』

さっきまでのキスは、まるで食べられてしまいそうなぐらい激しかったのに対し、クライヴ兄様のは……こう、ソフトタッチというか……まるで羽が触れるように軽い感じなのだ。

「ん……ふっ……」

段々と、衆目の中でこんな事……とかいう羞恥心が薄れ、後頭部に甘い靄がかかっていく。

意識もボウッとし、思わず鼻にかかった甘い声が小さく漏れてしまう。

——と、ここにきて。

今迄戯れているようだったクライヴ兄様のキスが、先程のオリヴァー兄様のような強引な感じに……。

「クライヴ、そろそろ止めようか」

そのままいくかと思いきや、今度はオリヴァー兄様がクライヴ兄様を制止し、既のところで解放される。

そうなると、羞恥やら胸の動悸やら、未だ収まらぬ身体の痺れとかが一気に襲い掛かってきてしまい、何だかもういたたまれない気持ちになってしまう。

思わず真っ赤になりながらクライヴ兄様に抱き着き、首筋に顔を埋める。

すると、クライヴ兄様が小さく息を呑む音が聞こえた。

「……クライヴ。そろそろ離れたら?」

「わ、分かってる!」

顔を赤くしたクライヴ兄様が、やんわりと私を自分から離そうとするが、羞恥で真っ赤な顔を見られたくない私は、益々クライヴ兄様にしがみ付いた。

その結果、オリヴァー兄様の視線が段々と冷たいものへと変わっていって、クライヴ兄様が大いに焦りまくっていたらしいのだが……。クライヴ兄様に抱き着いていた私は、その事に気が付かなかった。

「エレノア、クライヴ兄上にしがみ付いたままだと、パーティーが始まらないよ?」

そんな緊張感が漂い始めた空気を変えるように、セドリックの声が響いた。

おずおずと声のした方を見下ろす。

するとセドリックが、こちらを見ながらニッコリ笑っていた。

「セ……セドリック……」

「ね? 席につこう?」

「う、うん……」

未だに顔は熱いし、胸の動悸も速いままだったけど、その邪気のない微笑に、ほんのちょっぴり羞恥心が収まった私を、クライヴ兄様が床に降ろしてくれた。

「エレノア、素敵なプレゼント有難う。大切にするよ」

「俺も魔法で、一生枯れないようにして飾っておくからな」

「は……はい……」

さっきの口付けの事を全く気にする様子も無く、ニッコリと笑顔で話すオリヴァー兄様とクライヴ兄様の顔を、私は未だまともに見る事も出来ず、真っ赤になってモジモジとしてしまう。

「と……尊い……!!」

「我が人生、一片の悔いなし!」

「同じく! ……だ、だがちょっと、俺……不味いかも……!」

「お前もか！　だが、ここで崩れ落ちてしまえば、後に待つのはジョゼフ様の教育的指導《制裁》だぞ！

耐えるんだ！」

……何か、私の姿を見ている召使達が、小声でボソボソ話し合っているんだけど。

ひょっとして皆、「いい加減、婚約者とのスキンシップに慣れろよ」とでも言っているのだろうか？

あ、ウィルだけは「お嬢様にようやっと情緒が……！」って言いながら、そっと涙を拭っている。

でもこれって、情緒というより羞恥では……？

「ああ、オリヴァー様。そう言えば旦那様からのご伝言を承《うけたまわ》っております」

「公爵様から？」

「はい。『今日から岩風呂使えるから！　僕とエレノアからの誕生日プレゼントだよ』……だそうです」

「「えっ⁉」」

ジョゼフの言葉に、オリヴァー兄様とクライヴ兄様が喜色満面になった。

「公爵様とエレノアからの⁉　ああ……。まさかあれ程、僕達に感極まってくれただけでなくて、そんなサプライズまで用意してくれていただなんて……！」

「エレノア……お前もやっと、その気に……！　親父達《邪魔者共》もいないし、今日はなんて素晴らしい誕生日なんだ！」

「えっと……。そ、そこまで喜んでいただけるとは……」

「当たり前だろう⁉　やっと君と一緒に入浴出来るんだよ⁉」

「大丈夫だエレノア！　恥ずかしいのは最初のうちだけだから！」

感動に打ち震えている兄様方の姿に、ちょっと引いてしまった私に対し、兄様方は食い気味に、そう言い放った。

くっ！　や、やはりそうきましたか！

ってか、何言ってんですかクライヴ兄様！　言っておきますが、混浴に慣れる日なんて永遠に来ませんからね！

――そう心の中で叫んだ後、私は自分の席に戻ると、隠しておいた包みをいそいそと兄様方に渡した。

「はいっ！　兄様方。これ、私からのもう一つのプレゼントです！」

あ、兄様方が不思議そうな顔をしている。

「是非、中身を見てみてください！」

私に言われ、首を傾げながら、袋から兄様方が取り出したのは、真っ白いガウンのような、不思議な形の服。

「エレノア、これは？」

「はいっ！　男性用入浴着です！」

「「……男性用……入浴着……？」」

あ、兄様方が揃って目を丸くしている。そして久々にハモった。

「……そういえば以前、一緒に入浴したかったら、男性用入浴着を着てほしいと言っていたような……」

「お、おい。まさかとは思うが、本当にわざわざ作ったのか⁉」

「だって、以前混浴したかったら、男性用入浴着を着てくださいって言いましたよね？　……まさか、覚えていなかったんですか⁉」

「い、いや、覚えている！　……覚えていたが、あれは照れ隠しで言ったとばかり……」

んな事、ある訳ないでしょうが！

私の鼻腔内毛細血管を守るのと、温泉を血の池地獄にしない為ですよ！

「照れ隠しなんかじゃなくて、本気です！　だからデザインを起こして、いつものデザイナーさんに発注しておいたんです。兄様方の誕生日パーティーに間に合って良かった！」

「「……」」

「肌触りもよく、水に濡れても透けない素材で出来ていますので、目にも身体にも優しい作りとなっています！　これで一緒に入浴出来ますね！」

「……うん……。そうだね……」

「……ああ……。楽しみだな……」

「あ、セドリックにもちゃんと作っておいたんだよ？　はい、これ！」

「そ、そう……なの？　……うん、ありがとう」

ニッコリと、引き攣り笑いを浮かべるセドリック。

その横で、何だか死んだ魚のような目になっているオリヴァー兄様とクライヴ兄様。

そしてその姿を見て、いたたまれなさそうに、そっと目を逸らす召使達……と、なんだかめでたい席なのに、雰囲気微妙になってしまった。

しかもウィルってば「お嬢様……。色々と台無しっ！」と、違う意味で涙を拭っているよ。……解せぬ！

その後、気を取り直したオリヴァー兄様が、「それじゃあ、ひとまず乾杯しようか」と提案した事により、本格的に誕生日パーティーが開始された。

「オリヴァー兄上、クライヴ兄上、僕からはこれをプレゼント致します」

セドリックが綺麗にラッピングされた小箱を兄様方に差し出す。

「有難う、セドリック！」

「有難うな！　……あれ？　これって……ひょっとして、『万年筆』か!?」

ラッピングされていたのは、ビロードを張られた小箱で、その中には豪華な意匠を施された万年筆が収められていたのだった。

「はい！　僕がデザインを考えて、エレノアと一緒に色々弄ってみました。その結果、公爵様のは黒いインクだけでしたが、他の色を出す事も出来るようになったのですよ」

ニコニコと誇らしげなセドリックを見て、私も顔が綻ぶ。

そう。以前アイザック父様の誕生日パーティーで、私はオリヴァー兄様の協力のもと、『万年筆』を編み出し、それをプレゼントとして父様に渡したのである。

外見と構造の図案は私が紙に起こし、それをオリヴァー兄様が懇意にしているドワーフ族（いたんだ！）の細工職人に依頼し、何回も試行錯誤を重ね……。

ようやっと、満足出来る一品が完成した時にはもう、兄様と一緒に小躍りしてしまいましたよ！

父様も滅茶苦茶感激してくれて、実際に使用してみて更に感動してくれた。

更にはこれをバッシュ公爵家の特産品に……という流れになったのだが、今の段階では手間暇かかるうえ、コストもかかり過ぎるという事で却下。

結局、身内だけで使用するという事で落ち着いたのである。

それに万年筆の存在によって、私が『転生者』だってバレるリスクもあるしね。

って訳で、万年筆を密かに欲しがっていた兄様方やセドリック、そして私の分は、まとめて色違いのお揃いをドワーフの職人に依頼し、今現在も密かに使用しているのである（学校では、今まで通りに羽根ペン使用）。

ちなみにメル父様とグラント父様は、それぞれ自分の誕生日に一点ものをと所望されたので、誕生日プレゼント用に、今現在意匠を考案中である。

……前置きは長くなったけど。

そんな訳で、私達の中では一番重宝して使っているオリヴァー兄様とクライヴ兄様に、予備の万年筆を贈りたいとセドリックに相談された私は、どうせならばと、改良版をセドリックと共同開発したのである。

現状で満足せず、更なる高みを目指して勝手に突き進む匠魂は、間違いなく私の日本人としての性《さが》であろう。

……とは言っても、私はあんまり口も手も出さなくて、頑張ったのは主にセドリックだったんだけどね。

そんな訳で、改良された今回の万年筆は、自分の魔力を流すと色が赤に変化して出るという、驚きの改良がされている。

勿論、書き心地も更に滑らかになっている逸品だ。……父様が帰って来たら、間違いなく欲しがるだろうな。

兄様方はそれぞれ試し書きした後、口々にセドリックを褒めちぎり、感謝する。

良かった。私のあげた男性用入浴着と違って、セドリックのプレゼント作戦、大成功だったね！

「そういえばセドリック。貴方の誕生日にもお花を贈りたいんだけど……好きなお花とかってある？」

「本当に!?　僕にもエレノアが育てた花をくれるの!?」

「うん、勿論！」

「じゃあ……。ひまわりが良いかな」

おお、セドリックのご所望はひまわりですか。

ひまわりって、お日様と青空のイメージだな。

青空の下で、ひまわり畑の中で微笑むセドリック……。うん、合うわー！

「分かった！　頑張って素敵な花束作るね！」

「嬉しいよ！　エレノア、有難う！」

言葉の通り、物凄く嬉しそうなセドリックに、私も微笑を返す。

あれ？　そういえばひまわりの花言葉ってなんだろう？

……まあいっか。後でベンさんに聞いてみよう！

その後、私達は美味しい食事と楽しい会話で和気あいあいと盛り上がった。

そしてデザートに差し掛かった頃。ふと話題が、父様方が表敬訪問に向かったという国の話になった。

「えっ!?　父様方が向かわれたのって、獣人王国なのですか!?」

――獣人って、この世界に存在したんだ！

って事は、ケモミミ……尻尾……！　うわぁぁ！　見てみたい!!

興奮した様子の私に、オリヴァー兄様が頷く。

「うん。彼の国の名は『シャニヴァ王国』と言って、この世界の東方に位置する大国だ。……元々、我々人族。そして、獣人族やエルフ族、ドワーフ族……と言った亜人種達は、大海を隔てて、西と東、それぞれの大陸に分かれて国を築き、生活しているんだ」

へえ～、そうなんだ！　だから今迄獣人を見た事がなかったんだね。

「……まあ、ドワーフ族は希少鉱物を求めて、こちらの国にもよく来ているけどね。それとエルフ族も知的探求心が強いから、人間の国にもちょくちょく出没しているみたいだよ。まあ、警戒心の強い種族だから、滅多に目撃されないけどね」

成程。じゃあ万年筆を作ってくれた、あのドワーフの親方もその口ですか。

そういえば以前メル父様が、アルバ王国はダンジョンが多いから、希少鉱物が多く産出されるって言っていたっけ。

「でも獣人族だけは、人間の国には全くと言っていい程来ないけどね。彼らと我々とでは、考え方や習慣。身体的な特徴や能力もまるで違うから、今迄は互いに不干渉を貫いてきたんだけど……」

そこで一旦、兄様が言葉を切り、少しだけ思案するような顔になった。

「どうもここ最近、西の大陸のあちらこちらの国に、シャニヴァ王国が接触しているとの情報が上がってきてね。そうこうしている内に、我が国にも親書が届いたって訳。あの国とは今迄国交が全くと言っていい程無かったし、真意をコソコソ探るよりは、堂々と見に行くか……という事になったんだよ」

おお！　この国の上層部、割と脳筋なお考え！

「でも兄様。今迄国交が無かった国をいきなり訪問して、大丈夫なのでしょうか？」

だってひょっとして、我が国の重鎮をおびき寄せる為の罠かもしれないじゃないか。

「うん。だから僕の父上とグラント様が同行したんだよ。あの二人が一緒なら、最悪ちょっと怪我をする程度で、全員無事に帰って来られるだろうからね」

オリヴァー兄様のお言葉に、私は「成程……」と深く納得した。

かたや我が国きっての大魔導師。かたやドラゴン殺しの英雄である。

きっとあらゆる敵を高笑いしながら、ばっさばっさと薙ぎ倒し、悠々と凱旋してくるに違いない。

それに多分だが、フェリクス王弟殿下も滅茶苦茶強いだろうしね。なんてったって王族だから。

父様は……。うん、よく分からないけど、人外レベルの友人達が付いているんだから、大丈夫だろう。

「さて、もうこの話は終わりでいいね？　詳しい事は、父上方が帰って来てから聞くとしよう」

オリヴァー兄様の言葉を皮切りに、運ばれてきた美味しそうなお菓子の数々を目にし、私の関心は完全にお菓子の方へと向いてしまったのだった。

「さて、それじゃあそろそろ行こうか」

食事が終わり、サロンに移ってまったりとしていた私達だったが、オリヴァー兄様が突然、そう口にする。

はて？　どこに行くと言うのだろうか？

「どこに行くのかって？　当然、大浴場に決まっているだろう？　公爵様とエレノアが、折角僕とクライヴの誕生日に合わせて使えるようにしてくれたんだから、ちゃんとご好意に応えないとね。……エレノアには、入浴着もプレゼントされた事だし」

そう言ってニッコリ笑顔を向けられ、私は瞬時に頬を赤く染めた。

そう。入浴着を着れば一緒に入浴していいって約束したのだから、お誘いをお断りする訳にはいかない。

それに兄様方の誕生日なんだから、お断りするなんて言語道断！　ＮＧだ。

しかも、今日この日の為にわざわざ、男性用入浴着を用意したんだから。

『う～ん……。でも最初だけは、誰にも気兼ねせずに一人でゆっくり、のんびり入りたかったんだけどなぁ……』

心の中で、うだうだしている私の心を見透かしたか、オリヴァー兄様が含み笑いをしながら口を開く。

「ああ、でも脱衣所は一緒なんだよね……。まあでも、僕らは婚約者同士なんだから、気にする事も……」

「兄様！　私、先に行っておお待ちしております！」

「そう？　じゃあ三十分程したら、僕らも行くからね」

「はいっ！」

私はサロンを出ると、急いで自分の部屋へと戻った。

そしてウィルに着替えを用意してもらうと、そのまま大浴場へと向かったのだった。

大浴場は敷地内の離れの中に造られ、新たに増設された回廊で本館と繋がっている。

その離れというのは、天気の悪い時に、私達が簡易訓練場として使用していた建物で、中は多目的用に造られた巨大吹き抜けの空き室だ。

そんな訳で、大浴場に改築するのにうってつけだったのだそうだ。

「では、私はここに控えております。何かありましたらいつでもお呼びください」

「うん、ウィル。それじゃあ行って来ます！」

私は離れの入り口でウィルと別れ、完成した大浴場へと足を踏み入れた。

「うわぁ……!!」

目の前には、広い休憩室兼脱衣場という、クロス伯爵邸と寸分違わぬ光景が広がっていた。

そしてガラス張りの扉の先に見えるのは……!

私が待ちに待った楽園……! 元日本人としての私の夢そのものが……!!

私は急いで着ている服を脱ぎ捨て、一歩前に踏み出した。

「――っと! まずはコレ着なきゃな……」

既の所で正気に戻り、そう独り言《ご》ちながら手にしたのは、可愛いワンピースのように見える女性用の入浴着だった。

半袖でマタニティードレスのような、ふんわりとしたAラインのソレは、淡い光沢のあるクリーム色の生地に金糸で花の刺繍が施されていて、そのまま着ていても入浴着に見えないぐらいに可愛らしい。

セドリックとクライヴ兄様が選び、オリヴァー兄様が絶賛したのも頷ける程の出来栄えだ。

「はぁ……。でも出来れば、裸で入りたかったなぁ……」

前世で服を着て入浴する習慣が無かった私にとって、コレを着て入浴するって、抵抗感が半端ない。でも着ないと、マッパで兄様方やセドリックとご対面しなきゃいけないし……。

「……うん、それは流石に駄目でしょ! ……はぁ……仕方がないか」

私は渋々入浴着を身に着けると、気持ちを切り替え、大浴場へと足を踏み入れた。

「うわぁ……!!」

目の前にはまさに、夢の空間が広がっていた。

天井まで吹き抜けの巨大空間には、全面にガラスが張られ、岩風呂の周囲には、自然に生えているように植えられた樹木が点在している。

そして岩風呂には、滝壺から源泉がこんこんとかけ流されているのだ（内部に転移魔方陣が設置されているらしい）。

実は温泉の供給口を「滝にしてほしいです！」ってリクエストしたら、「何で？」って皆に不思議がられたんだよね。

でもそこは「前世の温泉好き達、全てのロマンだからです！」で押し切った。

凄く微妙な顔をされたが、後悔はない。

私は逸る気持ちを抑え、これまたシャワーの要領で造られたミニ滝で、少しぬるめの湯を浴び、岩風呂へと入って行く。

え？　何でシャワーまでもが滝なんだよって？

そりゃあ勿論、温泉マニアのロマンだからですよ！

……まあでもリクエストしたら、これまた「何で？」って皆にツッコまれたけどね。

ええ、当然「ロマンだからです！」で押し通しましたよ。

「……は～～～っ！　……最っ高……!!」

ミニ滝と同じ、少しだけぬるめのお湯が、優しく身体を包み込む。

入浴着も思った程不快ではなく、水に濡れてもサラッとした着心地だ。

「透けるかな……？」と思っていたが、見た感じ、身体のどこも透けている所は見当たらない。

これならまあ、裸ではなくても気持ちよく入浴出来そうだし、兄様方やセドリックに見られても大丈夫だろう。

「はっ！　そうだ!!　こうしちゃいられない！　兄様方が来る前に、泳がなきゃ！」

そう、折角あの口うるさいジョゼフもいないのだ。

兄様方が来る迄まだ十五分程あるし、それまでに急いで泳いでおこう。

取り敢えず、この浴槽の端から端まで。

「ふ～～っ……。いや～、極楽極楽！」

スーイと平泳ぎで泳いで、滝壺まで到着。

今の私は淑女として……というより、女としてダメダメだろう。

でもいい。ここには今の所、私一人だけなのだ。

長年の夢が叶った。それだけでいいじゃないか。

そのままパチャパチャ、泳いだり潜ったりしていた私だったが、何故か一向に来る気配のない兄様方やセドリックに首を傾げる。

「おかしいなぁ……。もうとっくに三十分経っていると思うんだけど……」

私は岩場に乗り上げ、ホッと一息ついた。

ぬるめの湯でも、そこは温泉。長く浸かっているとやはり熱くなってくる。

しかも散々泳ぎまくってしまったし、身体は既に水分を欲している。

「もう上がろうかな……」とも思ったが、今日の主役である兄様方が、私と一緒に入浴するのを楽しみにしているのに、当の私が出てしまっては元も子もない。

仕方がないので、少し水を浴びようと立ち上がったその時だった。

大浴場のドアが開く気配がし、私は反射的にそちらを振り向いた。

「エレノアお待たせ。ちょっと服の着替えに手間取ってね」

そう言って現れたオリヴァー兄様とクライヴ兄様。そしてセドリックは、私がプレゼントした白い浴衣《男性用入浴着》を身に着けている。

これは水垢離の際に着る行依《ぎょうえ》を参考にしたもので、日本的な服だからどうかな……と思ったんだけど、流石は美形兄弟。物凄くよく似合っている。しかも、肌の露出が滅茶苦茶抑えられている。

うん、これなら多分大丈夫！　私、グッジョブ！

「ああ、エレノア。やっぱりその服、似合っているね」

「え？　あっ！」

セドリックに嬉しそうな顔でそう言われ、自分の姿を思い出した私は顔を赤らめ、慌てて温泉に身を沈めた。

いや、別に透けていないんだから、いいじゃないかとは思うんだけど、やっぱりなんか恥ずかしいんだよ！

そんな私に、兄様方やセドリックは苦笑した後、自分達の身体にかけ湯をしていく。（シャワー

代わりのミニ滝は、数か所設置されている）

「――ッ‼」

服を湯で濡らした彼らの姿を目にした瞬間、私はそのままカチーンと固まった。

「ん？　どうしたエレノア？　……あ、ひょっとして服が透けたりしてんのか？」

髪をかき上げ、そう言いながら自分の身体をチェックするクライヴ兄様を、思わず真っ赤になって凝視してしまう。

いや、透けているわけではない。透けてはいないんだけど……！

濡れた服がピッタリと張り付いて、身体のラインがバッチリ出てしまってるんです！

う、うわぁぁぁ！　引き締まった身体が……！　割れた腹筋の形がもろ見えに‼

しかも濡れて張り付く服が、兄様のわがままボディを浮かび上がらせて、めっちゃエロいです‼

し、しまった！　もうちょっと服に余裕を持たせるべきだった！

今すぐチェンジ……は、当然出来る訳ないか！

で、でも確か私、濡れた時の事を見越して、全体的に余裕をもたせて依頼した筈……。

なのに、なんでこんなピッタリと身体の線が……って、あーーっ‼

あのデザイナーのオネェ！　わざとピッタリになるように、絞って作りやがったな⁉

「濡れた素肌にピッタリ張り付かなければ、ロマンじゃないわ！」なんて言いながら高笑いしている姿が目に浮かぶようだ。

おのれ、あのオネェ！　なんって事をしてくれやがった‼

「クライヴ、どうしたの？」

「おう、オリヴァー。……ん、別に透けてねぇよな？」

「え？　……うん。透けてない……よね？」

ひーーっ!!　オリヴァー兄様っ!!　あ、貴方、なんで髪まで濡らしているんですかっ!?

濡れて張り付いた服のせいで、けしからん身体のラインがバッチリと……！

お、おまけに髪から滴り落ちる雫がっ、相乗効果を生み出して、最っ高にエロいです!!

さ、幸いというか、あそこは大丈夫……って！　何考えてんだよ私はっ!!

あああ……！　た、ただでさえ逆上《のぼ》せ気味だったのに、顔と頭に熱が一気に集中してしまう！

……不味い！　このままでは、またしても鼻腔内毛細血管が……！

「エレノア！　大丈夫。ゆっくり深呼吸して……」

するといつの間にか、湯に入ってきていたセドリックが、私に優しく声をかけてくる。

私は逆上せてボウッとなった頭で、必死にセドリックの言う通り、深呼吸を繰り返した。

「ちょっと御免ね、エレノア」

「……え？　……んっ！」

唐突に、セドリックに口付けられる。

すると唇を介して、身体の中に優しい何かが流し込まれていき、グルグルと目が回りそうになっていた気分が、徐々に落ち着いてくるのを感じた。

これは……セドリックの『土』の魔力……？

「……もう大丈夫かな？　エレノア、どう？」

「……ん……。だ、だいじょうぶ……。……あの……。ありがと、セドリック」

未だクラクラしている身体を、セドリックにクッタリ凭れ掛けながらお礼を言う。

すると何故かセドリックがソワソワしだした。あれ？　重かった？　御免ね。

「……成程ね。確かに有効なんだ……」

「そうだな」

これまた、いつの間にかお風呂の中に入ってきていたオリヴァー兄様とクライヴ兄様が、私の顔を覗き込んでくる。

……あ……あの……近いです。ちか……。

「セドリック、僕のでも試してみていいかな？」

――え？『僕のでも』……とは？

「あ、はい。オリヴァー兄上」

セドリックとバトンタッチするように、私はオリヴァー兄様の胸に抱かれる。

そして兄様は、濡れた服越しの抱擁に戸惑う私に、優しくそっと口付けた。

「ん……っ」

またさっきのように激しい口付けがくるか⁉　……と、一瞬身構えたがそんな事もなく、口付けは穏やかなままだった。

ただ……深く口付けられた部分から、セドリックの時と同じように、温かいものが身体の中へと流れ込んでくる。

ひょっとして、これ……。オリヴァー兄様の『火』の魔力……？

「ふ……は……っ」

唇を離しても、注ぎ込まれた兄様の魔力が、内側から身体を火照《ほて》らせる。

濡れた服越しに、密着している身体からも焼けるような熱を感じ、別の意味で熱くて仕方が無い。

「……可愛いね、エレノア……」

「――ッ！」

ウットリと、そう囁くオリヴァー兄様。

目潰しなんてもんじゃないくらい麗しいその姿に、私のキャパが限界を迎えたのか、はたまた脳の一部がやられたのか……。

とにかく、何故だか段々腹が立ってきてしまう。

ひょっとしたら、あまりの羞恥と逆上せの所為で、どっかの回線がショートしてしまったのかもしれない。

「……可愛くなんてありません！」

「エレノア？」

「オリヴァー兄様みたいな、綺麗過ぎる方に可愛いなんて言われたって、信じられません!!　だいたい、兄様方やセドリックは、いつも私の事を可愛いって言うけど、私なんて全然可愛くなんてないですよね!?　むしろ平凡ですよね!?　下の下ですよね!?」

「えっ!? ちょっ……! そ、そんな事ないよ! 本当にエレノアは可愛くて……」

「だいたい、オリヴァー兄様もクライヴ兄様もズルいんです!!」

「は?」

「え? 俺達が?」

「そうですよ!! 文武両道で何でも出来て、おまけに超絶カッコ良くて! 兄様方があんまりにもカッコ良過ぎて、何度目が潰れそうになったり、羞恥と萌えで死にそうになった事か……! なのに兄様方は、そんな私の気も知らないで、キスしたり抱き締めたり甘い言葉を囁いたり……!! 絶対私を殺そうとしているんでしょ!? いや、そうに決まってます!! 私はこんなに、兄様方の事が好きなのに……酷い!!」

「ち、ちょっ……! エレノア!?」

「エ……エレノア、落ち着いて!」

一気に捲し立てる私に気圧され、固まってしまっているオリヴァー兄様とクライヴ兄様。

そんな兄様方の代わりに、セドリックが声をかけてくるが、私はそんな彼をキッと睨みつける。

「セドリックだって、そうだよ!」

「え! 僕!?」

「そうよ! 出会った時は私の癒しだったのに、最近は兄様方に負けないくらい、どんどんどんどんカッコ良くなってきちゃって、ズルい!! ……私なんて顔も頭も平凡だし、魔力操作は上手く出来ないし、身体もいつまでたっても幼児体形で、某マスコットキャラ《キュー●ー》だし、鼻血はしょっちゅう噴くし……だから……」

そこで私は一旦言葉を切ると、顔を俯かせる。

「……エレノア……？」

「……だから……不安なの……」

か細い声で呟いた後、顔をゆっくりと上げ、思うよりも先に言葉が口から零れ落ちる。

「こんな私なんかが、兄様方やセドリックに相応しいのかな？　って……」

「――ッ！」

「――クッ！」

「――ウッ！」

三人が何か言っているような……？

ふわふわした頭でそんな事を考えながら、私はスウッ……と、意識を手放したのだった。

◆◆◆◆◆

泣きそうな顔で自分達を見上げるエレノアの、殺人的な可愛らしさを目の当たりにし、婚約者三人組はまとめて心を撃ち抜かれてしまった。

「エ……エレノア……！」

「俺達の事……そんな風に……!?」

同時に三人が三人とも、エレノアの独白に胸が激しく高鳴ってしまう。

よもやエレノアが、そんな風に自分達の事を見ていたなんて……。

しかも自分を卑下する程、自分達の事を好きでいてくれていたとは……。

だが、頬を染め、俯き感じ入っていた三人の耳に、パシャンと水音が聞こえてくる。

その音に、ハッと顔を上げた彼らの目に映っていたのは、目を回し、全身真っ赤になって湯船に浮かんでいるエレノアの姿だった。

「わーっ!! エレノアッ!」

「エレノア! しっかり!!」

三人は慌ててエレノアを湯の中から引き上げると、クライヴが急いで口付け、『水』の魔力を流し入れる。

「兄上! 僕、ウィルにレモン水を持ってくるよう頼みます!」

「ああ、頼んだよ!」

慌てて浴室から出て行くセドリックを見送りながら、オリヴァーとクライヴが二人同時に溜息をついた。

「はぁ……。少し逆上せさせた方が羞恥心湧かねぇかと思ったが、入るタイミングがちょっと遅かったな」

「うん。……でも思いがけず、エレノアの本音を知れたから、結果的には大成功だったね」

そう言いながら、ウットリとほくそ笑むオリヴァーを、クライヴが濡れて張り付いた髪を再度かき上げながら、呆れたように見つめる。

「オリヴァー。お前、顔がにやけているぞ」

「クライヴの方こそ」

「……まあな……」

互いを指摘し合いつつ、もう一つ得た収穫にも、しみじみと思いを馳せる。

エレノアが逆上せて鼻血を出しそうになったタイミングで、セドリックが魔力を流した結果、何とか持ちこたえる事が出来たのだ。

つまり、魔力の体内循環を良くすることが効果的だと、これで立証出来たという訳だ。

「……丁度長期連休期間だし……。こうなったら、エレノアの気にしている所を上手く利用して……」

ブツブツと、今後の事を考えていたオリヴァーに、クライヴから声がかかる。

「……ところでオリヴァー。エレノアの着替え、どうする？」

「え？　……あ……」

グッタリと、濡れそぼったエレノアの姿を目にしたオリヴァーは、思い出したように顔を赤らめた。

エレノアは自分の事を幼児体形だと卑下していたが、確実に以前よりもまろやかな、女性らしい身体に成長していっている。

その証拠に、こうして見ているだけで、なんか……こう……。

二人はエレノアを見つめながら、暫し沈黙する。

「……ジョゼフを呼ぼうか……」

「……そうだな……」

少し……いや、かなり残念だが、今は仕方が無い。

それに、最初の入浴は思いもかけず、最高の出だしを切る事が出来た。

今後も定期的に一緒にお風呂に入り、エレノアの心と身体の成熟具合を確認していく事にしよう。

そう考えながら、オリヴァーはクライヴと顔を見合わせて頷き合った後、未だ目を回したままのエレノアを抱き上げ、脱衣所の方に向かって歩き出したのだった。

不穏な国

翌朝。私は自分の部屋のベッドの上で目を覚ました。

……筈なのだが……。

あれ？　私、どうやって自分の部屋に帰って来たのかな？

『えっと……。大浴場に行って……お風呂に入って……兄様方とセドリックが入って来て……』

そこで突然、三人の濡れた浴衣姿を思い出し、ボンッと顔が真っ赤になった。

『ああ～っ!!　おち、落ち着いて自分！　あ、朝っぱらから、あんなけしからん映像を想像するなんて、淑女として最低！　せめて夜に……いや、夜の方がヤバイけどっ!!』

思わず、ベッドの中でゴロゴロと羞恥に悶え転がりながら、ハタッと気が付いた。

――えっと……あっ！

ひ、ひょっとして私の事だから、興奮のあまり鼻血を出してぶっ倒れたとか⁉

ひぇぇ！　よりによって、兄様方の誕生日にそんな醜態を……！

「お嬢様？　お目覚めですか？」

温泉を血の池地獄に変えたかと、青褪めたタイミングで突然声をかけられ、私はベッドから飛び起きる。

「ジ、ジョゼフ！　お、おはよう……！」

「おはよう御座います。ご気分の方はいかがでしょうか？」

「う、うん。大丈夫！　……えっと……。という事は、昨日私……お風呂で……また……？」

「は？　……ああ、はい。お嬢様はお風呂で逆上せられてしまいまして、そのままこちらにお運び致しました」

――ああ……。やっぱり……。

私はガックリと肩を落とした。

なんてこった……。兄様方の誕生日を、ブラッディにしてしまったよ……。

「幸い、何時もと違って鼻血を出されませんでしたので、先生はお呼びしませんでしたが」

――え？　私、鼻血噴かなかったの？　あの状況で？

「その代わり、お兄様方が献身的にお嬢様の看病をなさっておいででしたよ」

ジョゼフの何かを含んだようなその口調に、我知らず顔が赤らんだ。

あれ？　何で私、顔を赤くしているんだろう？

その時、コンコンとドアがノックされた。

「エレノア、おはよう」

そう言って入って来たのは、オリヴァー兄様だ。

……うむ。朝日に照らされた兄様、安定の美しさです。視界の暴力は今日も健在ですね。

「おはよう御座います、オリヴァー兄様。あ、クライヴ兄様とセドリックもおはよう御座います」

オリヴァー兄様に続き、入室して来たクライヴ兄様とセドリックにも挨拶をする。

……うん。キラキラしい笑顔が、トリプルで視覚を殺しにかかってくる……眩しい。

「エレノア、おはよう！」

「おう、エレノア。どうだ？　気分は悪くないか？」

そう言って、私の顔を覗き込んでくるクライヴ兄様に、自然と表情が緩む。

「大丈夫です。あの……ご心配おかけしてしまって、申し訳ありませんでした。折角の兄様方の誕生日だったのに、また倒れちゃって……」

「あー、いいから気にすんな！　な？　オリヴァー」

「うん、そうだよ。それに僕達にとって、昨日は人生最高の誕生日になったから！」

「そ……そうですか？」

私は兄様方の言葉に首を傾げた。

確かにお風呂に入る迄は、とても楽しんでくれていたけど、締めに私が逆上せてぶっ倒れちゃったから、プラマイゼロになってしまったのでは……。

「ところでエレノア。君、お風呂で倒れる前までの事、覚えている？」

「え？　え……え～と……。セ、セドリックと兄様方がお風呂に入って来て……」

兄様方の、ナイスな濡れ場（濡れた身体！）を見て鼻血噴きそうになって、セドリックに深呼吸しろって言われて……そ、その後……キスされて……。

段々、顔が赤らんできてしまう。

だって、薄い濡れた布越しに引っ付き合っていたのを思い出しちゃったんですよ！

そんなん、赤面するでしょ普通！

――あれ？　え～っと……。

そこで私、兄様方になんか言ったような気がするんだけど……。

はて？　何を言ったのかな？　……う～ん……。何を言ったのかは覚えていないんだけど、なんか妙に気持ちがスッキリしているような……？

「ああ、覚えてないならそれでいいんだ」

そう言ったオリヴァー兄様の顔は、ホッとしたような残念なような、複雑な表情を浮かべていた。

……不味い。これきっと私、何かろくでもない事言ったんだ！

「あ、あのっ！　私なにを兄様方に言……んっ！」

「そう言えば、朝の挨拶がまだだったから……ね」

軽く重ねた唇を離し、そう言って笑った後、再びオリヴァー兄様の唇が私の唇と重なった。

もうその後は、ディープな朝のご挨拶をバッチリ堪能させられ、真っ赤になって呼吸も整わない内に、クライヴ兄様やセドリックにも、同じように朝のご挨拶をたっぷりと堪能させられてしまう。

……い、いつもながら……朝からちょっと、破廉恥過ぎじゃないですかね⁉

そうして、婚約者様方による濃厚な愛情表現に翻弄され、気が付けばお風呂場の事については、なあなあな状態になってしまったのだった。

修行をしよう

「魔力操作の修行……ですか？」

朝食の席でオリヴァー兄様にそう提案され、私は口一杯頬張っていた、ふわふわオムレツを咀嚼して飲み下しながら、そう尋ねた。

「うん、そう。折角の長期連休だ。エレノアにはこの機会に、しっかり自分の魔力の流れを掴めるようになってもらおうかと思ってね」

ニッコリと良い笑顔で微笑むオリヴァー兄様を見ながら、私は首を傾げた。

「でも兄様。私、定期的に兄様に魔力操作習っていますよね？」

そう。私は王立学院に入学後も、クライヴ兄様との剣や武術の修行と並行し、オリヴァー兄様にも魔力操作を習っているのである。

「うん。僕との訓練も勿論行うけど、それと並行して、自分の体内の魔力循環を上手くコントロールする術を強化しようと思ったんだ。だって、折角同じ『土』属性のセドリックがいるんだから。ね、セドリック」

「はい、オリヴァー兄上」

魔力循環？　それをセドリックと一緒に修行するって事かな？

「ああ、セドリックは完全に自分の中の魔力をコントロール出来ているから。だからエレノアの魔力循環をサポートする役目を担ってもらおうと思っているんだ。残念だけど、僕よりもやはり、同じ属性のセドリックの方が効率良いのが昨日分かったから。……出来るね？　セドリック」

「はい！　お任せください兄上。エレノア、一緒に頑張ろうね？」

ニッコリ笑いかけられ、思わず頷く私に、クライヴ兄様からも声がかかる。

「勿論、最近サボりがちだった剣の修行も、この休み中は、みっちり集中してやるぞ！」

「うえぇっ!?」

「何だ？　その間の抜けた返事は。折角、魔力操作が上達したら、剣に魔力を込める修行を解禁してやろうと思っていたのに……」

「本当ですか!?　クライヴ兄様！　私、頑張ります!!」

コロッと態度を変え、思わず万歳してしまう。（ジョゼフが咳払いしたので、慌てて手を降ろしたけど）

あのダンジョン以来、一回も許されなかった剣に魔力を込める修行、またする事が出来るんだ！

やったー!!

「それじゃあ、これが長期連休中の一日のスケジュールだよ。この内容に沿って、頑張ろうねエレノア」

オリヴァー兄様の言葉と共に、ウィルから手渡された用紙には、この長期連休中のスケジュールがビッシリと書き込まれていた。

……ん？　あれ？　あれれ!?

な、なんかこれ、ほぼ魔力操作と体術剣術、その他の修行しか書き込まれていないのですが……？

「あの……兄様？　前に確か、長期連休になったら、どこかにお出かけしようかってお話ししていましたよね？」

王都の街中に行くのは無理としても、郊外でピクニックとか、日帰りでバッシュ公爵領に行こうかとか色々計画していて、凄く楽しみにしていたのに。

困惑している私に、オリヴァー兄様の極上の笑顔が突き刺さる。……ううっ、眩しい！

「それはあくまで、予定表だからね。エレノアがある程度魔力操作が出来るようになったら、ご褒美にお出かけしようね？」

「はぁ……」

え……でも、いくら長期連休中だからって、そんな急に魔力操作が出来るようになるとは思えないんだけど……。

よしんば出来るようになった所で、休暇終わっちゃっているような気がする……。

「そうそう、エレノアに言い忘れていたけど、魔力操作と魔力の体内循環が上達するとね、それに比例して身体の発育も良くなるんだよ」

「えっ⁉　ほ、本当ですか⁉」

鬼のスケジュールにテンションが駄々下がっていた私は、兄様の言葉にクワッと目を見開き、一瞬で食い付いた。

「うん、本当。体内の魔力コントロールが良くなると、体内細胞が活性化するから、その関係で……ね」

マジか……！

という事はこの幼児体形も、魔力操作や魔力の体内循環が上達していくにつれ、徐々に変化していくと……⁉　凹凸バリバリのナイスなバディになる日も夢ではないって、そういう事ですか？　兄様⁉

「というわけでエレノア。頑張ろうね？」

「はいっ！　オリヴァー兄様！　私、これから頑張ります‼」

キラキラ笑顔で元気に頷いたエレノアを見ながら、満足そうに頷いたオリヴァーは、クライヴとセドリックにチラリと目をやり、ニッコリ笑った。

「……流石はオリヴァーだな。エサで釣るのが上手い」

「エレノアのコンプレックスを見事に抉って奮い立たせましたね……。流石は兄上」

エレノアはともかくとして、この婚約者達三人組の目的はエレノアの発育ではない。

そう、あくまでエレノアの体内魔力循環を正常にし、『土』属性の持つ自己治癒能力を高める為だ。

……いや勿論、エレノアの身体が成熟していくのは、婚約者として……というか、ぶっちゃけ男として大変喜ばしい事ではあるのだが……。

等と、クライヴとセドリックがコソコソ囁き合っている事には全く気が付かず、オリヴァーの魅力的な言葉に、エレノアの心には、やる気の炎がメラメラと燃え上がったのだった。

◇◇◇◇◇

さて。今日の午前中は早速、セドリックと一緒に体内の魔力循環の修行をしてから、剣の修行だ。

食事を終え、兄様方やセドリックとお茶を飲みながらまったりした後、私は自室へと戻った。

そうして服を着替え始めた私はふと思い立ち、自分の身体を姿見で確認してみる。

するとそこには、くびれも膨らみもほとんどない、ツルンペタンな身体が映り込んでいたのだった。

肌着の上からそっと胸をなでる。

少し……ほんっとーにささやか過ぎて、触っても分からない程の膨らみに、私は深い溜息をついた。

もうじき十三歳にもなろうというのに、全くもって違った意味でけしからん身体だ。

こんなの、Aカップと言うのもおこがましい。AA《ダブルエー》……いや、AAA《トリプルエー》とでも言うべきか。……おっといかん。なんか目から水が出てきた。

でも、オリヴァー兄様のお言葉で希望が見いだせた。

だって、これから行う体内の魔力循環の修行をすれば、徐々にだが体型が変わっていくかもしれないのだから！

――でも待てよ？　だったら何で、今迄兄様に魔力操作教えてもらっていたのに成長しなかったんだ？

思わず疑問に思ってしまった私だったが、兄様いわく、どうやら私の魂が『転生者』として覚醒した事により、体内の魔力バランスが不安定になってしまったのが原因らしい。

成程。それで私の身体的成長が遅かったのか……と、思わず納得してしまったよ。

そうだよね。前世の健康番組でも、体内循環を良くすると身体が活性化するってよく言っていたもん。

それにこっちの世界では、体内の魔力循環が発育に影響していたんだね。全くもって、目から鱗だよ。

「よ～し！　こうなったら魔力操作頑張って、脱AAA《トリプルエー》するぞー！　目指せ！　Aカップ！　……いや、B……ううん！　どうせなら理想は高く！　目指せ！　Cカップ！　その為だったら遊ぶのなんて、二の次だ！　欲しがりません、勝つ迄は!!」

「確実に成長するかも分からないのに、この単純脳め」と、笑いたければ笑うがいい。

だってここ最近、周囲の女の子達はみんな、目に見えて大人っぽくなっていっているのに、私だけ成長頭打ちなんだもん。

身長もそうだけど、私だって年頃の女の子なりに、出るトコ出したい！　キュッと締めるとこ締めたい!!　マテオに会う度「発育不良児」って鼻で笑われる生活とはもう、おさらばするんだ!!

「エレノア⁉　どうしたんだ⁉」

突然ドアが開き、セドリックが飛び込んで来た。

「わっ！　セドリック⁉」

セドリックは私の姿を見るなり、ボンッと真っ赤になって、慌ててクルリと背を向けた。

「ご、ごめんね。何度ノックしても返事がないから。おまけになんか叫び声がしたし……」

どもりながらの謝罪に、どうしたのかと自分の姿を見てみれば……ああ、成程。私、まだ下着姿だった。

というか、ノックの音もまるで聞こえてこなかったよ。よっぽど意識集中していたんだね。

それにしたって、私の着ているこれ……。下着と言っても運動用の下着なんだよね。いわゆる、キャミソール＆ペチコートスタイル。

ペチコートもスパッツタイプで膝上まであるから、前世だったらそのまま運動着ですって言っても通用するぐらい露出は少ない。だから何もそこまで恥ずかしがらなくても……。

「ああ、大丈夫よセドリック。これ、いわば『見せる下着』みたいなもんだし、そんな気にしなくていいから！」

「み、見せる下着……って！　何だよそれ⁉　気にするに決まってんだろ⁉　ってか、絶対誰にも見せちゃダメだからね⁉　……全くもう……。エレノアは恥じらいなさ過ぎ！」

いやいや、見せる下着ってのはあくまで例えで、誰にも見せたりしませんって。

それにいくら私だって、これが普通の下着だったりとか、裸だったりだったら悲鳴上げてますよ。

……え？　それも怪しい？　う～ん、信用無いなぁ。

まあでも仕方が無い。こっちでは恰好そのものより、『下着姿でいる』という事が、そもそもタブーな訳なのだろうから。

◇◇◇◇◇

「ごめんごめん！　じゃあすぐ服着るから！」

明るくそう言い放ち、上機嫌に鼻歌を歌いながら着替え始めたエレノアの声を背中で聞きながら、セドリックは心の底から深ーーく溜息をついた。

『……全く男として意識されてない……！』

兄上達は兄妹ではないがゆえ、エレノアにちゃんと婚約者として認識されていると、僕の事を羨ましがっていたが、それは僕も同じだ。

だってもし、この場にいたのが自分ではなくて兄上達であれば、絶対エレノア、赤くなってうろたえている筈だから。

『兄妹として見られてはいませんけど、子供扱いされているんですよ……。オリヴァー兄上、クライヴ兄上』

そう心の中で呟きながら、セドリックは更に深い溜息をついたのだった。

◇◇◇◇◇

そんな風に、ちょっとバタバタした後。私とセドリックは、バッシュ公爵邸の誇る庭園（別名、秘密の花園）へと移動した。

今の時期は一番花盛りな為、一面に色とりどりのお花が咲き誇っていて、その美しさに何度見ても溜息が出てしまう。ベンさん、庭師の皆、いつも本当に有難う！

「じゃあ、ここら辺に座ろうか」

そう言って、セドリックはネモフィラのような花が一面に咲いている場所へと私を促した。

世界の『死ぬまでに一度は行きたい花畑』ランキングに、常にランクインしていたあの風景によく似ていて、今一番の見どころを迎えている場所である。

実はこのお花畑ゾーン、以前私が「こういうお花畑が見たいな」ってポロッと口にしたら、ある日いきなり発生していたんだよね。

勿論、大喜びしたけど、迂闊な事は言えないなって、ちょっと……いや、かなり内心ビビりました。

「じゃあ今日は、魔素を集めるところから始めようか」

「魔素を？」

「うん。エレノアも知っていると思うけど、僕達の持っている『土』の魔力は、こういった花や木々が沢山ある所の方が魔素を取り込みやすく、術式も発動させ易いんだよ」

「へぇ……そうなんだ」

だからわざわざ庭園の中で修行したんだ。

そういえば、オリヴァー兄様との魔力操作の修行、大抵外でやっていたけど、つまりはそういった理由があったからなんだ。

「じゃあ、まずは僕がやるから見ていて」

そう言うと、セドリックが両手を前に出して目を閉じる。

すると、セドリックの座っている場所から、淡い金色の光の粒が湧き上がり、手と手の間に集まってくる。

そしてそれは、セドリックの手の中で金色の丸い球のようになっていった。

やがて、ゆっくりとセドリックが目を開くと、その瞳の色は、深い茶色から手の中の球体と同じ、金色へと変わっていたのである。

『綺麗……！』

思わず、魅入られるようにセドリックを見つめる。

以前、オリヴァー兄様が今のセドリックと同じように、魔素を集めて見せてくれた事があった。

あの時の兄様の瞳は炎を宿した深紅で、恐いぐらいにただただ、美しかった。

だけどセドリックは綺麗なんだけど、切ないぐらいに優しくて……温かい。

兄弟なのに、受ける印象も見た目も、こんなにも違う。これが属性の違いという事なのだろうか。

手の中の球体……おそらくは『土』の魔素が、セドリックの手の平に吸い込まれるように吸収されていく。

「……と、こんな感じかな。エレノアもやってみて」

完全に魔素を吸収したセドリックが私に笑いかける。

その瞳はいつもと同じ、深い茶色に戻っていた。

「私に出来るかなぁ？」

実は私、魔素集めは非常に苦手なのだ。

今迄、兄様に教えられながら頑張っていたんだけど、集められても蛍程の大きさしか成功出来ていない。

後にも先にも成功したのは、あのダンジョンでクリスタルドラゴンの幼生に魔素を与えた一回だけ。

それだって、無意識にやれたっぽいので、いまいち成功させた実感がない。

「大丈夫。出来るようになる為の修行だよ。はい、それじゃあ目を閉じて。まずは周囲にある花の魔素を感じてみて」

私はセドリックに言われた通り、目を閉じて意識を集中させた。

――三十分経過。

「だ……駄目だ～!!」

ゼイゼイと息を切らす私に、セドリックはニッコリ笑って、「それじゃあ、もう一回やろうか」などとのたまう。

これ、さっきから何十回も繰り返されたやり取りです。

真面目に容赦がないよセドリック！

これがオリヴァー兄様だったら、ここらで「仕方が無いな。じゃあ休憩しようか？」って言ってくれるのに、セドリックは「せめて一回ぐらいは成功しようね？」と言うばかり。

しかも、「オリヴァー兄上はエレノアにどういう風に指導してたんだろ。……う〜ん……。兄上、僕とは違って、エレノアに甘すぎるからなぁ……」なんて呟いていたの、しっかり聞こえていましたからね⁉

って事はなにかい？　オリヴァー兄様はセドリックをこれ以上に厳しく指導していたって訳？　だからこんな子になっちゃったっての⁉

今迄セドリックとは、別々にオリヴァー兄様から教えてもらっていたから、こんなにスパルタだったなんて知らなかったよ。

オリヴァー兄様！　もっとセドリックに優しく指導してあげようよ！　鬼教官ですか⁉

あああ……！　私の癒し要員が、どんどん癒しから遠ざかっていく……‼

私はそこはかとないやるせなさに、ふて寝の要領で花畑にゴロリと横になった。

「エレノア？」

「……ちょっと休憩！」

「でもエレノア、まだ修行中だよ？」

「五分だけ！」

セドリックが、困ったような顔をしている。

ちょっと罪悪感が湧くけど、それ以上に困らせてやりたい気持ちが勝ってしまう。……こんなの八つ当たりだって分かっているんだけどね。

プンスカむくれているエレノアに、セドリックは傍に控えているウィルと目を合わせ、互いに微笑み合った。

ここで「もうやらない！」とならないのが、エレノアである。

この拗ね方。まるで朝寝ぼけて、「あと五分」って言っている時と変わらないではないか。

本当に、なんなんだろう。この可愛い生き物は。

「……分かったよ。じゃあ今度は、魔力循環の修行をしようか？」

セドリックの声が近くて、思わず横向きだった顔を上げると、いつの間にかセドリックが四つ這いになって、寝ている私に覆い被さっていた。

「え？　セ、セド……リック？」

ドキリとし、思わず開いた唇に、セドリックの唇が重ねられる。

「ん……っ……ふ……」

セドリックの唇から温かい何かがゆっくりと流れ込んでくる。

多分、セドリックの『土』の魔力だ。

『温かい……』

セドリックの魔力がジワジワと浸透していくと、まるで体内の血液の巡りが良くなったように、全身が温かくなっていく。

栄養が細胞の一つ一つに染みわたっていくような……。まるで、セドリックと私が一体になったかのような……。

そして……ああ、蕩けそうな程、凄く……気持ちが良い……。

これが正常な魔力循環というものなのだろうか。

そうしてもう一つ。魔力とは別のものが私の心に流れ込んでくる。

――好きだよ……エレノア。……僕の全てを捧げても足りないぐらい……君を愛している……。

それは溢れ出る程に優しく切ない、まごう事なき、セドリックの私に対する想い。

それらが狂おしい程の甘さを伴って、私の身体と心に沁み込んで来る。

私は完全に覆い被さって私に口付けているセドリックの服を、キュッと掴む。

それに気が付いたセドリックが、重ねていた唇を離した。

「エレノア?」

「……セドリック……。あのね……。あの……私も……」

――貴方の事、大好きだよ……。

羞恥で真っ赤になりながら、気恥ずかしくて声に出せない想いを、私は伝われとばかりに、勇気を持って自分からセドリックに口付けた。

「エレノア……!」

私の拙い、触れるだけの口付けに、それでも嬉しそうに……そして切なそうに、セドリックは私の名を呼んだ後、再び唇を重ねた。

◆◆◆◆◆

『エレノア……』

――魔力循環の為ではなく、ただただ、愛しさに突き動かされるように深く唇を重ねる僕に、おずおずと応えてくれる愛しい少女。

今迄と違い、徐々にだが自分や兄達へと心を向け始めてくれた彼女《エレノア》への想いが止まらない。

兄達と同じく、まるで底なし沼に沈んでいくかのように、この少女に溺れていってしまう。

――リアム。悪いけど、君にエレノアは渡さないよ。

宣戦布告は兄上達から聞いた。

きっとこれから、君とは男として競い合う事になるのだろう。……でも、エレノアは……。この少女は、僕達だけのものだ。絶対に譲らない……！

さわさわと、涼やかな風に揺れる花の香りが二人をふわりと包み込んだ。

暫く夢中でエレノアの唇を堪能していたセドリックは、ふと、名残惜しそうにエレノアから離れる。

「ごめんね、エレノア。魔力循環の修行は、今日はこれぐらいにしようか」

「……え？　あ、う、うんっ！」

真っ赤になっているエレノアを助け起こしながら、セドリックはさり気なく周囲を窺う。

それというのも、先程エレノアとキスをしていた時、クライヴからの控えめな圧を感じたからである。

だが、ちょっと離れた場所にウィルが控えているだけで、他には誰も見当たらなかった。

『これから、剣の修行だもんね。……でも流石はクライヴ兄上。僕の自制心の限界をよく分かっているなぁ！』

そういえば、オリヴァー兄上が暴走しかけると、さり気なくフォローして止めてくれるし、エレノアが何かをやらかすたび、きっちり叱ってくれるのもクライヴ兄上だ。

血は繋がっていなくても、自分にとってはオリヴァー兄上と同じぐらい、大切な敬愛する兄である。彼らの弟だという事は、自分にとっての誇りだ。

『僕はまだまだ、兄上達の足元にも及ばない。……うん、頑張ろう！』

セドリックは、偉大な兄達に少しでも近づけるよう、改めて自分自身の更なる向上を決意したのだった。

……等と感動しているセドリックであったが、実はクライヴ、「機会があったら、なるべくエレノアに積極的に迫るように！」と申し渡したはいいものの、心配で何度もこっそり様子を窺っていた挙句、思った以上に積極的なセドリックに焦って、「おい、もうそれぐらいで止めようか⁉」と、圧をかけたというのが真相である。

そんな訳で、自制心の限界が来たのは寧ろクライヴの方であったのだが、傍で一部始終を見ていたウィルは、「……お二人の為にも、この事は絶対セドリック坊ちゃまには黙っておこう……」と、心に誓ったという。

「……えっと……。エレノア、大丈夫？」

「う……うん……」

先程から、真っ赤になってモジモジと恥じらったままのエレノアに引きずられるように、セドリックも羞恥心が湧き上がってきてしまい、ソワソワしてしまう。

思えばあんなに強引にエレノアに迫った事など今迄一度も無かったし、一瞬うっかり理性も無くしてしまった。一歩間違えたらエレノアに嫌われて、口もきいてもらえなくなる所だった。

なのに今現在、大切な少女は自分に対して盛大に恥じらってくれていて……。しかも口付けの合間に好きだとまで言ってもらえたのだ。

あまりの幸福感と羞恥心に、まともに目が合わせられない。

だが、こんな微妙な雰囲気でクライヴ兄上の所に行くのも……。

悩んだ末、セドリックは取り敢えず話題を変える事にした。

「あ……あのさ、エレノア」

「え？」

「あの……そういえばエレノア、部屋で着替えをしていた時、なんか叫んでなかった？」

「え？　あ、あれ……聞こえてた？」

するとエレノアの顔の赤みが濃くなる。

『あ、不味い！　触れられたくない事だったか！』

「ご、ごめん！　聞く気は無かったんだけど……。ちょっと気になっただけで、エレノアが聞かれたくないなら……」

セドリックが慌ててそう口にすると、何故かエレノアはセドリックの顔をジッと見つめた後、少し考え込む素振りを見せる。

「……う〜ん……。セドリックなら、聞いても大丈夫かな……。それに、一番正直に答えてくれそうだし……」

　ブツブツ呟いた後、エレノアはセドリックに真剣な顔で爆弾発言をぶちかました。

「セドリックや兄様方って、豊満な方が良い？　それとも今の私みたいに、シュッとした方が良い？」

「……は？　豊満？　シュッ……？」

　暫く言葉の意味を考えていたセドリックは、ふと何気なくエレノアのとある部分に目をやった瞬間、全てを理解し、顔を真っ赤にさせた。

「な、な、なんっ！　ち、ちょっ！　そ、そんなこと、何でぼ、ぼくに……聞くんだよ!?」

「だって、こんな事兄様方に聞いたら、絶対怒られるし正直に答えてくれなさそうなんだもん！　その点セドリックだったら、正直に答えてくれそうだし。ね？　教えて？　セドリックはどっちがいいの？」

　――なにこの羞恥プレイ!?

　可愛らしく小首を傾げるエレノアは最高に愛らしいし、自分達の好みに合わせて頑張りたいなんて言われれば、そりゃあ男としては物凄く嬉しい。

　……そう、物凄く嬉しいんだけど……っ!!　普通男に聞くか!?　こんな事!!

「ぼ、ぼ、僕は……エ、エレノアだったら……どっちでも……」

　もごもごと、それでも律儀に答えてしまう自分が憎い。

　なのにエレノアは不満そうな顔で更に追い打ちをかけてくる。

「いいんだよ、セドリック。正直に話して。今なら多分、どっちでもなれると思うから！　……うん、本当に多分だけど。ちなみに兄様方はどうかな？　オリヴァー兄様は、どちらかというと今のままの方が好きそうだけど……」

――兄上達の好みなんて、知る訳ない!!

そう言おうとしたセドリックは、とある気配に気が付き顔を上げた。そして次の瞬間、目を見開く。

だがエレノアはそれに気が付かず、なおもブツブツ言いながら、真剣そうに地面を見つめている。

「う～ん……クライヴ兄様はなぁ……。どっちだろ？　意外とああ見えて、スタイル抜群な方が好みだったりして……」

――ゴンッ!!

「ぴゃっ!!」

いきなり頭に受けた衝撃に、エレノアが悲鳴を上げる。

「いったた～……！」

涙目で頭を押さえ、ふと顔を上げると、セドリックが真っ青な顔でこちらを見ている。……というより、自分の後方を見つめている？

恐る恐る振り向いたエレノアの目に映ったのは、自分の後ろで仁王立ちしているクライヴの姿であった。

「ひゃあぁっ!!」

飛び上がって逃げようとするエレノアを逃がすまいと、首根っこをガッシリ掴んだクライヴは、真っ赤になった夜叉顔でエレノアを睨み付けた。

「お……お・ま・え・と・い・うヤツはーー！！！」

「ご、ごめんなさいー!! クライヴ兄様!! どうか許してくださいっ！」

「いいや、許さん!! 来いっ！ お仕置きだ!!」

必死に許しを請うエレノアをガン無視し、鍛錬場へと引き摺って行ったクライヴは、いつもの基礎訓練を二倍こなす事を命じた。

それに加え、更に素振り二百回、自分との打ち合い十回、その後のウォーミングアップに敷地内を全速力で三周走る事をエレノアに命じたのであった。

◇◇◇◇◇

――全てのメニューをこなし、私は息も絶え絶えな様子で地面に大の字に伸びていた。

「エ……エレノア……大丈夫？」

心配そうに自分を覗き込んでくるセドリックに、私はふるふると力無く首を振る。

「……もうダメ……。指一本動かせない……。クライヴ兄様の……鬼!!」

「自業自得だ！ 別のお仕置きにしなかっただけ感謝しろ！」

――なんと！ これ以上の地獄のお仕置きコースがあったというのか!?

「ちなみに！ 今度ああいった事言いやがったら……分かっているんだろうな……？」

地を這うような兄様のお言葉に、私の喉がゴクリと鳴った。

つ、つまりはその……究極のお仕置きコースまっしぐら……という事ですね⁉

『なんてこった！　今でもこんななのに、これ以上されては真面目に死ぬ！』

私は真っ青になりながら、クライヴ兄様の言葉にコクコクと頷いた。（後に別のお仕置きとは、花嫁修業的な、アレ系のお仕置きの事だったと判明した）

『うう……。結局、セドリックや兄様方の好みのサイズを知る事は出来なかったなぁ……』

まあでも彼らの事だ。たとえ自分の好みのサイズでなくとも「エレノアだったらなんでもいい」で済ませてしまうだろう。

ならばもう、心置きなく自分が目指す理想のカップを得る為に頑張ろう。……そう、たとえオリヴァー兄様が小さい派だったとしても……。

きっと世の男性達は、圧倒的に巨乳派が多い筈だから、大きくなって損する事はないに違いない。だったらいっそ、Dカップに……。いや、そんなおこがましい事は言わない。Cカップ……いや、せめてBカップに……！

「……あいつ、絶対またくだらない事を考えているよな」

「そうですね。……まあ、今何を考えているのかは、何となく分かりますけど……」

「だな」

寝ころびながら、何やらブツブツと呟いているエレノアを、半目の呆れ顔で見つめるクライヴに、セドリックが同意とばかりに頷いた。

「……ちなみに、クライヴ兄上はどちら派なんですか？」

クライヴは飲んでいた水を噴き出し、咽込んでしまう。

「ゴホゴホッ！　……お、お前……いきなり何言ってんだよ⁉」

「す、済みません兄上！　え～と……。な、何となく……気になってしまって……」

クライヴは、ほんのり頬を赤らめているセドリックを見ながら、『こいつも良い感じに年相応になったたな。クライヴは、大人しくて、いつも人に気を使ってばかりで自分を押し殺していたのに……』等と、ついうっかり兄として感じ入ってしまった。

「……まぁ……なんだ。俺はエレノアだったらどっちでもいい」

「はい、僕もです！」

「……ただ、まぁ……。成長していってくれるんなら、それはそれで……。あ、いや！　決してそっちの方が良いと言う訳ではないぞ⁉　あくまで、成長の過程で自然に……ってのが前提だからな⁉」

「はい、そうですよね！　ごく自然な成長の過程というのであれば、それが一番ですよね！」

「そ、そうだ！　その際、うっかり発育が良くなっても、それは自然な過程での事だからな。そうなったら非常に喜ばし……いや、成長を共に喜んでやらなくてはな！」

「そ、そうですよね！　もしそうなったら嬉し……いえ、エレノアと共に喜んであげなくてはいけませんよね！」

「そうだ、あくまで自然な成長を、共に喜んでやろう！」

「はいっ！」

――ようは男として、『成長』してくれた方が嬉しいって言いたいんだな……。

なんかちょっとイイ感じにまとめているが、つまりはそういう事なのだろう。

『若様方……もっと素直になればいいのに……』

その場に控えていた召使達は皆、そんな事を心の中で思いつつ、生暖かい視線を主たちへと向けたのだった。

◇◇◇◇◇

「やあ、みんな。お疲れ様」

「オリヴァー兄様！」

「オリヴァー？　お前、どうしたんだ？」

「どうしたも何も、もうお昼を過ぎているのに中々戻って来ないからさ。じゃあ折角だし、外で食べようかと色々用意させたんだ。天気も良いしね」

そう言ったオリヴァー兄様の後ろでは、お花畑に近い木陰に、ブランケットを敷いたり、設置した簡易テーブルに食べ物や飲み物をサーブしたりしている召使達の姿があった。

「エレノアが楽しみにしていた外出も当分お預けだし、ここで食べれば、ピクニック気分になれるだろう？」

「オリヴァー兄様……！」

確かに。このバッシュ公爵邸の敷地面積、東京ドーム何個分よ⁉　ってぐらいにばか広い。

裏手の方なんて、ちょっとした湖付きの森というか林まであるぐらいなのだ。そう考えたら確かに、ここの方が下手な公園とかよりも、ピクニック気分を味わえそうだよね。

「……でも、その前に……」

「え？」

今迄ニコニコしていたオリヴァー兄様の笑顔が、スン……と、アルカイックスマイルへと変わる。

……あれ？　どうしたんでしょうか兄様……？

「エレノア。ちょーっと、そこに座ろうか。……え？　今動けない？　そう。じゃあセドリック、取り敢えずお前の魔力で、エレノアを復活させてあげてくれる？　起き上がれる程度でいいから」

「え？　あ……あの……オリヴァー兄様？」

「ちなみにエレノア。僕は別にシュッとした方が好みって訳ではないからね？」

「はいっ!?」

ザーッと顔から血の気が引いた。

……オ、オリヴァー兄様……！　何でその事を……!?　あっ！　兄様の後方にウィルが！

そ、そういえばウィル、急に姿が見えなくなったよね。……つまり、犯人はお前かーっ！

あっ！　なに目を逸らしているんだ！　こっち向け、卑怯者めが!!

「エレノア……ごめんね？」

セ、セドリック!?　その謝罪は何かな？　あっ、手からほわほわと温かい魔力が流れ込んでくる！

おかげでどんどん身体が楽になる……のはいいんだけど。ストップ！　セドリック、もういいから！　セドリックも修行で疲れているだろうし、今は復活したくないから！　え？　諦めろって？

だって、オリヴァー兄様の笑顔、超恐いんだよー！

「うん、もうそれでいいかな？　……それじゃあエレノア、そこに座りなさい」

……青筋を立てた、アルカイックスマイルなオリヴァー兄様……めっちゃ恐い……。

私はプルプル震えながら、大人しくオリヴァー兄様の真正面に正座した。

ううう……。あまりにも恐ろしくて、顔が上げられない。

「……で、最初に聞いておきたいんだけど」

「は……はい……」

「エレノアは何で、僕が……いわゆる、スレンダーな体型が好みだって思ったわけ？」

スレンダー？　ああ、貧乳とは言いたくなかったんですね兄様。

「そ……それは…………何となく、兄様のイメージというか……見た目で……？」

シン……とその場の空気が凍った。

その中で、「おい……じゃあ俺のイメージって一体……」とのクライヴ兄様の呟きが聞こえた気がしたが、今現在、オリヴァー兄様の圧が恐くてそれどころではない。

「……へぇ……。エレノアにとって、僕ってどういうイメージなんだろうね？　是非とも聞いてみたいなぁ……」

そう言われても、フィーリングで……としか言いようがない！　でもそれ言ったら、更に怒りそうだし……。

「……あ……あの……。御免なさい。ひょっとして兄様……逆でしたか？」

一応、淑女の嗜みとして『巨乳派』とは口にしないでおいた。……のだが、ブチッと何かが切れる音が聞こえた。（ような気がした）

「エレノアーッ！！！」

オリヴァー兄様の怒鳴り声が、庭園全体に響き渡る。

その後、実に三十分もの間、私は荒ぶる兄様から雷を落とされ続けたのだった。

オリヴァー兄様に正座させられ、めっちゃ怒られまくった後。

足の痺れで再び動けなくなった私は、またしてもセドリックの土魔法で治してもらう羽目になってしまった。

そんなこんなでちょっとトラブルがあったけど、無事（ではないけど）ピクニック風のランチタイム突入である。

オリヴァー兄様も、散々怒鳴ってスッキリしたのか、いつもの穏やかさを取り戻している。……本当に良かった。

用意してからちょっと時間が経っちゃったけど、冷めても美味しい料理ばかりだから問題はない。

……うん、このフワフワ卵サンド美味しい！　あっ！　セドリックが作ったクロワッサンを使ったアボカドサンドもある！　冷製スープも美味しい！　ああ……幸せ。

「エレノアは本当に美味しそうに食べるよね」

私の食べっぷりに目を細めるセドリックに、私は口一杯頬張ったパストラミサンドを飲み下しながら、コクコクと頷いた。

「だって実際美味しいし！　特にセドリックの作ったパンが凄く美味しい！」

「有難うエレノア。勿論、デザートも作っておいたから。楽しみにしてて」

「うん！　何があるんだろう。凄く楽しみ！」

「楽しみなのは良いが、あんまり食い過ぎると太るぞ？」

「クライヴ兄様の、地獄の特訓で消耗した分だからいいんです！」

「だったら、そもそも怒られるような事すんな！」

そんなやり取りを、微笑ましそうに見守っていたオリヴァー兄様が、おもむろに口を開く。

「エレノア。公爵様と父上達、明々後日《しあさって》には帰ってくるそうだよ」

「え？　父様方が⁉」

「うん。魔導通信で、そう連絡があったんだよ。なんでも今日中には船に乗る予定だって」

オリヴァー兄様から、父様方が帰国する旨を伝えられた私は驚きを隠せないでいた。

だって確か、父様方がシャニヴァ王国に向かったのって、三日前だったよね？　折角何日もかけて訪れた国なんだから、普通もっと滞在するもんじゃないのかな？　明々後日って、ほぼトンボ返りじゃない？

「元々友好国でもないし、様子見で行っただけだからね。……まあ、確かに滞在期間が短すぎるのは、ちょっと引っかかるけど……」

「でも、父様方が元気そうで良かったです！」

取り敢えず、ドンパチせずに帰って来られて本当に良かった。

そりゃあ、父様方の強さは知っているけど、やっぱり心配だったんだよね。

「早く父様方にお会いして、お土産話をお聞きしたいです！」

特に、どんなモフモフがいたかが凄く聞きたい。

ネコミミとか、ウサミミとかいたのかな？　まるっと獣の見た目なのかとか、それも気になる。

「そうか？　俺達はあんまり早く会いたくねぇがな」

クライヴ兄様が、げんなりとした顔をしている。

そりゃそうか。誕生日会を先倒しした事、絶対怒られそうだもんね。

「エレノアは獣人に興味津々だね。前世でも獣人っていたの？」

「えっと……。前世では人族以外いませんでしたので……」

その代わり、映画やら小説やら漫画やらには、山程出てきたけどね。

なんなら獣人を模したバニーガールとかネコミミ娘とかもいました……とは、流石に言えないけど。

「でも、これを機会に国交を結ぶ事が出来たら素敵ですよね！」

「うん、そうだね」

晴れ渡る青空の下。

気持ちの良い爽やかな風に吹かれながら、私は再び、美味しいランチを口一杯に頬張ったのだった。

◇◇◇◇◇

「それでは国王陛下、我々はこれにて失礼致します」

フェリクスが深くお辞儀をすると、高御座《たかみくら》に座し、国王と呼ばれた精悍な風貌を持つ男は、眉間に皺を寄せる。

その頭には、白銀の狼の耳が生えており、同じく銀色の長い尾が、座る椅子からふさりと床に向かって垂れていた。

この獣人王国シャニヴァを治める国王は、銀狼の獣人である。

そしてその横には、王妃である狐の獣人が、豊満な胸元をこれでもかと強調させた豪奢な服を身に着け、艶やかに微笑んでいる。

「本当に今すぐ発つのか？　一回ぐらいは宴に出ても良かろうに」

「いいえ、お心遣いは有難くお受けしますが、こちらにお伺いしましたのも急でしたし、これ以上のご迷惑をお掛けする訳にはまいりません」

「そうか？　宴ごとき、こちらはたいした用意もいらぬのだが……。では、受け入れの件は頼んだぞ」

「ええ。こちらも楽しみにしておりますよ。……では一ヵ月後に。お待ちしております」

フワリ……と、豪華なローブを優雅に翻し、お供である将軍一人のみを従えた、アルバ王国第三王弟フェリクスが、その場を後にする。

その優雅かつ、大変に見目麗しい姿に、その場に居た女達は一様にホゥ……と溜息を洩らし、男達は苦々しい表情で目の前を通り過ぎるフェリクスを睨み付ける。

そこにはこれから友好国になり得るかもしれぬ、他国の王族に対する敬意は微塵も見られなかった。

しかし、更に女達の視線を釘付けにしたのは、王弟の護衛として付き従っている男だ。

『ドラゴン殺し』と世に名高き英雄、グラント・オルセン。

その威風堂々とした態度。輝く銀糸と切れ長なアイスブルーの瞳。

加えて野性味溢れる精悍な美貌は、その場の全ての女達に感嘆の溜息をつかせたのだった。

やがて完全にフェリクス達の姿が見えなくなった所で、国王は馬鹿にしたように鼻を鳴らした。

「何とも弱そうな奴らだ。気配にまるで覇気がない。アルバ王国の男達は、見目麗しい姿だけが取り柄の優男……という噂は、どうやら本当のようだな」

国王の傍に控えていた、身の丈二メートルはあろうかという虎の獣人が、同意するように深く頷く。

「まさにその通りですな！　あの同行していた将軍……。世に名高き『ドラゴン殺しの英雄』との事ですが、私の放つ威圧をまるで感じ取っていなかった様子。脆弱な人の世界の定義での英雄など、たかが知れております」

「そうよな将軍。さしずめ火吹きトカゲを討伐して、ドラゴン殺しなどとホラを吹いておるのだろうよ。なあ？」

その場に集った臣下や軍人が、一斉に嗤《わら》いだした。

「そもそも人間とは数少ない女に選ばれる為、美しさのみ磨き上げる事に心血を注いでいるものだと聞く。あの者達の国《アルバ王国》では、特にそれが顕著であるとか」

「まあ！　ではあの国では、男達は皆、あのように美しい者達ばかりという事なのですか⁉」

嬉しそうな王妃の声に、国王は頷く。

「ああ。ほぼ全ての男が、それなりのレベルだと報告では上がっている。……最も、女の質は甚だ平凡だそうだ。我が国の女達とは違ってな」

そう言うと、国王は自分の肩に置かれた王妃の手を愛し気に撫で上げた。

――獣人の世界における価値とは、すなわち『強さ』である。

見目が麗しいだけの優男など、この国では奴隷よりも価値が低く、それは必然、女にも適用される。

強く、美しくなければ、上位種の男に見初められたりはしないのだ。

王妃は、自分の手を撫でる国王の手を両手で恭しく持ち、唇を押し当てる。

「……でも、そんな強くも美しくもない女達が、あのような美男に傅かれているかと思うと、わたくしとても不快な気分になりますわ！」

「まあ、そう言うな。男だろうが女だろうが、顔だけだろうが凡庸だろうが、『人間』というだけで使い道があるのだからな」

スウッと、国王は瞳孔を細くして、獰猛な野獣のごとき表情を浮かべ、嗤う。

「ふふ……そうですわね。ところで、王太子と同行する娘達は？　どの子を行かせましょうや？」

「レナーニャ、ロジェ、ジェンダ……あたりが良かろう。あれらは我が子らの中で一、二を争う程強く、美しい。程度の低い女を見慣れた男共なら、すぐに虜にしてしまうだろうよ。上手くすれば、幾人か優良な子種どもを連れて帰って来るやもしれんぞ？」

「まあ、素敵！　そうね……。出来ればとびきり見目の良い男が良いわ！　よくよく言い含めておかなくては！　……ああ……楽しみだわぁ……」

ウットリと、舌なめずりをするように、蠱惑的な赤い唇を舌でチロリと舐め上げる王妃からは、滴り落ちる程の『女』の欲が滲み出ていて、周囲に控えていた兵士達や将軍の喉がゴクリと鳴った。

「そうだな。お前も楽しみだろう？　なあ、ヴェイン」

「はい。父上」

玉座の奥から姿を現した、狼の耳と尾を持つ少年に声をかけ、国王は嗤い続けたのだった。

紫《ヴァイオレット》の薔薇《ローズ》の館へようこそ

王都郊外の外れに、ひっそりと佇む古い館。

以前は名のある貴族が所有する建物だったそうなのだが、諸事情で手放され、今現在は人気も無い状態でひっそりと佇んでいる……という事になっている。そう、昼間だけは。

夕暮れ時になると、夜の匂いを感じ取ったがごとく、あちらこちらに設置された魔導ランプが自動的に点灯し、鄙《ひな》びた館に幻想的な雰囲気を与える。

そして、そのランプの色は紫。

闇夜に浮かぶ紫のランプが、館全体に絡まる様に生えている蔦の間に浮かび上がる事で、まるで

館全体に紫の薔薇が咲いているようだと噂され、いつしかその館は『紫の薔薇の館《ヴァイオレット・ローズ》』と言われるようになったという。

……尤も、実は『紫の薔薇』と名が付く時点で、どのような場所でどんな人々が集う場所なのか、分かる人にはちゃんと分かっているのだ。

ちなみに『紫の薔薇の館《ヴァイオレット・ローズ》』には、毎夜目立たぬように装飾を施された沢山の馬車が訪れているのだが、今夜ここにやって来たのは、簡素な漆黒色の馬車一つだけ。

そしてそこから降りて来たのは、すっぽりとローブを被った男三人と、その内の一人に抱えられている子供が一人。

その子供もやはり、すっぽりと全身を覆うローブに身を包んでいたのだった。

「……グラント父様。凄く趣のあるお館ですね！」

「あー、そうだろ！　冒険者やってた時は、煩いのに見付からない絶好の隠れ家ってヤツで、ここでよく寝泊りしていたもんだぜ！」

「そうなんだよね。そんなに気に入ったんならって、グラント名義にしてあげたんだけど、いつの間にか別の奴に名義変更していてさぁ……。全く、知り合いだったから良かったけど、せめて一言欲しかったよね！」

――ここまでの会話で分かるように、『諸事情で手放された、名のある貴族の館』とは、ようはバッシュ公爵家が所有していた館の事である。

そしてその館をアイザック父様がグラント父様に譲渡し、そんでもって、いつの間にやら所有者がグラント父様から別の人へと変わっていた……と、ようはそういうオチなのである。

「ふふ……。そう言うなアイザック。こいつが常識外れなのはいつもの事だ。……まあ、流石の私も、この館がこういった場所になっていたのは、正直驚いたけどね」

「メル、お前だってそう言いながら、ちょくちょく遊びに来ているんだろ？」

「まあね。ここ、個室もあるから、息抜きには丁度良くて。っていうか、アイザックだってたまに利用しているって、あいつから聞いたぞ？　そうそう、こないだ訪れた時に、「あんまりにも娘自慢がウザいから、そろそろ出禁にしようかな」ってぼやいていたっけな」

「えっ！　そんな事になってたんだ！」

「私がとりなしてやったから、かろうじて首の皮一枚で繋がっているがね」

「あー、そんじゃあ丁度良かったじゃん！　当の「自慢の元」を見りゃ、出禁も永久解除になんだろ！」

――……父様……。いつでもどこででも娘自慢をするのは、いい加減止めましょうか？

それ聞かされる、こっちがいたたまれませんっての！　まったくもう！

そんな事を、父様方は小声で話し合いながら、館の扉の前に辿り着く。そしてグラント父様がノッカーを打ち鳴らした。

……というか、ノッカーの形も薔薇でしたよ。う〜ん……芸が細かい。

「……あの、父様方。女の私がこのような場所に来て良いのでしょうか？　……だってここ……」

「あー、平気平気！　お前だったら絶対大丈夫だから！」

カラカラ笑って親指を立てるグラント父様に、他二人が同意とばかりに頷く。

う〜ん……。こと私に関しては、三人が三人とも、もれなく娘バカに成り下がってくれるので、いまいち信用出来ない……。

まあでもここまで来たんだし、私も行きたかったし……。腹くくりますか！

やがて、重厚な作りのドアが音も無く開いたと思ったら、ナイスミドルなバトラーが現れ、私達に対して深々とお辞儀をした。

「おう！　ハリソン。久し振りだな！」

「グラント様、ようこそいらっしゃいました。他の皆様方も、どうぞこちらに。マダムが中でお待ちです」

そう言うと、ハリソンと呼ばれた男性は私達に背を向け、屋敷の中へと進んでいく。

私達も屋敷の中に入ると、あちらこちらに灯る紫色のランプに照らされた薄暗いお屋敷の中を、彼について歩いて行く。

やがて、ある部屋の扉の前に辿り着くと、ハリソンさんは二回ドアをノックした。

すると中からドアが開かれ、ハリソンさんよりも若い、召使風の美男子達……いや、『黒服』達が、扉の両脇に控え、深々と私達に対して頭を下げた。

『リアル黒服！』と、興奮する私を腕に抱えたまま、グラント父様は勝手知ったるといった風に、豪華な絨毯が敷き詰められた部屋の中へと足を踏み入れる。

するとそこには、外の薄暗さとは無縁とばかりに豪華なシャンデリアに照らされた、眩いばかりのキラキラしい空間が広がっていたのだった。

一目で高価と知れる、上品で豪華な装飾がふんだんに施された室内には、オーク素材のような重厚な作りのローテーブルとソファーが幾つも設置され、高価そうなワインボトルが所狭しと並ぶカウンター席まであり、まるで超高級な銀座のナイトクラブのようだ。

そして、あちらこちらに飾られている、匂い立つ薔薇の香りに負けない程豪華なドレスに身を包んだ『美女』達が、優雅に微笑んでいる。

そのあまりのキラキラしさに、思わずポカンと口を開け、目が釘付けになっていた私に向かって、紫色の豊かな髪を緩くまとめ上げ、上品な黒いシルクのドレスを纏った、妖艶な熟女が歩み寄って来る。

「『紫の薔薇の館《ヴァイオレット・ローズ》』にようこそ、小さな淑女ちゃん」

そう言うと、泣きボクロが特徴の垂れ目がちな瞳を細めた妖艶な『オネェ様』は私に対し、極上の微笑みを浮かべたのだった。


思い起こせば二日前。

オリヴァー兄様が予想していたちょうどその日に、父様方は無事、バッシュ公爵家に戻って来た。

……のだが、果たして無事と言っていいものか、ちょっと迷ってしまった。

だって、アイザック父様はゲッソリと疲労困憊って顔しているし、メル父様とグラント父様は超絶不機嫌そうだったんだもん。

アイザック父様のお疲れ顔は割とよく見るけど、メル父様とグラント父様は、疲れた顔も不機嫌そうな様子も滅多に見せず、いつも朗らかに飄々としているイメージだったから、真面目にビックリしてしまった。

「と、父様方！　お帰りなさい！」

取り敢えずビビりつつも、精一杯の笑顔を浮かべ、父様方に飛びつく。

「ただいまエレノア！　……ああっ！　癒されるっ!!　やっぱり僕の天使は世界一可愛い!!」

と、父様……。小さな子供みたいに、ブンブン振り回すの止めてください！　酔います!!

「私の可愛いエレノア……！　さあ、よく顔を見せておくれ。……うん。ほんっとーに癒されるな!!」

メ……メル父様ー!!　どアップやめて！　お疲れ顔の所為か、いつも以上にアンニュイな色気だだ洩れです!!　最近やっと強くなった、鼻腔内毛細血管が崩壊してしまいますから!!

「会いたかったぞエレノア!!　……っくー!!　激可愛い！　マジ癒される!!　もう今日は一日、こうして抱き締めていてぇ!!」

いやぁぁぁ!!　本当にぎゅうぎゅうに抱き締められてますよ!!

し、しかもグラント父様ってば、脳筋のくせに絶妙な力加減！

まさか父様……タラシか!?　タラシなんですね!?　いけません！　一日こんなんされていたら私の心臓、真面目に止まります!!

そんな私の心の絶叫を他所に、三者三様、それぞれが「可愛い」だの「癒される！」だの口にしながら、互いに奪い合うように私を抱き締めたり頬ずりしたり、頬にキスをしたりしてくる。

……父様方、真面目に大丈夫だろうか？　お仕事、そんなに辛かったのかな？

しかも、普段だったらこういう状況になると、決まって兄様方が青筋立てながら父様方から私を取り返そうとするんだけど、常にない父様方の様子にビビっているのか、珍しく二の足を踏んでいる。召使達も皆、呆気に取られて私達を見ているような状態だ。

「父様方……お仕事大変だったのですね。本当に、お疲れ様です」

そう言ってから、お疲れさまの気持ちを込めて父様方の頬にキスをしたら、三人揃って私の奪い合いが激化した。

そこで流石にキレた兄様方が、父様方から私を奪還しました。ふぅ……やれやれ。

――だが、騒動はここで終わらなかった。

案の定と言うか、グラント父様とメル父様は、兄様方が自分達抜きで誕生会を開いたと聞かされ、大激怒したのだった。

「オリヴァー、クライヴ……。やりたくもない外交で疲弊し切って帰った父達に対し、よくもそういう情け知らずな事を……！」

「お前らー!!　俺達から、ドレスアップしたエレノアを愛でる、絶好の機会を奪いやがってー!!」

……等と、訳の分からない恨み節を炸裂させた挙句、「これが俺（私）の誕生日プレゼントだ。有難く受け取るように！」と、技術指導と称し、オリヴァー兄様とクライヴ兄様をフルボッコにしてしまったのだ。

——え？　何でお前止めなかったんだよって？

そんな無茶、言わんでほしい。あんなブチ切れした父様方を、誰が止められると言うんだ⁉

実際、アイザック父様やセドリックが仲裁に入ったんだけど、二人ともガン無視された挙句、「じゃあお前ら、一緒に特訓受けるか？」って言われて、あえなく撤収。

そりゃそうだ。誰だって命は惜しい。

そんな訳で、骨は折れていないものの、ズタボロ状態にされてしまった兄様方の治療をセドリックと必死にやりましたよ。

兄様方、まともに起き上がる事も出来ない状態ながら、「いつか殺す……！」と、元気に呪詛を吐いていた。

どうやら、フルボッコにされても心は折れていなかったようだ。よかったよかった。

勿論、兄様方をこんなにしたのはやり過ぎだって、後で散々父様方に抗議しましたけどね。

「今度こんな事したら、父様方を嫌いになります！」って言ったのが余程ショックだったのか、メル父様とグラント父様、ちょっとしょんぼりしていた。（逆に兄様方は喜色満面になっていた）

まあでも、結局怒りが収まらなかったのか、グラント父様が「んじゃ、後はエレノアとデートする事でチャラにしてやる。エレノアだって、たまにはどっかに行きたいだろ？」と言い放ったのだ。

勿論、兄様方は「何バカ言ってんだ！」って大反対したんだけど、「んじゃ、お前らも来るか？俺達は構わないが？」と行き先を告げると、途端兄様方は青褪めて何も言わなくなった。

アイザック父様だけは「エレノアの教育上、あそこに行って果たしていいものか……」と悩んでいたが、当の私が興味津々で「行きたいです！」と告げると、自分も一緒に行く事で了解してくれたのだった。


「それにしても、エレノアが行きたいって言ったのには驚いたな。普通のご令嬢にとって『彼女ら』は、不倶戴天の仇のようなものだからね」

「ここではそうでしょうけど、私の元いた世界では、『彼女達』に憧れたり、友達になりたがる女子って結構いたんですよ。それに私もお酒が飲める年になったら、そういうお店に遊びに行くのが夢だったんです！」

「……もっと違う夢を持った方が良いと思う……」

「エレノアのいた世界の女性達って一体……」

「所変われば……ってヤツだな。にしても、女が男女の店に行きたがるなんてなぁ……」

——三者三様のご感想、有難う御座います。

そう。何を隠そう、グラント父様方が私とのデート先に決めたのは、所謂前世で『オカマバー』と言われていた場所なのである。

なんでも、そこを経営しているマダムって、グラント父様が昔パーティーを組んでいた冒険者仲間なんだって。

で、引退した時にグラント父様が餞別として、所有していたこの館を譲ったのだそうだ。

余談だが、オリヴァー兄様とクライヴ兄様。まだ十代前半の頃に一度だけ、父様方に連れていかれた事があるらしいんだけど、その所為で軽くトラウマになってしまい、もう二度と行きたくないんだそうだ。

成程。だから父様方、私とのデートに兄様方がついて来ないよう、わざと行き先ここにしたんだな。

それにしても、幼い息子達をそんな所に連れて行く父様方も父様方だが、兄様方が負わされたトラウマの中身も、微妙に気になってしまった。

聞いてみたけど、頑として口を割ろうとしなかったのが、更に興味をそそる。

後で父様方に聞いてみようかな？　……なんて考えていたら、オリヴァー兄様がニッコリと、実にいい笑顔で微笑んだ。

「……エレノア……。分かっていると思うけど、余計な詮索はしないように……」

勘の良いオリヴァー兄様の圧の恐ろしさに、私は瞬時に屈した。

「はいっ！　何も聞かないし、知ろうとしません！」

「よろしい。……あと、くれぐれもはしゃぎ過ぎないようにね？　それと、苛められたらすぐ逃げるんだよ!?　父上達だけだと面白がって、絶対助けてくれないからね!!」

「は、はい……」

……あの時のオリヴァー兄様の顔、滅茶苦茶真剣だった。

ひょっとして兄様、ここで苛められた事があるのかな？　そして間違いなく、父様方に見捨てられたんだな。なんて哀れな……。

そう言えば、一応セドリックも誘ってみたんだけど、「ううん、遠慮しておく！」って、即行で拒まれてしまったんだよね。

……うん、確かにセドリックだと、トラウマどころの騒ぎじゃなくなりそうだもんね。

お留守番決定は正しいと思う。……新たな扉を開かれでもしたら、私も嫌だし。

ところで、件の冒険者仲間さん。『第三勢力《同性愛者》』達の中では、マテオのように男性として男性が好きなタイプではなく、女性として男性を愛するタイプなのだそうだ。所謂、『トランスジェンダー』である。

そして、そんな彼らのシンボルこそが、『紫の薔薇』なんだって。

何で紫の薔薇？　って、皆に聞いてみたんだけど、ずっと昔から紫の薔薇って、同性愛者の隠語だったんだそうだ。

なんでも、遥か昔に品種改良の結果、紫色の薔薇を作り上げた人が『第三勢力《同性愛者》』だったからとかなんとか……。

まあそんな訳で、彼はグラント父様に譲られた館を使用し、第三勢力達の中でも、オネエである彼女《彼》らを集め、彼女《彼》らを密かに愛する男性達が集う、高級オカマクラブ『紫の薔薇の館《ヴァイオレット・ローズ》』を立ち上げたのだそうだ。……何とも凄い話である。

「あ？　いや、あいつ最初から『女』やってた訳じゃなくて、俺とパーティー組んでた時は普通に男だったぞ？　あれだ、あいつがソッチだって告白したのは、アイザックに一目惚れした時だったな。いやー、あんときゃマジでビビったぜ！」

思わずアイザック父様に顔を向けると、「エレノア！　僕はちゃんとお断りしたから！」と必死の形相で言い訳してきた。

いや、そうでしょうとも。そうじゃなければ私、生まれてないですしね。

んで、アイザック父様にフラれて傷心だった彼は、これを機会に冒険者を引退し、本格的にソッチの世界で生きていこうと決意したのだとか。

ちなみにグラント父様は彼……いや、彼女的には『趣味じゃない』んだそうで、お陰で今迄ずっと、普通に友人関係を維持しているのだそうだ。あ、ちなみにメル父様も『範疇外』なんだって。

全員が全員じゃないんだろうけど、オネェ様系の第三勢力がツボるタイプって、マッチョでもイケメンでもなく、純朴で大人しそうな男性なのだそうだ。

成程……。だからアイザック父様がドストライクだったんだね。

んじゃ、益々セドリックは連れていけないな。間違いなく、オネェ様方の餌食になる。

……あれ？　ちょっと待って。

じゃあなんでアイザック父様、私達と同行しようとしてるんだろう？　彼……いや、彼女もフラれた相手に会うのは嫌じゃないのかな？

なんて思ったんだけど、未練をいつまでも引き摺る女《オカマ》は粋ではないのだそうで、既に吹っ切っているのだそうだ。

アイザック父様はグラント父様同様、夜会とかで肉食女子に絡まれるのが嫌で、ここの常連になっちゃったんだそうだ。

でも、来る度娘自慢をしまくるので、遂に出入り禁止一歩手前になっていると……。

父様……あんたって人は……。

ともかく、今私の目の前には夜の蝶……もとい、オネェ様方がズラリと勢揃いしている。

本当に、だれもかれもがもの凄く綺麗でキラキラしい。

勿論、その中には「あれっ？」って感じのオネェ様方もいる。……前世のテレビなどでよく見た、所謂、ガチムチ系の正統派（？）オネェ様だ。

まあ、そういう人達がいてもおかしくはない。

だってこの国の男性達は総じて美形揃いだけど、美形にも種類があるからだ。

所謂、兄様方や父様方のような耽美系美形と、ルーベンやジョゼフ等といった、男性的魅力に溢れた美形……って感じに。

だから男性的な容姿や体型をしていれば、どんなに心が女性らしくても着飾れば着飾る程、寧ろガチムチ系な見た目が強調されてしまうのだ。

彼女らにしてみれば割り切らざるを得ないけど、やるせないことだろう。

そしてやはりというか、オネェ様方は皆、微笑んではいるものの、目が微妙に笑っていない。

敵意……とまではいかないけど、やはり私に対して警戒心は持っているっぽい。

——まあでもそれは、仕方が無い事だと思う。

前世の世界と違い、いくら彼女らが市民権を得ていたとしても、やはりマイノリティーゆえの苦労もあるだろうし、マテオと肉食系女子達のやり取りを見ていて分かったけど、女性達の第三勢力への当たりは、えげつないという程にキツイ。

きっと彼ら……いや、彼女らも、嫌な思いを沢山してきたんだろうし、『女』と言うだけでもてはやされている女性達に対し、きっと色々、思う所があるに違いない。

それにここは、彼女らの聖域なのだ。

むしろ女である私を、ここに招き入れてくれた事自体が奇跡的とも言える。

「エレノア、大丈夫かい？　無理そうだったら、頑張らなくてもいいんだからね？」

アイザック父様がそう言いながら、不安そうな顔を私に向けてくる。

いやいや父様、何を頑張らなくてもいいと？　あ、ひょっとして、私がオネェ様方を恐がってると思って心配しているのかな？

「大丈夫です、父様。綺麗な方々ばかりで、ちょっと緊張してしまっただけですから」

「……へ？　あ、そう？　ま、まあ、綺麗……だよね、うん。で、でもっ！　何かあったら、ちゃんと言うんだよ⁉　ここの人達、口は結構悪いし、手も早いけど、恐い人達じゃないからね⁉」

「いや、だから緊張しているだけで、恐がっていませんよ？」

「エレノア、遠慮しなくていいんだ！　父様、エレノアが逃げるまでの間ぐらいは、盾になれるからね！」

「だーかーら、父様！　私が恐がっている前提で話をするのは止めてください！」

「……ねえ。いつまで親子漫才しているつもりかしら？」

マダム・メイデンの呆れた口調に、ハッとして周囲に目をやると、オネェ様方が全員、目を丸くしてこちらを凝視しているのが見えて、思わず顔が赤くなってしまった。

「……あ……あのっ！」

私は真っ赤になった顔のまま、慌ててオネェ様方にペコリと頭を下げた。

「エレノア・バッシュです。このたびは、女である私がこの場に来る事を許可していただき、有難う御座います！　それと、いつも私の父達がお世話になっております。娘として、皆様方には心よりお礼を申し上げます！」

その瞬間、室内に漂っていた緊張感が、少しだけ和らいだのを感じた。

「ふぅん……。ひとまず、合格ね……」

「はい？」と顔を上げると、こちらを興味深そうに見つめるマダムと、ドヤ顔のグラント父様。そして、ホッとした表情のアイザック父様がいた。……って、あれ？　メル父様は？

「メルヴィルなら、あっちでもう盛り上がっているわよ」

そう言われて指差された方向を見てみれば、テーブル席で綺麗どころに囲まれ、優雅にワインを傾けているメル父様の姿があった。……メル父様。相変わらずフリーダムですね！

「ほらな、言った通りだろうが！　俺らの娘は超絶可愛くて良い子なんだからよ！」

「はぁ……。ここ最近、あんたもアイザックに感化されたか脳がやられたか、いきなり娘バカになっちゃってたからね。ぶっちゃけ、あんたもアイザック同様、出禁リストに入れる寸前だったのよ？」

「げっ！　マジか⁉」

……グラント父様……。アイザック父様といい、二人揃って何やってんですか⁉

「まあねぇ……。立ち話もなんだから、取り敢えず座りましょ。ああ、まだ名前を言ってなかったわね。私の名前はメイデン。マダム・メイデンと呼んで頂戴」

「は、はい！　宜しくお願いします、マダム・メイデン」

ちょっと緊張気味に返事をした私に、マダムは綺麗な鳶色の瞳を細めた。

「ふふ……そんなに緊張しないで？　カチコチしていたら、折角の可愛いお顔が台無しよ？」

「え？　か、可愛いって……そんな事……」

この世界の男性達って、基本女性よりも綺麗な人が多い。

そんな彼ら……もとい、彼女らは、その美貌を更に磨き上げているのだ。兄様方や父様方とは、また違った意味で目潰し攻撃的にキラキラしい。

だから人種は違えど、こんな綺麗な人に可愛いなんて言われてもなぁ……。

あ！　成程、営業トークか！　それならば納得。

「あら？　自分が可愛いって言われたのが意外？　ひょっとしてお世辞だって思ってる？」

ズバッと言いあてられ、「そうです」とも言えずに戸惑う私に、マダムが呆れ顔になった。

「心外ねぇ。悪いけど私、女をおだてる趣味なんて無くてよ？　可愛いから可愛いって言ったの。ただそれだけよ」

「え？　そ……で、でも……」

わたわたしてしまった私の態度に、マダムはなんだか呆れ顔をしながら、父様方を横目で睨みつけた。

「ちょっとアイザック、グラント。あんたら私に散々娘自慢しといて、一体この子にどういう教育してんのよ⁉　ひょっとして虐待してんじゃないでしょうね⁉　ってか、この子本当に女？　私の知ってる女のカテゴリーに全く当てはまらないんだけど。ひょっとして、女の皮を被った何か？」

……お……女の皮を被った何かって……。なんかもの凄い言われようだな。

「おいおい、女の皮被ったって、お前それ自己紹介かよ？　ライナー」

「うっせーわ！　てめぇグラント！　本名言ってんじゃねぇよ！　ぶっ潰すぞ⁉」

「メイデン！　戻ってる！　戻っているから！」

「あぁら！　嫌だわ私ったら！　ごめんなさいねぇ～エレノアちゃん」

「い、いえ……」

アイザック父様の指摘に、ライナーさん……もといマダムは、コロッと妖艶な熟女の顔に戻った。

う～ん、しかしやっぱり男の人だったんだな……。声なんかめっちゃドス利いていたし。ちょっとビビった。

「まあ、話を元に戻すけど、何でこの子こんなに自分に自信ないのよ？　この子よりも、よっぽどブスな女でさえ、無駄に自分に自信持っているってのに。そもそも女ってだけで、蝶よ花よでちやほやされるから、己を知らない、発情期の雌猿みたいなのが大量生産されんのよねぇ……。あれって本当、何とかなんないのかしら？」

おおっと！　オネェ様の女ディスりトーク炸裂！

流石は女の仇敵と言われる第三勢力！　言葉に容赦がない。

「メイデン！　僕もみんなも、こんなに可愛くて素直で天使なエレノアの事、虐待なんてする訳ないだろ⁉　むしろそんな輩がいたら、ありとあらゆる拷問の果て、八つ裂きにした挙句に骨の一欠けらも残さず燃やし尽くしてやるから！」

「おお！　よくぞ言ったアイザック！　でもよ、いっそ氷漬けにしてクラッシュしちまった方が、早いんじゃねぇか？」

「あんたら……。こんな所で、なにを楽しそうに殺人計画練ってるのよ⁉」

全くもって、マダムの言う通りです。父様方……愛が重い！　重いですよ‼

「ああ、それは楽しそうだ。私も是非参加させてもらうよ。特に拷問のトコ」

メル父様！　にこやかに参戦しないで！　周囲のオネェ様方、ドン引きしているから‼

◆◆◆◆◆

父親達の、物騒な会話にオロオロしているエレノアを、メイデンは興味深そうに観察していた。

『……ふ〜ん……。本当、変わった子ね……』

元から娘バカだったアイザックの話は差し引くとして、グラントやメルヴィルまでもが自慢をする娘とは、一体どんな子なのかと興味を持ち、ここに足を踏み入れる事を許可したのだが……。確かに普通の女とは違っているようだ。

豊かに波打つヘーゼルブロンド。インペリアルトパーズのように、キラキラした大きな瞳。バラ色の頬とぷっくりした桜色の唇。

……ハッキリ言って、そんじょそこらの雌猿では、太刀打ちできないぐらいに可愛らしい容姿をしている。

普通の女だったらそれを鼻にかけ、女王然と振舞うだろうに、この目の前の少女には、そういった高慢な態度が一切見られない。

それどころかむしろ、どこか自分に対して自信なさげな様子なのだ。

しかも自分達が元・男であった事を知っているだろうに、興味深そうにしているものの、表情にも態度にも、嫌悪感や侮蔑の色は一切感じられない。

いや、それどころかむしろ、憧憬に近い眼差しをこちらに向けてくるのだ。

今迄、自分や他の子達が出会ってきた女達は、総じて自分達が『希少な女』である事を鼻にかけ、絶対的優位な立場を利用し、徹底的に自分達を見下してきたものだ。

嫌味を言うだけならまだ良い方で、時には、「目の前から消えろ」だの、「生きてて恥ずかしくないのか」等の罵詈雑言を吐いてくる。……そんな最低最悪な連中しかいなかった。

まあ、この子の実の母親は、他の女達に比べ、だいぶマシではあったが。

『う～ん……。それにしても……』

本当にこの子は女なのだろうか？　ひょっとしたら、女装した男の娘？

……いや、ひん剥いて確認するまでもなく、それはないだろう。

そういえば、バッシュ公爵家繋がりで親しくなった同類のデザイナーに、エレノアの人となりをそれとなく聞いてみた事があったのだが、「ああ、エレノアちゃん？　良い子よ～♡」としか返ってこなかった。

まあ、公爵家お抱えのデザイナーだから守秘義務があるのだろうし、上得意の娘の悪口など言える訳がないかと思っていたのだが……。その娘がうちに来店する話が出た途端、たまたま来店していたそのデザイナーは、アイザックに負けず劣らずの弾丸トークで、エレノアの事を褒めちぎりまくっていったのだ。

「いやほんと、ぶっちゃけあたしがノンケだったら、ぜーったい嫁に貰っちゃっていたぐらいにイイ子よ～♡　また、あの子のお兄ちゃん達がバカいい男達でさぁ！　も～、採寸のついでに、あちこち触りまくりよ！　嫌そうに耐えている姿が、またそそるのよねぇ……♡♡」

……後半、娘の婚約者達へのセクハラ発言に移行していたが、あの究極の女嫌いが……と、正直あれには面食らったものだった。

『こいつら《アイザック達》の言う事も、ひょっとしたら間違っていないのかもしれないわね……』

ただ気になるのはやはり、エレノアの態度だ。

どう見ても周囲に心から愛され、大切にされているようなのに、この自信の無さは一体何故なのだろうか？

「おい、メイデン。取り敢えずエレノアになんか飲ませてやってくれ」

「あ、ああそうね、御免なさい。ちょっと！　誰かワイン三つ持って来てくれる？　十五年もののの……そうね、色はロゼで。それとジュースも忘れないようにね」

ふと、視線を感じて目をそちらにやると、エレノアが何やらキラキラした目でこちらを見ている。

条件反射でニッコリ微笑んでやれば、ボッと顔を真っ赤にさせて俯いてしまった。

『あらやだ。ちょっと……可愛いじゃない……⁉』

思いがけないエレノアの反応に、思わず頬が緩んでしまい、そんな自分に愕然とする。

まさか女を『可愛い』なんて思う日が来ようとは……。

「お待たせしましたマダム。それと……エレノア……ちゃん？　はい、ノンアルコールのカクテルよ」

『あら、ちょっとヤダ！』

飲み物を持って来たのはよりによって、この店一番ガタイの良い子だった。

……まあ、ぶっちゃけ、女装が仇になってしまっているタイプの子である。

『さ、流石のエレノアちゃんも、引くんじゃないかしら？』

メイデンはそう思いながら、心配そうにエレノア達の様子を窺う。

こう見えて、所作も心根も一番女らしく優しい子なのである。

見かけの所為で周囲……特に身内から、だいぶ辛い目に遭ったと聞いている。

もしエレノアが嫌悪感や拒絶反応を見せたら、要らない傷を増やしてしまうのではないだろうか。

だがメイデンの心配を他所に、エレノアは一瞬きょとんとした後、ニッコリ微笑んだ。

「有難う御座います、オネェ様！」

その瞬間、グラスを渡していた従業員《ホステス》と、（父親達を除く）その場の全員が固まったのだった。

◆◆◆◆◆

シーン……と、痛いぐらいの静寂に包まれた部屋の中、私にジュースを差し出した格好で固まっているオネェ様を前に、私の背筋に冷や汗が伝い落ちる。

『え……？　えっ⁉　わ、私……何かやらかした⁉　……あっ！　思わず前世のノリで、「オネェ様」呼びしたのが不味かった⁉　ひょっとして「オニィ様」って呼ばなきゃダメだったとか⁉　で、でも……仮にも心は女性の人に、それはマズイのでは……⁉』

そうこうしている間に、オネェ様は顔を俯かせ、身体を小刻みに震わせ始めた。

「………エレノアちゃん……」

「……はっ……はいっ⁉」

やがて振り絞るように、ドスの利いた低い声がオネェ様の口から洩れ出る。

私は顔を青褪めさせながら、ゴクリ……と喉を鳴らした。

――オ、オリヴァー兄様、済みません。何かあったらすぐ逃げろって忠告してくれたのに……。でも、この状況でどうやって逃げればいいのか、私には全くもって分かりません。兄様、トラウマあって嫌でしょうけど、私に何かあったら、骨だけは拾いに来てくださいね！

「……マリアンヌよ……」

「……はい？」

「私の名前、マリアンヌって言うの……。お願い！　もう一回、「マリアンヌお姉様」って言ってみて‼」

ズズイッと、鬼気迫る表情で詰め寄られ、思わずのけぞりつつも、私はオネェ様に言われた通りの言葉を口にする。

「マ……マリアンヌ……オネェ様？」

次の瞬間。マリアンヌオネェ様の目から、まさに滂沱と呼ぶに相応しい、滝のような涙がダバーッと流れ落ちた。

そして「え？　え？」と戸惑う私を他所に、オネェ様はその場で膝から崩れ落ち、蹲ってしまう。

「オ、オネェ様ッ⁉」

床に蹲り、嗚咽を漏らすマリアンヌオネェ様に駆け寄り、どうしようと、取り敢えず背中を擦ってみると、今度は物凄い勢いでそのまま抱き締められた。……というか、サバ折りにされた。

「嬉しい……ッ‼　こんなの初めてよ！　この私が……初対面で『女』扱いされるなんて……‼」

そのままオイオイ泣きじゃくるオネェ様の腕の中、どうする事も出来ずに成すがまま状態の私だったが、いつの間にやら周囲を他のオネェ様方に囲まれていた。

……しかも主に、ガタイのよろしいオネェ様方に。

「エレノアちゃん！　私もお姉様って呼んで頂戴‼」

「私も‼　あ、私の名前はオリビアよ‼」

「私はソフィアって言うの！」

「ちょっと！　割り込まないでよ！　早い者勝ちよ‼」

「って、マリアンヌ！　あんたいつまでその子抱いてんのよ！　ズルいじゃない！　私も抱きたぁ～い‼」

「……えっと。オリビアオネェ様、ソフィアオネェ様？」

「「きゃ〜〜♡♡♡」」

私に名を呼ばれたオネェ様方が、口々に野太い歓声を上げる。

私も私で、最初は警戒されていたオネェ様方が、心からの笑顔を向けてくれる事が嬉しくて、つい強請《ねだ》られるがまま、オネェ様方の名前を呼びまくってしまった。

その度「いや〜♡♡　イイッ!!」「か〜わいい〜♡♡」と、歓声が上がり、きゃあきゃあ、わぁわぁと、気が付けば店中のオネェ様方に、抱き着かれたり抱き上げられたり（ここら辺、流石は元男性）頬にキスされたりと、まさにもみくちゃ状態にされてしまう。

「ああ……なんて可愛いのっ！　お人形さんみたい！」

「本当、女なんかにしておくのが勿体ないわ!!」

「マダムの言う通り、女の皮を被った何か……ううん、『エレノア』って名前の何かよねっ♡」

「ちょっと！　なに勝手にエレノアちゃんを人外にしてんのよ!?　ねぇ、エレノアちゃん、もういっそ、私の妹にならない？　デロデロに甘やかしてあげるわよ〜♡♡」

「ちょっとぉ！　何抜け駆けしてんのよ！　エレノアちゃん、こんなゴツイ女の妹なんて嫌よね〜？　私の妹になりましょ♡」

「なに言ってんのよ！　あんたの場合は年齢的に、妹ってより娘でしょ!?」

「何ですってぇ！」

……どうしよう。オネェ様方の猛攻が止まらない。

いや、嫌ではないです。嫌ではないんだけど、オネェ様方のデザイアが炸裂していて、なんかもう、どうしていいのか状態です。

と、ところで父様方は……。

あ、アイザック父様がオロオロしているけど、オネェ様方の勢いに負けて入り込めないでいる。

あれだね、バーゲンセールで争奪戦やってるおば様方の中に入っていけない、とある亭主って感じ？

グラント父様は……何ですか？　そのドヤ顔は。うんうん頷いていないで助けてくださいよ！

メル父様は……。ああ、ニコニコこちらを見ながら、ワイングラスを傾けている。

……駄目だ。めっちゃ面白がっている。助ける気皆無ですね？

「はーい、そこまで！　あんたら、いい加減はしゃぐのは止めになさい!!　あらヤダ、お顔がキスマークだらけでた～いへん！」

見かねたように、私をオネェ様方から引き離したマダムは、苦笑しながら、おしぼりで私の顔を優しく拭いてくれる。

……なんか、小さな子供になったみたいで、くすぐったい気分になってしまうな。

「……お母さんみたい……」

思わず前の世界でのお母さんを思い出してしまい、無意識にポロリと漏らした私の呟きに、マダムの手がピタッと止まった。

「あれっ？」と目を開けてみると、目を思いっきり見開いて私を凝視している。……あ、ヤバイ。

私、今度は本当に失言したようだ。

そうだよね。うら若き（？）オネェ様に向かって『お母さん』は無いだろう！　その気はなくとも、喧嘩売っちゃった感じだよね⁉　本当、何言っちゃってんだよ私のバカ‼

「……ち……」

マダムの形の良い、艶やかな唇がゆっくり開き、私の背中に、新たな冷や汗が伝い落ちた。

「ちょっとー！　アイザック聞いた⁉　お母さんだって！　お母さん‼　って事は、あんたが父親で、私が母親って事よね⁉　そーよね⁉　ああ……！　まさかあんたの娘が私の事を母と認めてくれたなんて……！　そーよ！　だいたい、男とっかえひっかえしているあのフシダラ女と違って、アタシってば一途だし、純情だし、母性だって絶対溢れんばかりに備わっているし！　どう考えたって、私の方があんたに相応しいわよねっ！　あんたと私とエレノアちゃんで、理想の夫婦の完成だわ！　……ああ……いいわぁ……♡♡」

弾丸トークで捲し立て、ウットリとしているマダムとは対照的に、アイザック父様の顔が青褪め、引き攣ってる。

……マズイ。どうやら私、マダムのやばいスイッチを押してしまったようだ。

でもマダム。アイザック父様の事、もう吹っ切った筈では……？

「いいわ、エレノアちゃん！　私も女よ！　貴女の娘心を全力で受け止めてあげる！　さぁ！　私の事を母と呼びなさい！」

「エレノア！　別に言わなくてもいい……ブッ！」

――あっ！　アイザック父様にマダムのラリアットが炸裂した！

……駄目だ。マダムが完全にイッちゃってる。目もギラギラしていて、圧が半端ない！

うわ～……期待に満ち満ちたマダムの笑顔がキラキラしい。

本人には口が裂けても言えないけど、ハッキリ言って確かに、マリアお母様よりもマダムの方が美人だ……。流石はこの、顔面偏差値が高すぎる世界の元・男性。

で、でも、なんかこのパターン、メル父様やグラント父様の時と同じだな。

うう……あ、会ったばかりの人をお母様呼びして、果たしていいものなのだろうか？　な、なんか恥ずかしいし……。で、でもこれって……言わなきゃいけない流れ……だよね？

「メ……メイデン……お母様……？」

顔を真っ赤にし、モジモジしながら小さな声でマダムを母と呼ぶ。

するとマダムが、「ヴッ！」と低く呻いたかと思うと、胸を押さえて机に突っ伏した。

それと同時に、周囲からもバタバタと音がして、慌てて見回してみると、オネェ様方もマダム同様、胸を押さえてあちこちで倒れたり蹲ったりしていた。……あの……もしもし？

「……う……撃ち抜かれたわ……！　なんなの……。一体なんなのよ⁉　この可愛い生き物‼

……はぁ……。未だ嘗て経験した事のない温かい感情が、胸の奥から湧き上がってくるみたいよ……。ひょっとしてこれが……母性……⁉」

「はぁ？　母性？　お前男じゃん。気でも狂ったか？」

頬を染め、ウットリとそう呟くマダムに対し、グラント父様の空気を読まない容赦無きツッコミが炸裂する。

当然と言うか、ビキリ……と、マダムのこめかみに青筋が立った。

「……グラント……てめぇ……！　言っちゃならねぇ事をよくも……！　このデリカシー皆無の脳筋野郎がっ!!」

「いてっ！　いててっ!!　おい、やめろ!!　ピンヒール攻撃は卑怯だぞ!!」

「うるせぇ!!　貴様なんぞ、今日こそ潰す！　いや、潰れろ!!　このボケカスが!!」

「ちょっ、てめぇ！　ピンポイントで股間狙ってくるんじゃねぇよ!!」

マダムにピンヒールで容赦なく足蹴にされ、グラント父様が悲鳴を上げている。

……でも反撃はしていない。どうやら口では何だかんだ言いつつも、しっかりマダムの事は『女』と位置づけているみたいだ。

グラント父様。脳筋のくせに、無意識でそういう所、ちゃんと弁えているんだよね。だから、マダムやオネェ様方に受け入れられているんだろうな。

――さてさて。ひとしきりマダムとグラント父様がじゃれ合った（？）後、今度はマダムを筆頭に、私に対する質問会という名の女子トークが始まった。

「へぇ～！　じゃあ、エレノアちゃんの婚約者って、グラントとメルヴィルの息子達三人だけなの？　ちょっと少なくなぁい？」

「そーよねー！　普通、貴族の女って、婚約者なり恋人なり、もっと沢山いる筈よねぇ？」

不思議そうなマダム達に、私は苦笑する。

「はぁ……。あの……ちょっと事情がありまして……」

というか私、三人だけでもお腹いっぱいなんですけど。

転生者として覚醒したばっかの時は、夫は一人でって決めていたぐらいだし。

「そうなんだよー。僕ももうちょっと、エレノアに婚約者か恋人持たせたかったんだけどね」

だから、要りませんてばお父様！

「ふーん。グラント、メルヴィル。ひょっとしてあんたらの息子達って嫉妬深い？」

「おう！　めっちゃ嫉妬深いぞ！」

「そうそう。お陰で私達も、エレノアを満足に構えないんだよねー」

……父様方。あんたら息子達をぶちのめしてでも、自分の欲求通しているくせに、何仰ってんでしょうかね？

え？　あれでも抑えていると？　うわぁ……。それ聞いたら兄様方、絶対ブチ切れますよ？

「まあ、一番の原因は、王家対策なんだけどね」

「ちょっ……父様！　そんな事、こんな公の場で言って良いんですか⁉」

「ん？　ああ、ここの人達なら大丈夫。物凄く口が堅いし、お客の個人情報を決して漏らしたりしないよ。それに、『誓約』もしているしね」

「『誓約』……ですか？」

「うん。『誓約』っていうのはね……」

父様いわく、『誓約』とは魔法を介して交わす契約の事で、もしそれを破った場合、破った方にペナルティーが科せられるという、厳しいものなのだそうだ。

例えば、一生魔法が使えなくなるとか、四肢欠損させるとか、俳人……いや、廃人になるとか……。（ひぇぇ！）

ちなみに、バッシュ公爵家の召使達も全員、この『誓約』を交わしているのだそうだ。

というか、私が転生者として覚醒してから、自分達から進んで『誓約』を願い出たらしい。んで、その見返りとして、永久雇用を嘆願してきたとかなんとか。

……従業員の皆さん。人生の重要決断、それで本当に良いんですか？

「えっ⁉　王家対策？　何それ⁉」

ロイヤルの名が出た途端、マダムやオネェ様方の目がキラリと光る。

どうやら古今東西、こういうゴシップネタは人心を鷲掴むようだ。

「う～ん……まあ、あんまり詳しくは話せないんだけど……」

そう前置きして、父様がザクッと私がディラン殿下とリアムに気にいられてしまった経緯を説明する。

その途中で、なんか小声でこしょこしょとマダムに耳打ちしていたのだが、「えっ⁉　うそ！　第一も……？」「しっ！」という声が漏れ聞こえる。……一体何を話しているのだろうか？

「……って訳で、不幸にも王子様方に目を付けられてしまってね。……ほら、王家に目を付けられて妃に……なんて事になったら、王家にエレノア取られちゃうだろ？　だから公の場に出してあげる事が出来なくてね。可哀想だけど王立学院に行く以外、屋敷から殆ど出してあげられてないんだ」

「まぁ……。確かにそれじゃあ、他に男捕まえられないわよねー」

「エレノアちゃん……なんて不憫なっ！　こんなに可愛いのに!!」

「他人事なら「なにそれ美味しい！　女のロマンだわ～♡」……ってなるけど、こと身内に関わってくると、厄介な話よねぇ……」

「私達も折角出来た可愛い妹を、いくら王子様達とはいえ、取られちゃいたくないしねぇ！」

その場にいた全てのオネェ様方がうんうんと頷いている。

あれ？　私、いつの間にか、こんなに沢山のオネェ様……もといお姉様が出来ていたらしい。

……うん、なんかちょっと嬉しい。

この場にいるオネェ様達は、たとえ生物学的には男性であっても、心はれっきとした『女性』なのだ。

私、この世界で転生者として覚醒してから、周囲に女っ気の欠片もない生活してきたから、こんなに沢山の同性の人達と触れ合えるなんて、凄く嬉しい！

なんせ母親とは滅多に会えないし、同性と言えば、何故か敵意を剥き出しにしてくる肉食女子達ばかりだったしね。

「オネェ様方……」

感動して、ウルウルした目でオネェ様方を見つめると、オネェ様方も私に慈愛のこもった眼差しを向け、コクリと頷く。

「そうよねぇ……。私も折角出来た娘を、王家に嫁にやるのは反対だわね！」

おっと、そうそう！　第二のお母様も出来たんだった！

……あ、アイザック父様が何か言いたそうな顔をしてる。取り敢えず無視しておこう。

「でもさ、王立学院に通ってるって、それじゃあリアム殿下や王家の『影』を通じて、ディラン殿下にすぐバレちゃうんじゃない？　あんたらどうやって誤魔化してんの？」

「ああ、それはちょっとした小技を使っているんだよ！　ね、メル」

「うん？　あ、そうそう、忘れていた！　シャニヴァ王国に行った時、フェリクス王弟殿下から、あのクソガキ……いや、フィンレー殿下が、ディラン殿下の嫁探索に協力しているって情報を仕入れたから、例の眼鏡を改良したんだった。はい、エレノア」

そう言って、メル父様は懐から眼鏡ケースを取り出した。

……ってか何でソレ持って来てんですか？

それにメル父様。気のせいか、さっきフィンレー殿下の事、「クソガキ」って言っていませんでしたかね!?

「以前の眼鏡《もの》と違って、完全に魔力の気配を消す仕様となっている。その弊害で、かけている間は魔力を使用し辛くなってしまうのだけど……。なにせフィンレー殿下は油断出来ない相手だからね。私が初期に張った結界を破壊しかけた程の腕前を持っているし、多分猟犬並みに鼻が利く。念を入れるに越した事はないだろう」

そこで私は、フィンレー殿下と出逢った時の事を思い出した。

確かに彼は希少な『闇』の魔力保持者だ。それにメル父様が警戒しているのを見ると、相当腕がたつのだろう。

……しかも、彼は病《や》み属性でもある。きっと狙った獲物は逃さない性質《たち》に違いない。ならばメル父様の言う通り、用心するに越した事はないだろう。

「有難う御座います、メル父様！」

「いやいや。可愛い娘を守る為だからね」

素直にお礼を言った私の頭を、メル父様は優しく微笑みながら撫でる。

そんな時、「そうだ！」と、グラント父様の声が上がった。

「丁度良いじゃねぇか！　エレノア、今ここでソレ着けてみな？　言葉で説明するより、よっぽど手っ取り早い」

「え？　今ここで……ですか？」

グラント父様の提案に、私は思わず顔を顰めた。

だって、こんなキラキラしいオネェ様方の前で、『あの』恰好をご披露しなきゃいけないって、どんな拷問ですか⁉

きっと絶対、ドン引きされるに決まっているよ。

もしくは大爆笑されるか……。うう……どっちもヤだなぁ……。

「あぁら、眼鏡かけるだけ？　そんなんで王家対策になるの？」

不思議そうなマダムに、グラント父様が自信満々と言った様子で頷いた。

「ふっふっふ……。まあ、見てみりゃ分かる！　ほら、エレノア？」

……どうやら眼鏡をかける選択肢しか、私には無いようだ。

覚悟を決めると、溜息交じりに逆メイクアップ眼鏡改良バージョンをかけた。

するといつもの通り、フワリと風が巻き上がったと思うと、髪が縦ロールへと変わる感触がする。

……が、いつもよりもやや、身体が重くなったような……？

あ、そうか。多分これ、さっきメル父様が言っていた、完全に魔力の気配を消す為の細工が影響しているんだ。

そして私の姿が、完全に学院仕様となった。

と同時に、シン……。と、室内が痛いぐらいの静寂に包まれる。

私は恥ずかしさのあまり、顔を赤くしながら、思わずちょっと俯き加減になってしまった。

が、どうしてもビシバシ視線が刺さってくるのを感じて、更に顔が赤くなっていってしまう。

うう……。視線が痛い。

しかし、覚悟していた笑い声や揶揄《からか》いの言葉は、いつまで経ってもやって来ない。

その代わりに、なんか周囲からどす黒いオーラというか、怒気のようなものが噴出する気配を感じた。

「……アイザック……。グラント……。メルヴィル……。どういう事かしら？　これは……？」

マダムの超、ドスの利いた声が静まり返った室内に響き渡る。

……あれ？　ひょっとして、怒っていらっしゃる？　何で？

「え？　ど、どういう事って、王家に気が付かれないように、変装を……」

「……まさかと思うけどコレ、リアム殿下と出逢ったっていう、お茶会でもやらかした……？」

「う、うん。あの時は、更に奇抜な全身コーディネートで……。あ、王立学院では、制服はちゃんとした仕様だからね！」

「そうそう、でもそれが却って相乗効果でいい味出してるんだよな！」

「ああ。あれは派手に改造しなくて正解だった。眼鏡の効果がより際立ったからな」

なんかドヤ顔で、「良い仕事した」みたいな事を言っている父様方に対し、遂にマダムとオネェ様達がブチ切れ、一斉に立ち上がった。

「オラ、ちょっとツラ貸せや！　全員こっち来い!!」

そう言うと、マダムとオネェ様方はあれよと言う間に父様方の襟首を引っ掴み、そのまま隣の続き部屋へとズルズル引き摺って行ってしまった。

「えっ!?　え？　ちょっ!?」

「おい、なんだよ一体!?」

「え？　私まで？」

そしてパタリと扉が閉じられる。――が、次の瞬間。

「てめぇらー!!　なぁに「いい仕事したぜ！」的にドヤってやがる!!　こんの虐待クソ野郎共が!!」

マダムの怒声がビリビリとこちらの部屋にまで響き渡り、それに呼応するように、一斉にオネェ様方が参戦する声も響き渡った。

「アイザックー!!　てめぇ！　子煩悩の風上にも置けねぇわ!!　父親失格!!」

「バカバカ！　アイザックちゃんのバカ！　ちょっと自慢がウザいけど、良いお父さんだって信じてたのに!!」

「ち、ちょっと待ってー！　あっ！　どこ触ってんだ！　うわぁっ！　ちょっ、まっ……！　いやーっ!!」

「酷い！　あんまりだわ!!　あんな可愛いエレノアちゃんに、なんてことをっ！　この鬼畜！　悪魔!!」

「えっ⁉　ちょっ！　ま、待ちなさい君達！」

「こんの、唐変木!!　乙女の気持ちを何だと思ってんのよー!!　絶対に許せない！」

「うわーっ！　ちょっと待て!!　いてっ！　いててっ!!　てめぇら！　ピンポイントで急所狙ってくんじゃゃね……いてーっ!!」


……等と、罵倒と、野太い嗚咽交じりの罵り声。あ、この声、マリアンヌオネェ様だ。それに伴奏するようにビシバシと平手打ちの音が響く。あ、ゲシバキと乱闘のような音も響いて来た。

……どうやらオネェ様方の目に、私のこの姿は虐待以外のなにものでもなく映ったようだ。

「あ……あの、お嬢様？　そのお眼鏡、そろそろ外されては……」

扉の前でオロオロしている私に、控えめな様子でそう進言してきたハリソンさん。

でも貴方、口元がピクピクしていますよ？　あ、隅に控えている黒服のお兄さん達の肩が震えている。……彼らは多分、マテオと同類の方々だろう。

ここらへん、同じ第三勢力でも、私の恰好に対しての捉え方も態度も違うよね。

「あ……は、はい！」

私はハリソンさんの勧めに従い、眼鏡を外す。

……と、ハリソンさんは元の姿に戻った私をマジマジと見つめ、目元を優しく緩めた。

「何と言うか……。元々お可愛らしかったお嬢様のお顔が、更に輝いて見えますね。さ、あちらに座ってジュースでもお召し上がりください。大丈夫。心配せずとも、あの方々は殺しても死ぬようなタマではありませんから」

サラッと父様方をディスるハリソンさんに同調するように、黒服のお兄さん達も頷く。

何気にこちらも父様方に容赦ないな。

……まあでも確かに、父様方なら殺しても死にそうにないけどね。

私は心の底から納得すると、ハリソンさんに促されるまま、再びソファーへと腰かけたのだった。

「あの……。ところでハリソンさん？」

私はこの機会に、ずっと疑問だったことを聞いてみた。

「はい？」

「ハリソンさん達は……その……。うちの父様方だったら、誰が一番好みですか？」

「……そうですね。私はやはり、グラント様ですか」

「あ、私はメルヴィル様ですね」

「私は以前、メルヴィル様と一緒に来られた、クロス伯爵家の騎士団長様が好みです」

「私はグラント様、メルヴィル様、どちらでもいけます！　……ですがどちらかと言えば、方々をもう少し年若にした方が……」

……どうやら、こちらの第三勢力なお兄様方の好みは、美形や男らしいタイプだったようです。

——……そして、暫くした後。

新しく作ってもらったジュースを飲んでいた私の元に、まだ憤慨した様子のマダムとオネェ様方、そしてボロボロ状態になった父様方がゾロゾロと戻ってきました。

「エ……エレノア〜……」

あ、アイザック父様！　他の父様方よりボロボロな上、何故か顔や襟元に真っ赤なキスマークがつきまくっています！

しかも、なんか泣きそうになってる！　父様、取り敢えずドンマイ！

「エレノアちゃん、心配してやる必要無いわよ。こいつらは自業自得なんだから！」

フン！　と鼻を鳴らしたマダムは私の隣に腰かけると、一転して慈愛のこもった眼差しを私に向けながら、優しく頬を撫でた。

「全くもう！　貴女がなんでこんなに自信無さげなのか、ようやっと分かったわ。可哀想に。いつもあんな格好させられていたらねぇ……。そりゃあ自信なんて無くなるわよ！」

「で、でもさ、僕もメルやグラントも、勿論エレノアの婚約者達も、決してエレノアの事を貶めたりしてないよ⁉　寧ろ常にエレノアの可愛らしさや素晴らしさを口にして伝えているし……。それに、あの恰好をしなければ王家に……！」

必死な様子で反論するアイザック父様の言葉を、マダムは容赦なくぶった切った。

「んなこたぁ分かってるわよ！　……でもねぇ、あんたらはエレノアちゃんにとって、自分を心から愛して、肯定してくれる『身内』でしかないの！　ましてやあんたらってば、息子ちゃん達共々、人外レベルの美形集団じゃない！　そんなのにいくら褒められたって、エレノアちゃんにとっては「身内びいき」としか思えないのよ！　『外部』の正当な評価が得られなければ、自信なんて持てる訳ないの!!」

マダムの言葉に、私はハッとした。

自分の置かれた状況に慣れ切ってしまい、内に沈めた本当の気持ちを、マダムにズバリと言い当てられた。……そんな気がしたのだ。

「……うん……確かに……。メイデン、君の言う通りだよ」

私の方を見てから、切なげに目を伏せたアイザック父様を見たマダムは、ふぅ……と、溜息を一つ落とした。

「……まあ、あんたらの事だから、それ全部分かっていて、ここにエレノアちゃん連れて来たんでしょうけど？　……それに、あたしらから見れば虐待以外の何物でもないけど、あんたらが必死にエレノアちゃんを守ろうとしていたのだけは分かるわよ。ま、それでもデリカシーってもんを頭ん中に叩き込んでやりたい気分だけどね！」

マダムの言葉に、いつの間にやらメル父様と一緒にお酒を飲んでいたグラント父様が、ニヤリと口角を上げる。

「さっすが！　外側はともかく、内側は女！　分かってんなライナー！」

「……褒められているっぽいんだけど、なんか微妙にムカつくわね。それと、本名言うなって言っただろーが!!　踏まれ足りないんか!?　このゴミムシが！」

グラント父様、とうとう呼称が人外に！

「まあ、そう言うなよ。……本当に、お前には感謝しているんだ。色々ごちゃごちゃこじれていたもん、ズバッとぶった切ってくれたんだからな。考えてみりゃお前、昔から兄貴肌……いや、姉御肌だったしな」

「……あんたのお守りは、とーっても大変だったわよ！　で、エレノアちゃん」

「は、はいっ!?」

「ほんっとーに業腹だけど、さっきのドブス化眼鏡を外す……って選択肢はなさそうだから、一つ私からアドバイスしてあげる。はい、これ」

そう言って渡されたのは鏡だった。

「あの……？」

戸惑う私に、マダムはニッコリと綺麗な笑顔を浮かべた。

「あのね、一日に一回でいいから、こうして鏡の中の自分をちゃんと見るの。そうして自分は可愛いんだって、そう言い聞かせてあげるのよ」

マダムに言われ、私はマジマジと鏡の中を覗いてみる。

そういえば最近こうして、ちゃんと自分の顔を見ていなかった事に気が付いた。

平日はだいたいあの眼鏡を朝からかけていたし、それ以外では外に出る事も殆ど無かったから。

……いかん。自分で言っていて何だが、完璧に女としての何かが終わっている気がする。

「自信を持てって言っても、いきなりは無理でしょうけど……。貴女はとても可愛くて素敵な女の子よ？　女の敵であり、同性である私達が太鼓判を押してあげる！　……だから信じなさいな。それと、アイザック達や婚約者ちゃん達の言う事も、ちゃんと信じておやりなさい」

「父様方や……兄様方の事を……信じる……？」

父様方の方を見てみると、みんな真剣な目で私の方を見ている。

……ああ、そうか。私、心のどこかで皆の言う事、信じ切れていなかったんだな。

「あ、でも自意識過剰になれって言っている訳じゃないわよ？　私から見れば、エレノアちゃんなんて、まだまだネンネの発展途上なんだからね！　増長したりしちゃダメよ？」

おどけた様子でウィンクをするマダムに、私は心からの笑顔を浮かべながら頷いた。

「はいっ！　私……メイデン母様やオネェ様方のような、素敵な大人の女性になれるように、頑張ります！」

「——ッ！　……エレノアちゃん……！　あんたって子は!!」

感激に打ち震えながら、メイデン母様が私を力一杯抱き締めると、周囲のオネェ様軍団も同じく、感極まった様子で目を潤ませたのだった。

「エレノアちゃん！　またいつでも来てねー！　待ってるわー！」

「そん時は、婚約者のお兄ちゃん達も連れてきてねー！　教育的指導……いえ、ちゃんと可愛がってあげるから～!!」

口々に別れを惜しむ声に見送られながら、私は父様方と『紫の薔薇の館《ヴァイオレット・ローズ》』を後にした。

「父様方、今日は本当に有難う御座いました！　とっても楽しかったです！」

馬車の中で顔を紅潮させ、嬉しそうに微笑む私の姿を、アイザック父様、メルヴィル父様、そしてグラント父様が、それぞれボロボロの状態ながら、目を細めて見つめている。

実は父様方。バッシュ公爵邸に帰って来た後、オリヴァー兄様達に私の自己評価の低さや自信の無さをどうにかしてやりたいと相談を受けたのだそうだ。

その時、すかさずグラント父様が、「女の気持ちは女に聞きゃいいじゃん！」と、『紫の薔薇の館《ヴァイオレット・ローズ》』に行く事を決めたんだって。

最初は「何だそれ!?」「いや、女ってお前……」と、他の父様方が難色を示したものの、蓋を開けてみれば大成功だったって。

尤も、それを言った後に「……多少藪を突いてしまった感は否めないが……」とも言っていたけどね。

「それにしてもねぇ……。痛い所を突かれたよ」

「そうだな。どんな策を弄しても、結局殿下方はエレノアに惹かれてしまったからね。この子の魅力は見た目を変えただけで失われるようなものではない。……私達の守り方は、結局ただの自己満足に過ぎず、エレノアを傷付け委縮させてしまうだけだったんだな」

アイザック父様とメル父様が感じている罪悪感。

それは多分、オリヴァー兄様とクライヴ兄様、そしてセドリックが、無理矢理意識下に押し込めていたのと同じものなんだろう。

「……今すぐは無理だが、徐々にエレノアの本当の姿を出すようにしていかなくてはな……」

「うん、そうだね」

そこまで話し合っていたメル父様とアイザック父様は、グラント父様の方へと顔を向けた。

「メル……。グラントって脳筋に見えて、実は結構考えてる事深い……？」

「いや、何も考えようとしないがゆえに、その場その場の最善を本能で嗅ぎ取れるんじゃないかな？」

グラント父様にとって、非常に失礼極まる事を、アイザック父様とメル父様がこそこそと話し合っている。

というか二人とも、グラント父様に聞こえていますよ？　ほら、額に青筋立っているから！

私は慌てて、話題を変えるべく口を開いた。

「私……父様方が、なぜあそこに私を連れて行ってくれたのか、分かりました！」

「エレノア!?」

「そうか……！　分かってくれたか！」

途端、父様方が嬉しそうな顔を私に向けてくる。

そんな父様方に負けない笑顔を浮かべながら、私は力いっぱい頷いた。

「はいっ！　父様方は、あの場で私に淑女の在り方を学べと、そう仰りたかったのですよね!?」

「「「……は？」」」

「オネェ様方の、あの女性よりも女性らしい振る舞いや、貴族女性達《肉食女子》にない、男性に対して一歩下がった淑やかさ。元は男性であることを感じさせない、完璧な装い……。どれも見習うに値する、素晴らしいものでした！　ですのでこれから私、彼女達をお手本に、完璧な淑女目指して頑張ります！」

「え？　……い、いやちょっと……」

「エレノア？　ちょーっと落ち着こうか？」

「いや、別に男女見習えと言いたかった訳では……」

「そういう訳で、またあそこに連れていってくださいね!?」

私は、やる気に満ち溢れた眼差しを父親方へと向ける。

……あれ？　何故か父様方が黙り込んでしまった。どうしちゃったのかな？

「父様方？」

私が首を傾げた瞬間、三人共が、まるで金縛りが解けたようにぎこちない笑顔を浮かべた。

「う、うん！　また行こうね！」

「勿論、エレノアの望む事なら喜んで！」

「おう、任せろ！」

そう言いながら、優しく頭を撫でてくれる父様方の手。その温かさが胸の中にほわほわと染み渡ってくる。

「……父様方。私、父様方が大好きです！　それはこれからもずっと変わりません。父様方の愛情もお言葉も、私……ずっと信じ続けます！」

「――ッ……！　エレノア……！」

「……ああ。エレノア、有難う」

「今迄ごめんな。……愛しているぞ」

口々にそう言いながら、父様方は優しい笑顔を浮かべ、私を代わる代わる抱き締めた。

そんな訳で、私は定期的にマダム・メイデンやオネェ様方と交流する権利を獲得したのだった。


「エレノア！」

「エレノア、大丈夫か？　誰かに苛められたりしなかったか!?」

「良かった……無事で！」

「オリヴァー兄様。クライヴ兄様。それにセドリック、ただいま！　心配おかけしました。でもとっても楽しかったですよ？」

心配そうに出迎えてくれた兄様方やセドリックに抱き着くと、皆ホッとした様子で表情を緩める。

「あ、そうだ！　聞いてください！　私、第二の母様と沢山のオネェ様が出来ました！」

「……は!?」

「第二の母様……？」

「お姉様が出来たって……なにそれ？」

笑顔のまま硬直する兄様方やセドリックに、私は嬉しさを隠し切れず、満面の笑みを浮かべながら大きく頷いた。

「はいっ！　『紫の薔薇の館《ヴァイオレット・ローズ》』のマダムと従業員のオネェ様方です！　一人っ子だった私に、お兄様方だけじゃなくて、オネェ様方まで出来ただなんて……。凄く嬉しいです！」

そう言って私は、ちょっと変な笑顔のオリヴァー兄様の胸に抱き着いた。

「……そ、そう。良かったね、エレノア」

「はいっ！」

笑顔のオリヴァー兄様に、私もとびきりの笑顔を返す。

すると兄様、笑顔のままで、ボロボロ状態になっている父様方へと顔を向けた。

『……貴方がた。一体全体、どういう事なんですか!?』

『……僕に聞かないで……』

『……まあ、エレノアの言葉のままだね』

『……そうだな。うん』

『ちょっと！　何故視線を逸らすんです!?』

オリヴァー兄様と父様方、無言で見つめ合っているけど、何やっているのかな？

「そうだ！　オネェ様方が、今度はお兄様達も連れて来てねって言ってましたから、次は一緒に行きましょうね！　あ、勿論セドリックも一緒に！　大丈夫、みんな凄く優しいから、苛められたりしないよ！」

そう言った瞬間、何故か兄様方やセドリックのみならず、その場の空気がビシリと固まったのだった。

第一章

獣人王国の留学生編

新学期が始まりました

マダム……いや、メイデン母様のお店に行った後の長期連休期間は、瞬く間に過ぎて行った。

その内容は主に、修行のルーティンだったが、その修行の合間に、兄様方も含めたご一行様で、メイデン母様のお店に行って、兄様方が新たなトラウマを負ってしまったり、マテオと口喧嘩しているような文通をしたり……。

そういえば、何故か聖女様から直筆でお手紙を頂いたんだった！

あの時は、国民全てから崇拝されている聖女様からのお手紙に、何が書いてあるのかとパニック状態になってしまったんだよね。

で、恐る恐る開封したら、綺麗な桜色の便せんに『ありがとう。色々と思う所はありますが、幸せです』と、謎の言葉が書かれていた。

兄様方には「今度は何をやらかした!?」と鬼気迫る顔で詰め寄られたけど、私も何がなにやらサッパリです。

そうそう。他にも、兄様方に贈った男性用入浴着を父様方に強請られて、デザイナーのオネェさんに作ってもらったら一緒にお風呂入る羽目になって、久々に鼻血噴いてしまったり……と、割と色々ありました。

ちなみに、兄様方のトラウマについて言えば……。

まあ、オネェ様方もメイデン母様も、父様方をフルボッコにしたわりに、兄様方に対しては比較的マイルドだった。ひょっとしたら、私に遠慮したのかもしれないけどね。

でもその代わりと言っては何だが、精神攻撃が半端なかった。

兄様方、メイデン母様やオネェ様方の精神攻撃を食らって、どん底まで落ち込みつつも、それに対して何も反論しなかった。

結局、最終的には彼女らの言い分をそのまま全て認め、自分の弱さを晒け出したうえで、私に対して真摯に詫びてくれた。

オネェ様方やメイデン母様も、そんな私達の姿を見て満足してくださったようで、その後は比較的和気あいあいとした時間を過ごせた……と思う。

そう……。たとえ帰りの馬車の中で、兄様方が私を抱き枕にしながら、「……恐かった……」と呟いていたとしても。

そしていつの間にやら、兄様方の服があちらこちら微妙に乱れていたとしても……。

◇◇◇◇◇

そうして迎えた、長期連休明けの新学期初日。

私は、つい先日届けられた真新しい制服をクローゼットから取り出すと、早速それを身に着け、全身が映る姿見の前に立った。

姿見の中には、長期連休前よりも確実に成長した私の姿が映っていた。

え？　どこら辺がって？　そりゃあ当然、身長ですよ！　実は六センチも伸びたんです！

だから今現在の私の身長、百四十九……いや、四捨五入して百五十センチとなりました！

……え？　そんなの四捨五入するなって？　良いんです！　何ミリかの差なんて大差ないもん！

そしてそして……。実はもう一つ、成長した所があるのだ！

私はソッと、自分の胸に触れてみる。

するとそこでは、以前みたいに触ってもよく分からなかった膨らみが、しっかりと存在を主張していたのだった。

そう、私は遂に脱・キュー●ーを果たし、AAA《トリプルエー》からAカップになったのである！　これも毎日、一生懸命魔力循環の修行をしたお陰だね！　セドリック、本当に有難う！

その事に気が付いた時、あまりの嬉しさに兄様方やセドリックに喜び勇んで報告に行ったら、全員真っ赤にさせた挙句、それぞれにしっかり、お小言食らいました。

……でもその後、しきりに温泉に誘って来たので、やはり興味はあった模様。

え？　お前、一緒に入ったのかって？　んな訳ないでしょ恥ずかしい！

自分で兄様方やセドリックを煽っておいて申し訳なかったけど、当然お断りしましたとも！

それにしても……。この調子で修行を続けていけば、ひょっとしなくても至高《Dカップ》のラインになれるかもしれない！　ああ……夢が膨らむ！

にしても、あのデザイナーのオネェ……。

制服や他の洋服を作り直す為に、寸法測りにやってくるなり、人の胸見て「あぁら！　エレノアちゃん、ちょびっと育ってるけど、揉んでもらって大きくしたのぉ？」なんて言いやがって！真っ赤になって全否定したら、「なぁによぉ！　エレノアちゃんってば奥手なんだからぁ！　折角男いるんだから、楽しく有効活用しなきゃ損じゃない⁉　あの、エレノアちゃん激ラブな婚約者ちゃん達に頼めば、喜び勇んでやってくれるわよ♡」なんて、散々揶揄いながら、寸法測って帰って行った。

後日、お詫びだかなんだか知らないけど、頼みもしてない素敵なドレスが、制服と一緒に大量に送られて来たけどね。

またそのドレスがセンス良いんだ。流石は人気デザイナー！　……作った本人は、頭と言うか性格が少々ぶっ飛んでるんだけどね。

ってか、それよりも何だ！　このメッセージ。

『貴女の姉より♡』だと⁉　いつ誰がどこで、あんたの妹になったのだ⁉

……まあ仕方が無い。絶交するのは止めにしてあげましょうか。

「さて……と」

私は姿見から離れると、鏡台の前に腰かけ、自分の顔をしっかりと見る。

「……うん。よし！　今日もそれなりに可愛い……と思うよ⁉」

そう鏡の中の自分に向かって言い聞かせる。

これはあの日、マダム・メイデン……もとい、メイデン母様に言われてからずっと欠かさず行っている、私の新たな習慣だ。

『いい？　一日に一回でいいから、こうして鏡の中の自分をちゃんと見るの。そうして自分は可愛いんだって、そう言い聞かせてあげるのよ』

自分に対して自信が持てず、自分自身から目を背け、いつのまにやら卑屈になっていた私への、同性であるマダムからのアドバイス。

身体だけじゃなくて、心も成長しなければいけないのだと、マダムの言葉は気付かせてくれた。

……正直、まだまだ自分に自信なんて持てないけど、私を大切に想って愛してくれている人達の気持ちを素直に信じたいって、そう思えるようになった。

そんな私の心境の変化は、兄様方やセドリックにも伝わっているみたいで、不思議と一時期、妙に性急だったスキンシップが沈静化してきた。

なんというか……。兄様方の態度に余裕が生まれたような気がするのだ。

そうしてひとしきり鏡の中の自分を見つめた後、鏡台の横に置かれていた眼鏡を手に取り、装着する。

――相変わらずの感覚が落ち着いたのを見計らい、再び鏡を見るとそこには、眼鏡をかける前よりもちょっとだけ肌色が悪く、ソバカスが薄っすらと浮いている、逆メイクアップバージョンの私がいた。

以前は肌艶も悪く、ソバカスがバッチリ浮きまくっていたのに比べると凄い進歩だ。

これは兄様方や父様方が相談し合った結果、「徐々に綺麗になっていく体をとろう」という方針になったからである。

なんでそんな面倒な方法を取るのかと言えば、兄様方が言う所の『ギャップ萌え』を、最小限に抑える為の措置なんだって。

……って言うか、私にギャップ萌えが発動するって一体……？

まあ、それだけ以前の逆メイクアップバージョンが酷かったって事だろう。

今回、長期連休が入ったから好都合だという事で、一気にここまで修正したんだそうだけど……。

残念ながら髪の毛の色味はマテオ曰くの『枯れ葉色』のまんまだ。

まあ、いくら長期連休明けって言っても、そこまで一気に変わったら目立っちゃうもんね。

その代わりというか、あのきついドリルがふんわりカールに代わっている。髪形も徐々に可愛らしい形に変わる予定との事で、今から楽しみだ。

それでもあくまで徐々に……なので、マテオにはまたなんか言われそうだけど、そこはシャンプーの試供品が少なかったからって言い訳で切り抜けよう。

その時だった。

部屋の扉がノックされ、オリヴァー兄様、クライヴ兄様、そしてセドリックが顔を出す。

「エレノア？　支度は出来たかい？」

「兄様方！　それにセドリック！　はい、準備万端です！」

そう言って駆け寄った私を、まずはオリヴァー兄様が抱き締めた後、身体を離して私の全身を優しく見つめる。

「制服姿、久し振りだね。……うん。こうして見てみると、君の成長がよく分かるよ」

そう言うと、オリヴァー兄様は愛おしそうに私の頬を撫でた後、私の唇に触れるだけのキスを落とした。私はオリヴァー兄様に成長したと言われた事が嬉しくて、思わず満面の笑みを浮かべてしまう。

「へぇ……。本当だ。毎日見ていると、分からねぇもんだな。……うん、とても良いぞ！」

「本当ですねぇ……。エレノア、良かったね！　眼鏡も良い感じに印象が変わっているよ」

そう言いながら、私にキスをしてくるクライヴ兄様とセドリックにも成長した事を褒められ、私は得意満面になって胸を張る。

「私ももう、十三歳ですから！」

そう、この休みの間に私も誕生日を迎えた為、今現在は晴れて十三歳である。

この年になると、早い子は……えっと……し……初体験？　的な事をイタしたりするんだって！

元居た世界では有り得ないよね!?

ちなみにこの情報元は、当然の事ながらデザイナーのオネェさんである。

彼……いや彼女は、こんないらん知識ばかり私によこして、一体なにをさせたいのであろうか？

「そうだね。エレノアもこの連休で、身体の成長もだけど、魔力操作がだいぶ上達したから。……ところでエレノア。僕らの顔、ちゃんと見えている？」

「あ、はい。しっかり見えています」

「そう」

するとオリヴァー兄様がいきなり、私の顔を至近距離から覗いてくると、「愛しているよエレノア……」と、物凄く色っぽい顔で囁いてきたのだ。

ボッ！　と、瞬時に顔を赤くさせた私を、暫くの間まじまじと見つめていたオリヴァー兄様は、ニッコリ笑顔で頷いた。

「……うん！　顔は赤いけど、鼻血は大丈夫そうだ。これなら眼鏡で相手の顔をぼやかさなくても平気そうだね」

――……お気づきだろうが今現在、私の眼鏡から『美形キャンセラー』機能が取っ払われているのである。

つまりこの眼鏡をかけても、顔面破壊力から視力を守れなくなってしまったのだ。

「……えっと、オリヴァー兄様……。その事なのですが……。私、ちょっとまだ心配で……。思い切りぼやかさなくてもいいので、せめて霞がかる程度には機能を残していただくわけには……」

確かに、鼻血は殆ど出なくなりました。

……そう……。例えば、いまだに身体にジャストフィットした男性用入浴着を着ている、兄様方やセドリックを見ても大丈夫なぐらいには……。

でもその代わり、すぐ逆上せてぶっ倒れてますけどね！

……ひょっとして、鼻腔内毛細血管を攻撃していた私の中の迷走魔力、代わりに脳を攻撃するようになっちゃったんじゃないでしょうね⁉

そんな風に不安気に戸惑う私に対し、微笑んでいたオリヴァー兄様の顔が真顔になった。

「駄目だよエレノア。新学期からは例の方々がいらっしゃるんだ。今迄は僕らも、君の目が他の男に向かないから好都合……って放置していたけど、学院の誰の顔も分からない今の君の状態では、非常に不味い」

「え？　どうしてですか？」

「アルバ王国の学生達だけなら別にいいんだ。問題は、シャニヴァ王国の方々だよ。いくら身体的特徴があるとしても、顔が分からないと、いざという時に外交問題に発展するような失敗をしてしまうかもしれないだろう？　それにどうせ、いずれはその眼鏡を取るんだし、今の内から慣れていった方が良い」

「な、成程……。確かにそうですね」

そう、実は今学期から、例のシャニヴァ王国から留学生として、王太子様と王女様方がやって来る事になっているのだ。

確かに顔ではなく、例えばケモミミとかで相手を覚えてしまったら、同じケモミミを持った方を、別人の名で呼んでしまうかもしれない。それは非常に不味い。外交非礼なんてもんじゃないだろう。

「まあ一番重要なのは、君自身が自己防衛をする為だよ」

「自己防衛……？」

「オリヴァーの言う通りだ。エレノア、あの国の獣人達は、総じて人族を下等生物として見下しているきらいがあるんだよ。隙を見せない為にも、フィルターを外すのは必須だ」

メル父様の説明は、「ケモミミだ～！」と浮かれていた私に冷や水を浴びせかけるものだった。

「国王陛下方は、そんな国が何故、西方諸国の人族国家と国交を結ぼうとしているのかを、見極めようとしておられるようだ」

「俺も冒険者時代に、あの国にも足を運んだことがあるんだが……。どうにもいけ好かない連中が多くてな。早々に他の国に移動しちまったんだ。そんでも「国交を……」なんて言って来ているって聞いたから、ちっとは変わったかと思ったんだが……。まるっきり変わってなくて驚いたぜ！」

「そうなんだよね……。あっちの連中、よりによってグラントに威圧をぶつけまくってくるんだもん。挙句にメルに対しても挑発してきてさぁ！　もうどうしようかと……。僕もそうだけど、フェリクス王弟殿下も疲れ果てておられたな……」

父様と王弟殿下、外交で疲れたんじゃなくて、ブチ切れそうになっているグラント父様とメル父様を抑えるのに疲れ果てちゃってたんだ……。

父様はともかく、王弟殿下……本当にお疲れ様です！

今回留学してくるのは、王太子である王子様と、その姉である王女様方三人。そして、その側近達だそうだ。それとお付きの護衛や召使達が多数。

あの国の王族であるなら、きっと選民意識が強くてトラブルを起こすだろう……とは、父様方の共通意見である。

それにしても、私の前世における小説や漫画などでは、獣人の方が人間達に差別される側だったんだけど、こっちでは逆なんだね。

……う～ん……。どんな人達が来るんだろう。間違っても「その耳や尻尾、触らせてください！」

なんて言えない人達って事だよね。眼鏡の事といい、なんだか凄く不安だ。

——というか、今日から文字通り、（視覚的に）キラキラした学園生活のスタートなのだ。

『どうか、間違っても鼻血を出したり、脳が沸騰してぶっ倒れたりしませんように……！』

私はそう女神様に祈りつつ、ドキドキハラハラな新学期に思いを馳せたのだった。


そうして二ヵ月ぶりにやって来た王立学院は……。

どこのゲームのオープニングスチルだ⁉　と言わんばかりにキラキラしく輝いていた。

「クロス生徒会長、おはよう御座います」

「生徒会長、オルセン先輩、それにバッシュ公爵令嬢、ごきげんよう！」

「エレノア嬢、クロス君、久し振り！　お元気でしたか？」

「エレノア嬢。それにセドリック、久し振り！　また今学期も宜しく！」

「み、皆様……。ごきげんよう……」

……キラキラしい笑顔を浮かべたイケメン達が、極上スマイルを浮かべながら、兄様方やセドリック、そして私に次々と挨拶してくる。

その度、私のＨＰはゴリゴリと削りに削られまくっていく。

……ヤバイ……。この国の顔面偏差値の高さ、真面目に舐めていた！

ってか、何なんですか⁉　この多種多様なイケメン軍団は⁉

新学期早々、視覚の暴力を使って私を殺そうとしているんですか⁉　この国の男性達のＤＮＡ、本気でどうなってんですか!? そこら辺真面目に女神様に問いただしたい!!

……まあね。勿論オリヴァー兄様やクライヴ兄様レベルの美形はそこまではいないんだけれど、これだけ大量になると、数の暴力として私の視覚に襲い掛かってくるんですよ。

しかも全員、もれなく極上スマイル浮かべているんだよ！

ううう……目が……目が痛い……!! メンタルが……超ヤバイ……!!

「エレノア……大丈夫？」

馬車から降り立っただけでボディーブローを受けまくり、涙目でフラフラ状態の私を、オリヴァー兄様が不安そうに見つめる。

「オ……オリヴァー兄様……！」

……ああ……。本当なら、兄様見て癒されたいところなんだけど、生憎兄様ってば、一番目に優しくない御尊顔なんですよね……。はぁ……。ちっとも癒されない……。

「にいさま……。私は今迄、こんなにもキラキラしい世界に生きていたのですね……」

「え？ ……え〜っと……。うん。まあ、そう……だね？」

「もはや……校庭の隅に穴を掘って、埋まりたい気分です……」

「やめろ！ 埋まるな！」

「エレノア！ 気をしっかり持って!!」

私の様子を、汗を流しながら見つめていたクライヴ兄様とセドリックが、大慌てで喝を入れたり背中を擦ってきたりする。

……うん、有難う。え？　深呼吸しろ？　すーはー……すーは……うん、ちょっぴり落ち着きました。

「それじゃあエレノア、僕は色々やらなければいけない仕事があるから、もう行くね。クライヴ、セドリック。くれぐれも……本当に、くれぐれも！　エレノアを頼むよ⁉」

不安いっぱいって感じのオリヴァー兄様のお言葉に、クライヴ兄様とセドリックが真剣な面持ちで力強く頷く。

オリヴァー兄様はいつもみたく私の頬にキスをした後、名残惜しそうに何度も何度も私の方を振り返りながら、その場を後にした。

「……さて。エレノア、セドリック。行くぞ！」

「はい……。クライヴ兄様」

「はい、クライヴ兄上！」

クライヴ兄様に促され、私達は学院の中へと歩いて行った。

ちなみにだが、私の今現在の気分は戦場に赴く武士《もののふ》そのものである。

そして気合を入れながら、一年生の教室に向かう途中……私は気付いてしまったのだった。

『う……嘘……！　みんな……成長している‼』

そう。目にする同級生達ほぼ全員が、物凄く成長していたのだ。

男子はまるで、雨後の竹の子のように、ニョキニョキと背が伸びているし、女子も……育っていた。身長もだけど、主に女性特有の部分が！

『あ、あの子、以前は私とさして変わらない体型だったのに、いつの間にやら凹凸が⁉　しかも……び、Bカップぐらいになっている！　ああっ！　あの子の大きさ！　あれは……私の目指す至高のライン《Dカップ》⁉』

しかも、なんか体型に合わせたのか、仕草や雰囲気も大人びてしまっている。

何故……何故、そんなに早熟なんだあんた達⁉

ひょっとして、男が美形に進化したのと同様に、女性も男性を受け入れるべく、成熟するのが異常に早く進化したとか⁉（有り得る！）

で、でも……。それじゃあなんで、私だけこんなお子ちゃま体型のままなの⁉

私はただただ、呆然と目の前の光景を見つめ続けていた。……何この敗北感。

AAA《トリプルエー》がAカップ程度に成長したぐらいで浮かれ切っていた、今朝までの己を全力で殴り倒したい。

「……えっと……。お嬢様？」

『どうしたお前？』という顔で私を覗き込んだクライヴ兄様を、私はウルウルと涙目で見上げた。

「にいさま……。私、成長しましたよね⁉　頑張りましたよね⁉　お子ちゃま体型、脱却しましたよね⁉　小人に縮んだ訳じゃありませんよね⁉」

「お、お嬢様⁉　落ち着いてください！（エレノア！　しっかりしろ！　落ち着け‼）」

私の異変に気が付いたクライヴ兄様が、副音声で返事をしながら、咄嗟に私を隅っこの目立たない位置へと移動させた。セドリックも心配そうな顔で私達と共に移動する。

「エレノア、大丈夫！　エレノアはちゃんと成長しているから！」

しかし、私はそんなセドリックをキッと睨みつけると、一気に捲し立てた。

「セドリックに言われても嬉しくない！　なによ！　セドリックだって、ニョキニョキ伸びちゃってるくせに！　今何センチ⁉　絶対百六十五超えてるよね⁉　体型だって細マッチョって感じにしっかりしてきて、メル父様みたいに謎の色気まで出てきちゃってんのに！　なんでまだ十三歳にもなってないセドリックが、私よりも大人っぽくなっちゃってるのよ～‼　セドリックのバカバカ‼」

――はい、完全なる八つ当たりです。

だって、初っ端からの美形ボディーブローで打ちのめされていた私のメンタルに、とどめとばかりに優しくない現実が追い打ちをかけているのだ。八つ当たりだってしたくなるってもんです。

……でもあれ？　何かセドリック、困った顔しながらも嬉しそうだな？

「……なんか、こういったエレノアも良いね。僕に対して、心を許してくれているって感じが凄くする」

そう言って微笑まれ、私の荒ぶった心がスン……と鎮火した。

流石はセドリック。癒しパワーも成長していましたか。

「……ごめんね、セドリック。それにクライヴ兄様」

「大丈夫だよ。エレノアがどんな反応しても、たとえ罵ってきたとしても、僕にとってはむしろご褒美だから！」

の、罵ってきたってって……。セドリック。貴方まさか、ヤバイ何かに目覚めちゃっていたりしないよね？

「というかお嬢様。私の事は呼び捨てで！」

「わ、分かりましたっ！」

クライヴ兄様の圧に、私は背すじをピンと張って気を引き締めた。

いかんいかん。今学期は色々な意味で気を引き締めなきゃならないってのに、こんな事ごときで打ちのめされてどうする！

平常心……そうだ、平常心を持つんだ！

「エレノア！」

その時だった。

後方から声がしたので振り向くと、私の方に向かって嬉しそうに駆け寄ってくる、目も潰れんばかりの美少年の姿が飛び込んで来たのだ。

「ヒッ！」

思わずカチーンと固まってしまう。

平常心さん、どこへ行ったの⁉　お願い！　戻って来て‼

だが、こちらに駆けて来る美少年を見た私は目を大きく見開いた。

「リ……リアム……⁉」

鮮やかに晴れ渡った、青空のような青銀の髪と瞳。透き通るような美貌。

一度しか見た事が無いけど、あの顔は忘れられない。間違いなくリアムだ。

だが彼もセドリック同様、めっちゃ身長が伸びている。

しかも、なよなよとはしていないが、細くしなやかだった体躯《たいく》は芯が通ったようにしっかりとしていて、一気に大人びてしまっている。

そしてリアムは、未だ固まっている私の前に立つと、目潰し攻撃かと言わんばかりの極上スマイルを浮かべた。

周囲から、溜息と歓声と歯軋りの音が聞こえてくる。

「久し振りだなエレノア！　お前に会える新学期が待ち遠しくてたまらなかったぞ！　元気そうで何よりだ！」

……あ、声も若干低くなっている……。

なんて現実逃避をしつつ、あまりの眩しさに固まったまま目を瞬いていた私の顔を、何故かリアムはまじまじと見つめた。

「……エレノア。お前、なんか変わった？　……えっと……。何かとても……」

すると、リアムの後方から誰かがツカツカと近寄って来たかと思うと、いきなり顎を掴まれ、グイッとしゃくり上げられた。所謂《いわゆる》、『顎クイ』である。

「……へ……？」

——誰!?

私もリアムも。そしてクライヴ兄様やセドリックも、突然の出来事に呆然とする中、シルバーがかったグレイの髪と銀色の瞳の、やや中性的な面持ちの美少年は、顎クイした私の顔を至近距離でジーーーッと見つめた後、右、左、と遠慮なく顔の向きを変えさせる。

「……ふん」

そして何やら口角を上げると、満足げに頷いた。

「この日差しの強い時期に、ソバカスを激減させるとは天晴だ。肌艶もだいぶマシになった。ふっ……。お前もようやっと、私の助言を聞き入れる気になったようだな。取り敢えず褒めてやろう！」

――こ、この聞き慣れた、尊大で厭味ったらしい口調。この髪の色……。そして無駄に華美な装い……まさか……！

「マ……マテオ……!?」

「そうだが？　何だ？　私の顔に何かついているのか？」

途端、眉を顰めるマテオ。だが、そんな顔も麗しい。

キャパオーバーな私は、ついうっかり本音を口にしてしまう。

「いや、違くて。マテオ、凄く綺麗な顔しているなぁって」

「…………は……？」

マテオは目を丸くして一瞬呆けた後、ボッと音が出る程盛大に顔を赤くさせた。

「なっ……！　お、お、おまえ……っ！　わ、私相手に、なに媚び売っているんだ！　そ、そんな事をしても……私はお前をライバルだなんて、認めてやらないんだからなっ!?」

なんか、ツンデレがデレた時のような言葉を喚きながら、わたわたしだした挙動不審なマテオから、クライヴ兄様がさり気なく庇うように、私を抱き寄せる。

「失礼ながらワイアット様。婚約者の目の前で、不用意に女性の身体に触るなど、マナー違反ではないでしょうか？」

クライヴ兄様の、ドスの利いたお言葉と威圧に、マテオの顔が瞬時に引き締まった。

「……マテオ……。貴様、俺の目の前で、エレノアに何してやがるんだよ……？　しかも良い所で、俺の言葉ブチ切りやがって……！　お前、一遍死ぬか⁉」

ついでにリアムからも、めっちゃ冷たい視線と暗黒オーラを浴びせられ、マテオの顔が微妙に引き攣った。

……うん、まあ確かにね。マテオにとって私は、あくまで恋愛対象外の相手だろうけど、いきなり顎クイはないでしょう。本当、マテオって空気読まないというかなんというか……。

『それにしても……』

リアムはさっき、何を言おうとしていたんだろうか？

「ねぇ、リア……」

だが、声をかけようとした瞬間、リアムとマテオが険しい表情を浮かべ、廊下の奥へと鋭く視線を走らせる。

彼らの態度にいち早く反応したクライヴ兄様も、鋭い視線を同じ方向へと向けた。

獣人王国からの留学生

——周囲のざわめきがピタリと止む。

「え……？」

慌てて皆の視線の先を見てみると、豪奢な金髪を煌めかせながら、颯爽とこちらに向かって歩いて来る人外レベルの美貌を持ったお方……。アシュル殿下に連れられ、異国風の豪華な服を纏い、獣の耳と尻尾を持った一人の少年と三人の少女達が、大勢の従者達を従えながら、こちら側に向かって歩いて来るのが見えたのだった。

アシュル殿下と並行して歩いているのは、シャニヴァ王国王太子である、銀狼の獣人だろう。クライヴ兄様と同じ、キラキラとした銀色の髪に、同じく銀色の艶やかな毛並みの耳と尻尾を持っている。きつく鋭い金目が印象的な美少年である。

『この子が、シャニヴァ王国王太子、ヴェイン様か……』

彼は狐の獣人である王妃が産んだ第一王子で、狼の獣人である国王様の血を濃く受け継いでいるのだそうだ。

耳と尻尾の他は私達人間と同じ。性格さえよければ、是非ともモフりたい極上の毛並みだ。年は……多分だが、私やセドリックとそう違わないのではないだろうか。

そして、そのすぐ後ろを歩いているのは、腰迄ある長い白金の髪と、艶やかな金色の耳と尾を持った狐の獣人女性。

彼女は多分、第一王女レナーニャ様であろう。

この人の瞳も、王太子と同じ金色をしている。そういえば第一王女と王太子は、同腹の姉弟だと父様から聞いていた。妖艶な……という言葉がピッタリな美女である。

そしてもう一人は、一般的な女性達よりもやや大柄な、金色の髪と金色の瞳を持った……どう見ても虎の獣人な女性。

この方は第二王女のジェンダ様だろう。

美人だが、自身が持つ獣性ゆえか、鋭い瞳に好戦的な色を湛えている。

更にその後方を歩いているのは、黒い髪と瞳を持ち、浅黒い肌をした、しなやかで肉感的な体躯を持つ美女で、丸みのあるビロードのような黒い耳と長い尾を持っている。

多分黒ヒョウ……の獣人だろう。確か第三王女であるロジェ様だ。

……そして、彼らの服装はと言うと……。

『うわぁ……！　お、大奥!?』

いや、というより花魁《おいらん》道中？

それぐらい、王女達の装いは華美なものだった。

和服とアジア的な服装を足して、現代版の動き易い仕様にしたような王太子の装いと違って、およそこれから学業を受けますって格好ではない。

皆、着物ドレス？　みたいな衣装をまとい、先頭を歩く第一王女殿下などは、わざとなのか、それともそもそもがそういった着こなし方なのか、着物の襟元を大胆に下げ、豊満な胸元をこれでもかと強調している。

後方の王女様方はそこまでではないが、概ねセクシーボディーを強調するような衣装を身にまとっていた。

周囲を見回してみると、男子達は皆顔を赤らめさせ、女子はそんな男子を見て王女達を眉をひそめながら睨みつけている。……うん。この反応、分かり易いな。

「何だ？　あの格好。獣人ってのは頭おかしいのか？」

通常運転なマテオの呟きに、リアムも同意と言った様子の呆れ顔を彼らに向けている。

横を向けば、クライヴ兄様とセドリックも同じような表情を浮かべていた。

そういや二人とも、あからさまなセクシー系は苦手だったっけ。

一行が私達の近くにさしかかった時だった。先導していたアシュル殿下が目元を緩め、私達に挨拶代わりの笑みを浮かべる。

その見目麗しい極上スマイルに、瞬時に私の顔は真っ赤に染まってしまった。

すると私の反応を見たアシュル殿下は、ちょっと驚いたような表情をした後、間違いなく私だけに向け、先程を上回る蕩けるような笑顔を浮かべた。

ううっ！　ロイヤルな視覚の暴力が目にぶっ刺さる！

アシュル殿下……なんて攻撃をしてくださるんですかっ!!　辛うじて鼻血を噴かずに耐えきった

私を、誰か褒めてほしい！

本っ当に兄様達といい、アシュル殿下やリアムといい、私の周りって視覚に優しくない美形ばかりなんだから！　こっちは美形キャンセラー外したばかりで、免疫皆無野郎なんですからね⁉　真面目に勘弁してくださいよ‼

「――ッ⁉」

不意に、それこそ突き刺さるような鋭い視線を感じた。

『だ、誰⁉』

慌てて視線の先を見てみれば、なんとシャニヴァ王国の王太子が、私を鋭い目つきで睨みつけていたのだ。

え？　何？　私、何かやらかしたのかな？

戸惑う私を、クライヴ兄様がさり気なく庇うように引き寄せる。

すると、王太子は益々不愉快そうに顔を歪めながら、おもむろに口を開いた。

「ふん。何とも目に不快な醜女《しこめ》だな。全く……。この国の男も女も皆、信じられない位にレベルが低い！　不愉快だ！」

吐き捨てるようなその台詞に、その場にザワリとさざ波のようなどよめきが広がった。

……え……？　ってか醜女？

こ、この王子様、確かに今、私の方見て醜女って言いましたよね？

いやまあ、確かに逆メイクアップ眼鏡のせいで、ちょっとアレな感じだけど、そんな顔歪めてブスと言われるレベルではなくなった……と思うんだけど？

あまりな言葉にムカつきよりも動揺が勝り、そんな事をグルグル考えている中、クライヴ兄様とセドリック。そしてリアムと何故かマテオまでもが、揃って険しい表情を浮かべた。

「これ、ヴェイン。いくら本当の事だとしても、思った事をそのまま口にするでない」

「ですが姉上！」

「それに、少なくとも男の子《おのこ》に関して言えば、皆、女どもと違って見目だけは十分過ぎる程良いからのぅ。女どもに関して言えば、それらに傅かれる価値のない、下の下しかおらぬが？」

艶やかな紅い唇が弧を描くと、後ろの王女二人がクスクスと楽しそうに嗤いだす。

「お姉様？　お姉様もお口に出てましてよ？」

「でも言いたくなるわよねぇ！　本当、今まで目にした奴ら、酷いブスばっか！」

周囲の生徒達の顔が一斉に不快なものへと変わったが、王族付きの護衛やら取り巻きの獣人達は皆、周囲の反応を気にする事無く、主達の言葉に賛同するように嗤っている。

……な、なんか……。凄いな獣人。

話には聞いていたが、ここまで性格悪いとは。

そんでもって、本当に人族の事を下に見ているんだなぁ。

それにしても、ここまで人族を見下しておきながら、なんでわざわざ人族と国交結ぼうとするんだろう。こんなの、国王陛下じゃなくても不思議に思うよね。

ってかこの人達、さっきから明確に私の方見てブスだの何だの言っていますよね？　そんでもって、ついでにクライヴ兄様を物凄いねっとりした目で見つめていませんか？

クライヴ兄様、さっきから無表情貫いてるけど、雰囲気、めっちゃ黒いです。これは……当然だけど、滅茶苦茶怒っていますね⁉

「……そこまでにしたらどうだ？　全く朝っぱらから不愉快極まりない奴等だ。やはりその見た目通り、中身も野生に近いようだな」

冷たい表情を浮かべたリアムの発言に、獣人達が一斉に気色ばんだ。

「なっ⁉」

「ぶ、無礼な！」

「無礼？　それは自己紹介でもしているのか？　それと忠告しといてやるが、余所の国の者を貶める前に、まずはその発情全開なだらしない顔と、娼婦のようなあけすけな恰好をどうにかするんだな」

「――ッ！」

リ、リアム……言うなぁ……。うわぁ……。獣人達の殺気が半端ない。

「ここはお前達の国ではない。お前達の国のルールが他所の国で通用するかしないか、まずはそこから自覚しろ。ついでに自分達の愚かな行いが、そのまま国の評価に繋がるという事もな」

獣人達が殺気を隠さず、怒りの表情を浮かべてリアムを睨み付けるが、リアムも一歩も引かずに彼らを睨み付けている。

というか王族であるリアムに対し、殺気を向けるってどうなんだろう。

マテオも物凄い顔で獣人達を睨み付けているし、このままだと不味い事になりそうだ。

「……リアム、そこまでにしなさい」

「アシュル兄上」

「お前も王族の一人として、思った事を正直に口に出すのはやめるんだ。それと気持ちは分かるが、程度の低い土俵に自ら上がらないように。そんな事しても、自分の評価が下がるだけだからね」

リアムを諭すふりをした獣人貶め発言に、王子王女が物凄い顔でアシュル殿下を睨み付ける。

ア……アシュル殿下……。穏やかそうに見えて、実はわりと過激派ですか⁉

うわぁ……。獣人達の殺気を、超良い笑顔で受け流している。煽っている……煽っていますね⁉

その一触即発な雰囲気を断ち切るように、落ち着いた声がその場に響いた。

「これはアシュル殿下。それと、シャニヴァ王国の尊い方々。この王立学園にようこそおいでくださいました。我が校を代表し、心からの歓迎の意を表させていただきます」

「オリヴァー兄様！」

小さく呟いた私に対し、オリヴァー兄様は穏やかな優しい笑顔を向けた後、業務用といったアルカイックスマイルを獣人達に向け、深々と頭を下げた。

途端、その場にいた我が国の女子や男子生徒達……そして王女達が感嘆の溜息を漏らす。

そして反対に、王太子を含めたシャニヴァ王国の護衛や取り巻き達は、苦々しい表情を浮かべた。

ついでに私の目もチカチカします。流石です、オリヴァー兄様！

「……そ……なたは……？」

「この学院の生徒会長を任されております、オリヴァー・クロスと申します。レナーニャ王女殿下」

「オリヴァー……クロス……」

レナーニャ第一王女が、オリヴァー兄様を熱い眼差しで見つめる。

頬もうっすらと赤みが差し、色っぽさが匂い立つようだ。

その婀娜《あだ》な姿はまさに花魁そのもの。……ってかこの王女様、絶対オリヴァー兄様の事、気に入ったよね⁉

「アシュル殿下。私もこの方々のご案内に同行させていただいても？」

「ああ、助かるよオリヴァー。卒業生である私より、在校生である君がいてくれた方が、効率よく案内が出来るだろうからね。ぜひお願いしたい」

「畏まりました。では殿下方、どうぞこちらへ」

完全に場を掌握したオリヴァー兄様によって、獣人軍団はその場を後にする。

尤も去り際、あの銀狼の王太子は何故か私を憎々し気に睨みつけていったんだけど。

私、本当に何かしたのかな？

一行の姿が完全に見えなくなると、途端に生徒達が騒ぎ出す。

その内容は主に、さっきの獣人達の不快な発言についてだ。中には彼らに堂々と喧嘩をふっかけたリアムへの賛辞も聞かれた。

「リアム殿下。先程は有難う御座いました。しかしあのような発言……後で国王陛下方からお叱りを受けるのでは？」

クライヴ兄様の感謝と懸念の言葉を受け、リアムは肩をすくませる。

「まあな。だが気にするな。あれは俺が我慢できずにした事だし、王族がふっかけた喧嘩は王族が買えば角はたたん。……今しばし、お前達や皆には我慢を強いるが、せめて俺達が楯になれる時はならねばな」

「凄い、リアム！　なんかすっごく王族っぽいよ！」

「……いや……元々王族なんだが……」

そう言いながらも、私のキラキラしい視線を受け、リアムはまんざらでもなさそうな顔をする。

「……意外ですが、あの方々と殿下方は、仲がお悪いので？」

あ、それ私も思った。

リアムが喧嘩を買うのはともかく、アシュル殿下も参戦していたからね。

それに、殿下方とてクライヴ兄様やオリヴァー兄様ばりの、人外レベルな美形揃いなのだ。ならばあの王女様方が色気を出してもおかしくないのに。

「会って早々、兄上達を手あたり次第褥《しとね》に誘われて、好感持てる訳ないだろう？　当然兄上達も「想う相手がいるから」って、奴らの誘いを一蹴したんだ。そしたらあいつら、「面子を潰された！」って、えらくむくれてさ！」

なんだそりゃー!?

ってか、会ったばかりで国交もまだ結んでいない国の王子達をベッドに誘うって、一体どういう考え方しているの!?

うちの国の肉食女子達だって、いきなりそんな暴挙には及びませんよ！　……及ばない……よね？　うん、多分。

あ、クライヴ兄様が呆れ果てた表情を浮かべた。

「……獣人とは、人の皮を被った万年発情期の獣ですか？」
ク、クライヴ兄様。貴方も言いますね！
「考え方と種族の違い……って所だろうな。より良い子種を得ようとする本能が強いのだろう。クライヴ・オルセン。お前も気を付けろよ？」

「ご忠告、痛み入ります」

そうだよね……。クライヴ兄様ってば超優良物件だし、しっかり王女様達に目を付けられたっぽいし……。

――そこで私はふと気が付いた。

殿下方は同じ王族。あちらはそう思っていなくても、一応対等な立場だ。

だけど兄様方の身分からして、もしあの王女方に誘われでもしたら、お断りするのは難しいのではないだろうか。

「クライヴ兄様……」

私は不安そうな顔をしていたのだろう。

それに気が付いたクライヴ兄様が、安心させるように微笑みながら私の頭を撫でてから、そっと耳元で呟いた。

「エレノア。奴らが王族であっても、ここは俺達の国だからな。もし粉吹っ掛けられたとしても、俺もオリヴァーも、この国の男として対応するまでの事だ。だから安心しろ」

『この国の男として……？』

それは一体……？

そう思った私の疑問は、その日のランチで解明される事となるのであった。

◇◇◇◇◇

午前中の授業を終え、ランチの時間となった為、私達はカフェテリアへと移動する。

メンバーは、給仕係のクライヴ兄様、私、オリヴァー兄様、セドリック、リアム、マテオ……そして何故か、アシュル殿下が当然と言った様子で私達のテーブルに同席していた。

「うん。ここの紅茶は久し振りに飲んだけど、以前よりも美味しい気がする。ねえ？　エレノア嬢」

「は……はい。そ、そうです……ね？」

「尤も、こうしてエレノア嬢と一緒に飲めるからこそ、いつもよりも美味しく感じるのかもしれないけどね」

サラリとそう言いながら、ニッコリと蕩けそうな笑顔で見つめられ、私の顔から思わず火が噴いてしまう。

「……アシュル殿下。貴方、なに王族の務めをサボっているんですか。優雅にお茶していないで、さっさとあちらに行ってくださいよ！」

オリヴァー兄様が不機嫌顔で、割と本音を包み隠さずアシュル殿下に言い放つが、当の本人は至って平常運転といった様子でお茶を飲みつつ、手をヒラヒラ振った。

「ああ、その辺は安心したまえ。あちらはあちらで固まっていた方が良いみたいだし、ペットにならない顔だけの王族なんかに興味は無いだろうさ」

か……顔だけの王族……。しかもペットって……⁉

アシュル殿下、それってものの例え話ですよね⁉

「それに僕も、あんな所でくだらない馬鹿話に相槌を打ちながら不味いお茶を飲むより、君達と楽しく話をしたかったんだよね」

……アシュル殿下。本当に獣人王国の方々、嫌いなんですね。

「そうですか。僕達は、全然お話したくありませんでしたが……」

「やだなぁ。そこは嘘でも同意してくれなくちゃ。全く君って、愛する婚約者の前では、とことん狭量だよね。……まあでも、僕ももし君の立場だったら、やっぱり君のように囲い込んじゃうかもしれないいな……。愛しい女性の瞳に他の男が映りこんだりしないように……。ねぇ、エレノア嬢？」

「へっ？　あ、は、はいっ⁉」

色気たっぷりの極上スマイルで、とんでもない台詞を言われ、収まりかけた顔の熱が再燃してしまう。

うぉぉ……！　ア、アシュル殿下のロイヤルスマイル、真面目にヤバイ！

ふんばれ！　私の鼻腔内毛細血管‼

バチィッ！　と、オリヴァー兄様とアシュル殿下の間に火花……いや、電撃が散った。

クライヴ兄様も、しっかり冷ややかな視線をアシュル殿下へと向けている。……あ！　クライヴ兄様が動いた!!

「アシュル殿下、お茶のお代わりなどいかがでしょうか？」

「え？　……ああ、じゃあもらおうかな？」

クライヴ兄様が優雅な仕草でアシュル殿下のティーカップに紅茶を注いでいく……注いで……。

「……クライヴ……」

「アシュル殿下、何か？」

「……いや、良いんだけどさ。……本当、狭量な兄弟……」

うわぉ！　アシュル殿下のカップの紅茶、零れそうで零れていない！　表面張力への挑戦ですかってぐらい、ギリギリのラインをキープしている！

うん。これ絶対、カップ持った瞬間零れるよね。クライヴ兄様……なんという地味にえげつない嫌がらせを……！

あ、ちなみにオリヴァー兄様の言った『あちら』とは、シャニヴァ王国ご一行様の事なんだけど、今現在、日当たりの一番良い場所に複数テーブルを用意させ、自分達と同じ獣人の侍女達に給仕されながら、優雅にお茶を楽しんでいる。

さっきチラリと目にしたが、給仕をしている侍女たちは、ウサギやリス、それに……羊……かな？　どれもが草食動物の耳や尻尾を持った人達ばかりで、尊大にふんぞりかえっている連中は、その殆どが肉食獣の獣人達だった。

その光景を初めて目にした時は、野生のヒエラルキーまんまの構図で、分かりやすいなと思ったものだ。

「……なんだエレノア？　あっちが気になるのか？」

リアムが私の様子を見て声をかけてくる。

「う、うん……まあ、ちょっと……」

「あの王太子にしろ、王女方にしろ、本当に失礼な方々だったよね。初対面の女性に『醜女』なんて普通言う？　あの学生にあるまじき格好といい、本気で頭がおかしいんじゃないのかな？」

セドリックの言葉は、愛する婚約者を貶める発言をした相手に対する嫌味……などではなく、純粋にそう思って言っているようだ。そんなセドリックに、リアムは苦笑しながら相槌を打った。

「セドリック、お前も中々言うな。まあ、俺も完全に同意見だけど」

「──あ！　そう言えばリアム、さっきは有難う。私の事、庇ってくれたんだよね？　凄く嬉しかった」

そう言うと、リアムは目を見開いた後、照れくさそうにはにかんだ笑顔を浮かべた。

──ううっ……！　い、いきなりなその笑顔……反則です!!　アシュル殿下とはまた違う、初々しいキラキラしさが視覚を直撃してくる!!

「気にすんな。好きな女を守ろうとすんのは、男として当たり前の事だからな」

「……え……す……」

──好きな女ーー！！？

一瞬呆けた後、先程のアシュル殿下の時同様、ボフンと頭から湯気が出たように顔が真っ赤になってしまった。

そ、そうだった……！　朝から驚きと衝撃の数々ですっかり忘れていたけど、リアム……私の事好きだったんだっけ！

そ、それにしても、流石はリアム……。と言うか、この国の男子！　そんな事、こんな席でサラッと言っちゃう!?　素……!?　素なんですか!?

私が真っ赤になって挙動不審に陥っているのを見て、リアムの顔が益々喜色満面になっていく。

そんなリアムに対し、セドリックはと言うと、流石は兄弟とも言うべき、オリヴァー兄様張りのアルカイックスマイルを浮かべている。

「……リアム。わざわざ王族の君が出張るのは不味いだろう？　エレノアの事は、婚約者の僕がちゃんと守るから、安心してよ」

「……セドリック。いくら婚約者だと言っても、立場的に守り切れない時だってあるだろう？　大丈夫だ。お前もエレノアも、まとめて俺が守ってやるから、それこそ安心しろよ」

バチバチと、こちらも火花が華麗に散っている。なんか私、間に挟まれて焦げちゃいそうだ。

というか、もう一ヶ所……。シャニヴァ王国ご一行様方面から来る視線もかなりキツイ。

あっちの方を見ると、誰かと目を合わせてしまいそうで、恐くて向く事が出来ないけど、いつものご令嬢方からの嫉妬の視線の何倍もの熱量を感じる。

——まあ、それもそうかと思う。

なんせここ、ロイヤルファミリーが二人もいる上に、絶世の美貌を誇る生徒会長であるオリヴァー兄様、オリヴァー兄様とタメ張る美貌のクライヴ兄様、それにはやや劣るものの、やはり超美少年の、セドリックとマテオ……という、錚々たるメンバーが勢ぞろいしているのだから。

しかも彼らの中心に鎮座しているのが、獣人ロイヤル軍団に寄ってたかって蔑まれた、冴えない女……。これで注目しない筈がない。

逆に今回、ご令嬢方からの嫉妬の視線はあまり感じない。

気になって周囲をソロッと見てみれば、皆こちらを気にしつつも、どちらかと言えばシャニヴァ王国ご一行様の方を注視しているようだ。

まあ、あれだけ人族貶め発言を繰り返していたからね。

私だってちょっと……いや、かなり腹立ったし！

それにあの王子様や王女様方の暴言で、いつクライヴ兄様がブチ切れるかとハラハラして……。

『……あれ？　そういえば……』

なんかさっきから違和感を感じていたのだが、セドリックとリアムの言い争いを見て気が付いた。

そう。二人とも、魔力を一切出していないのだ。

特にリアムだ。

彼はクライヴ兄様が感心する程魔力量が多いので、うっかり感情が高ぶったりすると、魔力が溢れ出てくるのだ。

なのに、今現在、セドリックと言い合いをしている状況だというのに、少しも彼の魔力を感じない。勿論、オリヴァー兄様やアシュル殿下もだ。

普通、私を挟んでの言い合いでは、牽制の意味合いも含め、魔力がだだ洩れしていたりするのに。

今日は誰からも魔力が僅かばかりも漏れてはいない。

そういえば、今朝クライヴ兄様も、獣人達に対して不機嫌オーラは出していたけど、魔力を使った威圧を向けてはいなかった。

「どうしたの？　エレノア」

戸惑った様子の私に気が付き、オリヴァー兄様が優しい口調で声をかけてくる。

私は戸惑いながら、今気が付いた事を聞いてみる事にした。

「あの……。兄様方や殿下方が、全く魔力を出していないので……。何故だろうかって思って……」

「それは……」

「へぇ……！　流石はエレノア嬢。鋭いね」

「アシュル殿下？」

少し咎めるような口調のオリヴァー兄様に、アシュル殿下が安心させるように頷いた。

「いいよ、大丈夫。エレノア嬢になら言っても構わないだろう。それに既に、防音結界を張っているから、あちらにはこちらの会話は聞こえていないよ」

『防音結界⁉』

なんでそんなものを張る必要が？　という私の疑問に答えるように、アシュル殿下が話し始めた。

「……実はね、シャニヴァ王国からの留学生を迎えるにあたって、この学院に通っている貴族の子弟全てに『勅命』が下されたんだ」

「勅命……が⁉」

「そう。『シャニヴァ王国の者達の前では極力、魔力を出さないように』とね」

魔力を出さないように……？

そういえば、父様方がシャニヴァ王国を訪問した際、威圧を飛ばされまくっても耐えていたって言っていたけど、すでにそこから魔力を抑えていたのだろうか。でも何故そんな事を？

「何故魔力を抑える必要があるのですか？」

「そりゃあ、彼らの真意を測る為に決まっているよ。彼らにとって我々人族は、『力無き矮小な種族』なのだからね。そのイメージ通りに振舞ってやれば、彼らは僕達を侮り格下に見るだろう？実際、自分達と対等である筈の、他国の王族達に対してもあの態度だ。あの調子なら、いずれは国交を求めた真の目的を暴露する日も近いだろう」

アシュル殿下はそう言うと、いつもの甘い笑顔ではない、酷薄で冷ややかな笑みを浮かべた。

オリヴァー兄様やクライヴ兄様、そしてリアムやセドリックも、その表情はいつもと違い、冷酷……と言っていい鋭い表情を浮かべていて、思わず背筋がゾクリと震えてしまう。

そうだ、忘れていた。

この国の女子は肉食系だから、それに尽くす女性至上主義な男子達は草食系だと思いがちだけど、そんな事ないんだって事を。

——数少ない女性を巡り、己の持てる全てを駆使し、ライバルを蹴落とし、次代に自分の血を繋げようと、己のDNAすら高めまくる。

そんな彼らは草食獣の仮面の下に、獰猛な爪と牙を隠し持つ、まごう事なき肉食獣達なのだ。

そもそも、それぐらいでなければ、あの肉食女子達に対抗なんてできっこないもんね。

……ってか、その肉食っぷりは、恥ずかしながら私が身をもって実証済みです。はい。

「と、ところであの……リアム？　私、聖女様からお手紙貰ったんだけど。聖女様、お元気にしていらっしゃるのかな？」

なんか殺伐としてしまった雰囲気を元に戻すべく、ふと思いつきで聖女様の名前を出した途端、リアムと……ついでにアシュル殿下が遠い目になった。

「母上？　……うん、元気だよ。父上達とも以前以上に仲良くしているし。多分……いや、間違いなく、エレノアの助言のお陰だな。父上達も、エレノアにはとても感謝していたよ」

「うん。ひょっとしたら、新しい弟か妹が出来そうだな……ってぐらいに仲良いよね。……ある程度想定はしていたけど、まさかあれ程、父上達のタガが外れるとは……」

——……え⁉　そ、それってまさか、聖女様のツンデレ疑惑がドンピシャだったって事⁉

そんでもって、「ツンデレには引くな、押せ！」を実践したら上手くいってしまった……って、そういう話ですかね？　……あ、ひょっとして、あの謎のお手紙ってそういう意味……⁉

「へ……へぇ……。そ、そうだったんだ～……」

青褪め、引き攣り笑いを浮かべた私に対し、オリヴァー兄様がニッコリと、極上スマイルを向けた。

「……エレノア……。屋敷に帰ったら、それについての詳しい話を聞かせてもらおうかな？」

ひぃぃっ!!　オ、オリヴァー兄様！　目が恐い！　顔は笑っているのに、目がめっちゃ恐いです!!

あっ！　ク、クライヴ兄様まで!!　その凍えそうに冷たい眼差し、止めてください！　済みません！　隠していた訳じゃないんです！　忘れていただけなんです！　本当にごめんなさい!!

あっ！　セドリックが久々に、残念な子を見るような眼差しで私を見つめている！　わーん！

そんな顔してないで助けてよー!!

「エ、エレノア！　今日は俺の焼いたクッキー持って来たから、食べてみないか!?」

自業自得の藪蛇発言により、兄様達の圧を受け、涙目でプルプル震えている私に助け舟を出したつもりか、リアムが傍に控えていたマテオに命じ、綺麗なガラスの容器をテーブルに運ばせた。

え？　俺の焼いた……って、あの炭クッキー!?

……まあ、試食係ですからね。食べますけども。

「――ッ!?　こ、これは……っ!!」

容器の蓋を開け、お披露目されたクッキーを見た私は、思わず息を呑んだ。

だってそこには、ちょっと端っこが焦げていて、焼き色がちょっとだけ強い、まごう事なきクッキーそのものが入っていたのだから。

「こ、これ……リアムが焼いたの!?　凄い！　クッキーだ！　どう見てもクッキーにしか見えないよ!?　上達したんだねリアム！」

「……うん。今迄持って来たものも、クッキーだった筈なんだが……」

私の感激の言葉に、複雑そうな引き攣り笑顔を浮かべたリアムに「ごめんね」と失言を詫びつつ、私はクッキーを一つ摘まんで口に入れた。

すると、ザクザクとした食感と、しっかり焼かれたバターの香ばしさが口一杯に広がって、思わず顔が綻んだ。

このクッキー、前世で私が好きだった、胚芽系の素朴な焼きっぱなしクッキーに凄く近い味がする。

私、甘党だけど、クッキーはガリガリした硬くてなんの飾り気も無い、しっかり焼いた系が一番好きだったんだよね。

まさかその懐かしい味を、リアムのクッキーで味わえるだなんて……。

「どうだ？　エレノア」

「うん！　凄く美味しい！　私、こういうザクザクした食感のクッキー大好き！　今迄食べたクッキーの中で一番好き！」

「そ、そうか!?」

私の惜しみない賛辞に、リアムの顔がパァッと明るくなった。

その嬉しそうな様子は、尻尾をブンブン振って喜んでいる中型犬のようだ。

言ったら確実に怒るだろうけど、もの凄く可愛い。他の殿下方がリアムを可愛がる気持ちが凄くよく分かる。

……私的には、キラキラしい極上スマイルに目が潰されそうでヤバイんですけどね。

「……今迄で一番って……。エレノア……僕のお菓子は……？」

「んぐっ！」

セドリックがボソリと呟いた台詞に、私は頬張っていたクッキーを喉に詰まらせてしまう。

「お嬢様！　ほら、お茶！　ゆっくり飲んで！」

ゴホゴホと咽る私の背中を擦りながら、クライヴ兄様が慌てて紅茶を差し出してくれる。

……クライヴ兄様。何気に口調に素が出てませんか？

心の中で、そんなツッコミを入れつつ、クライヴ兄様が差し出してくれた紅茶を有難く飲む。

……ふぅ……落ち着いた。

そうして何とか復活した私は、表情が抜け落ちているセドリックに対し、必死の言い訳を開始した。

「あ、あの、ち、違うの！　勿論、セドリックの作るお菓子が一番大好きなのは変わらなくて！

で、でもね、あの……繊細で優しくて上品な味わいばかりじゃなくて、こういった下町感満載な、野趣溢れる豪快な味わいも、たまには食べたいっていうか……！」

「……野性味溢れる豪快な味で悪かったな！」

すると今度は、リアムがムッとしてしまう。

しかも「じゃあ、これはもう要らないな」と、クッキーを下げようとするではないか。

あっ！　リアムから容器を受け取ったマテオが俯いてプルプル震えている！　ひょっとして主人を馬鹿にされたと思って怒った？　……ん？　あれ？　笑っている！　何故に⁉

「待って！　お願い！　せめてもう一枚！」

「やかましい！　お前はセドリックのお上品で繊細なクッキーでも食ってろ！」

「そう言わずに！　これはこれでアリな味だから!!」

「エレノア……！　やっぱり君は僕よりもリアムの方を選ぶんだね!?」

「セドリック！　『クッキー』の単語が抜けてる！　誤解されるから！」

「え？　なんなら誤解されても、俺は全然構わないが？」

「ち、ちょっ……！　リアムッ!!」

「……ほんっとーに、エレノア嬢見ていると飽きないね。まあ、出来ればこちらの方にももっと、関心を持ってほしいところなんだけど……」

三人のやり取りやエレノアの一挙一動を、心の底から楽しそうに……そして愛おしそうに見つめるアシュルを見ながら、オリヴァーは複雑そうな表情を浮かべ、頷いた。

「……誠に不本意ながら、アシュル殿下のお言葉に百パーセント同意します」

リアムの軽口に真っ赤になってうろたえるエレノアと、怒ったフリをしながらも、嬉しそうに口角が上がっているリアムに対し、面白くないという気持ちが湧き上がるが、同時にエレノア、リアム、セドリックが繰り広げる、年相応な子供のじゃれ合いに、うっかり和んでしまう。

そんな複雑な気持ちを胸の奥に飲み込むように、オリヴァーは自分のカップに口をつけた。

番宣言

——その頃。

エレノア達のテーブルを、虎の獣人である第二王女のジェンダと、黒ヒョウの獣人である第三王女のロジェが、苛々した様子で睨み付けるように見つめていた。

この二人は王太子やレナーニャとは別腹で、共に側妃達が産んだ娘達である。

「……ふん！　なぁに？　あの第一王子と第四王子の顔！　あんな楽しそうに笑っちゃって！　私達には愛想笑いか仏頂面しか見せないって言うのに！」

ジェンダがギリ……と、自分の長く鋭い爪を噛むと、ロジェも同意と言ったように、憎々し気に舌打ちをした。

「それよりも、あの小娘よ！　なんであんな女が、あんなイイ男達に囲まれている訳⁉　いくら女の数が少なくたって、もっとマシなのがいる筈でしょう⁉」

レナーニャを筆頭に、初めてこの国にやって来た時は、目にする男達の誰もが美しい事に驚いたものだったが、その後王族達に会った時には、このように見目麗しい男達がこの世に存在するものかと驚嘆したものだった。

特に自分達と年の近い王子達を見た瞬間、心と身体が甘く疼き、獣人の本能が『この男達が欲しい！』と騒ぎ、身体が熱くなった。

自国での自分達は、その強さと美貌を数多の男達から称賛され、愛を請われてきた。

どんな男であろうとも、自分達が誘えばその身も心も捧げ、足元にひれ伏してきたものだ。

その自分達がわざわざ、獣人のようにずば抜けた身体能力も、大層な魔力も持たない、矮小な人族の男などを相手にしてやろうとしたのに、あろう事かあの王子達は、そんな自分達をすげなく袖にしたのだ。しかも、心底興味無さそうに。

「申し訳ありませんが、私には愛する女性がおりますので」

「悪いが、惚れた女以外を抱く気は無い」

「やれやれ、君達って見た目まんまなんだね。僕の好きになった子とはえらい違いだ」

……三人が三人とも、そのような言葉で、自分達の褥の誘いを断ってきたのだ。

末の王子に至っては、最初からあからさまな嫌悪の眼差しを自分達に向けてくる始末。

「お気をお鎮めください。王族とはいえ、程度の低い女ばかりを相手にしていた所為で、姫様方の溢れんばかりの美しさと魅力に、どうしたら良いのか分からず、臆しているのですよ」

今回、付いて来た者達は、口々にそう言って自分達を慰めてくるが、それが真実だとして、つまりはあんな程度の低い女達のせいで、この自分達が相手にされていないという事になるのだ。

一体、この国の男達はどうなっているのか。

やはり取り柄は顔だけなうえ、女に媚びるしか能の無い無能な連中ばかりだという事なのだろうか。

ならば、父王や王妃様の言い付け通り、程々に美しくて体力のありそうな男達を選び、ペットとして連れ帰れば、自分達の目的は達成される。

あの男達程ではないにせよ、どの男もそれなりに美しい容姿をしているのだ。

どうせどの男も無能であるのなら、こちらに対し、従順な者達の方が躾も楽だろう。

だがそれなのに何故、彼らを見ると、どうしようもないぐらいにこの身に熱が灯るのだろうか。

……しかも先程目にした、燃えるような煌めく銀糸の髪を持つ、執事服の男。

あの男を見た瞬間、「この男が欲しい！」と、どうしようもないぐらいの執着心が次々と溢れ出てきて止まらない。

あの男に傅かれ、愛を囁かれたら、どれ程の恍惚が我が身を包む事か……。

なのに、あの男は王族達同様、自分達には目もくれず、今もあの冴えない女に傅き、優しい眼差しを向けていて……。

「……ちょっと！　カップの中身がカラよ！」

「も、申し訳ありません！」

イラつく気持ちをぶつけるように、睨みつけながら叱咤すると、侍女として傍に控えている、真っ白い兎の耳を持つ少女が、怯えた様子でロジェに謝罪をする。

「全く、使えない侍女ね！　ねぇ？　レナーニャお姉様！」

「ロジェ、下位種族などに期待を持つ方が愚かであろう。……ん？　ヴェイン。どうした？」

「……いえ……」

自分の弟が不機嫌そうな様子を隠そうともせず、鋭い視線を向ける先を見たレナーニャは、ギリ……と、自らの濡れたような紅い唇を噛み締める。

彼の視線の先には、先程学院を案内されていた時、ヴェインが詰《なじ》った女がいた。

しかも妹姫達の言う通り、類まれな美貌を持つ男達があの女の周囲を取り巻いている。

そのうえ、あろう事か全員があんな女に対し、優しい微笑みを向けているのだ。

『……気に入らぬ……のぅ……！』

この国の男は総じて、自国の女達を無条件に大切にし、愛を捧げて尽くす……と聞いた。

きっとあの女は、高名などこぞの貴族の娘なのであろう。

そうでなければ、あんな冴えない女が、あのような極上とも言える男達に囲まれ、尽くされている筈がない。

しかもあの中には……あの男がいるのだ。

あの男は……いや、あのお方は、あんな女が傍に侍らせていい方ではない。

あれは自分だけの……！

「確かに、見ていて大変に不愉快よのぅ……。あの男共、出来ればこちらに呼び付けてやりたい所じゃが、流石に王族がいる手前、それは叶わん。非常に業腹ではあるが、妾達の方から出向いてやるとするか」

そう告げ、レナーニャが立ち上がると、エレノア達のテーブルに向かってゆっくりと歩き出す。

ジェンダとロジェも嬉しそうに席を立つと、それに続いた。

「そう言えばエレノア、さっき言いそびれた言葉なんだが……」

「……？　うん？」

あの後「そんなに好きなら全部食え」とリアムがクッキーをくれたので、それを美味しく頂いていた私に、リアムがちょっと真剣そうな顔を向けてきた。

その、どこまでも蒼く澄んだ瞳と目が合った瞬間、再び私の身体は硬直してしまう。

リアム、あんたはメドゥーサなのかっ⁉

「……えっと……だな……」

「う……うん？」

「その……暫く見ない間に……き……」

――だが、彼の言葉は今回も続かなかった。

「暫し良いか？」

リアムが言い終わる前に、突然女性の声が割り入って来たのだ。

皆の注目が一斉にそちらへと向かう。

するとそこには、驚いた事にレナーニャ第一王女を筆頭に、他の王女方と側近だか護衛だかがズラリと勢揃いしていたのだった。

ちなみにだが、防音結界は解除されているっぽい。

多分だがアシュル様が、彼等がこちらに来ようとした時に解除したのだろう。

「――ッ‼」

リアムがダンッと両手の拳でテーブルを叩く。

アシュル殿下は同情のこもった眼差しを向けながら、ポンポンとリアムの肩を叩いた。

「リアム。気持ちは分かるけど……魔力」

「分かっています!!」

うん。リアム、ちょびっと魔力が漏れかけていたもんね。

それにしても、前回も今回も、リアムは一体私に何を言いたかったんだろうか?

あれ? 何故かオリヴァー兄様もクライヴ兄様も、揃って憐れむような眼差しをリアムに向けている。あ、セドリックも同じような顔してリアムを肩ポンしているよ。

うう～ん……。本当に何なんだろう。本気で気になるな。

「……で? 何の御用でしょうか。レナーニャ王女殿下?」

アシュル殿下が営業用の極上スマイルを浮かべる。……しかも座ったままで。

普通、身分が同等の者が立っていて自分が座っていたとしたら、座るのを促すか自分が立つかのどちらかなのだが、どうやらアシュル殿下、よっぽど獣人達に悪感情を持っているようだ。

ついでに私達にも席を立たないように目くばせしてきたところからしても、それが窺える。

『あんなに穏やかで優しい方なのに……。でもだからこそ、自国の人間をあんなに悪し様に言われれば、怒るに決まっているよね』

そう一人納得するエレノアだったが、実は自分の想い人《エレノア》が悪し様に罵られた事で、アシュルがブチ切れていたのだという事には全く思い至っていなかった。

レナーニャ王女の眉がピクリと動いたが、努めて平静を取り繕うように、形式的な笑顔を浮かべた。

「いやなに。こちらの用意した侍女が、慣れぬ外国ゆえか、全く役に立たぬでのぅ……。それゆえ優秀な給仕を我らの元に寄こしてほしいのじゃ。例えばそこの……銀髪の執事など良いのぅ……」

そう言うと、レナーニャ王女は艶やかな笑顔をクライヴ兄様へと向けた。

見れば他の王女方も、頬を染めながらねっとりとした笑みを浮かべ、クライヴ兄様を見つめている。

や……やっぱりそうきたか！　それにしても、なんという直球!!

「お断り致します」

だがしかし、間髪入れずにクライヴ兄様は、冷たい表情と口調でレナーニャ王女の要求を突っぱねた。

王女方は一瞬、何を言われたのか理解出来なかったのか、呆気にとられたような表情を浮かべた。

——が、次の瞬間、顔を赤くしながら目を吊り上げる。

「な……っ！　仮にも王族からの要求を断るとは……無礼なっ！」

「たかが使用人の分際で！」

「たかが……と仰いますが、彼は子爵令息であり、我が国の軍事を統べる、オルセン将軍の一人息子なのですよ」

アシュル殿下の言葉に、王女達や護衛達の顔つきが変わる。

「あのドラゴン殺しの……」「そういえば、容姿が……」などと漏れ聞こえてくるところを見ると、グラント父様はシャニヴァ王国でも有名人なようだ。

「……だ、だが、ドラゴン殺しの英雄の息子とは言え、所詮は子爵令息。しかも騎士ですらないうえ、たかが貴族の娘ごときの使用人をしているのだ。ならば我ら王族のお抱えになるなら、寧ろ栄誉な事ではないのか⁉」

ジェンダ第二王女のあまりな言葉に、私は脳が沸騰しそうな程の怒りを覚えた。

クライヴ兄様に対して、このあまりな言い様！　この人達は私の大切な兄様の事を、なんだと思っているんだ！

そしてそれは、カフェテリアにいた学生達全ての共通する思いでもあったようだ。

それを証拠に、カフェテリア内の今現在の雰囲気は最悪と言ってもいいものとなっていた。

男性も女性も、皆厳しい視線を獣人達へと向けている。

けれども、当のクライヴ兄様はと言えば表情一つ変えず、更に冷え切った口調で王女方に対し、言い放つ。

「お言葉ですが、私はお嬢様の『専従執事』です。専従執事は、仕える主以外の者の命令には、たとえ王族であろうとも決して従いません。更にエレノアお嬢様は、私の最愛の妹であり、命より大切な婚約者です。彼女を守り、傍に在る以上の栄誉など、私には存在しません」

「な……っ！　わ、私達に仕えるよりも、そんな女の方が良いと言いたいの⁉」

「その通りです。それに彼女は『エレノア・バッシュ公爵令嬢』です。私の最愛の女性を『あんな女』などと呼ばないでいただきたい。不愉快極まりない！」

最後の方、多少強い口調になったクライヴ兄様に冷ややかに睨み付けられ、ジェンダ王女とロジェ王女が、悔しそうな表情を浮かべながら、屈辱からかワナワナと身体を震わせる。更には私の方を殺意のこもった眼差しで睨み付けてくる。

……うわぁ……。なんか牙を剥いて唸っている野獣みたいだ。本当に獣人って、本能で生きているんだなぁ……。

それにしても専従執事って、そんな特権があったんだ。多分だけど、大切な女性を守る為にそういう役職が作られたんだろう。

でもさっきの王女達の勧誘、クライヴ兄様がキッパリ断ってくれて、凄くスッキリした！

まあちょっと、逆恨みが恐いけどね。

「ホホホホホ……！」

すると突然、レナーニャ王女が鈴を転がしたような笑い声をあげた。

「成程のぉ……。そういえばこの国は、女が男を選び、男は女を選ぶ権利が無いと聞いた事があった。おおかた、その小娘がその男を自分のものにと、親に強請ったのであろう。ジェンダ、ロジェ。いくら見目が良かろうとも、小娘一人に逆らえぬ軟弱者じゃ。お前達には釣り合わぬ。諦めよ」

「そんな……！」

「お姉様！　ですが……！」

「それよりも……。オリヴァー・クロス」

――え？　今度はオリヴァー兄様ですか⁉

「そなたに、妾の夫となる栄誉を与えよう。私の『番《つがい》』として、我が国に妾と共に参れ」

シン……と、カフェテリア内が一気に静まり返った。

私もあまりにも唐突な発言に、思わず呆気に取られてしまう。

——……はい……？　夫……？　し、しかも……番って……？

「レ、レナーニャ殿下⁉　何を仰るのです⁉」

レナーニャ王女のすぐ傍に控えていた虎の獣人の騎士が、血相を変えて王女に詰め寄る。

だが、レナーニャ王女は鬱陶しそうに顔を顰めた。

「ガイン、言葉通りじゃ。妾はこの男を番にする」

「ご正気ですか⁉　人族の……ましてや、このような軟弱そうな男を⁉　愛人やペットにするならともかく、正夫である『番』などと……！　私は絶対に認めません‼」

「図に乗るなガイン。お前が認めようが認めまいが、妾の心は変わらぬ。一目見た瞬間、妾には解ったのじゃ！　……この男が妾の運命の番である事が……！」

「レナーニャ様‼」

——……え〜っと……。

私達そっちのけで、目の前で言い合いを繰り広げている主従を、私は呆然と見つめていたが、段々と怒りが腹の底から湧いて来る。

……っていうか、本当になんなんだ獣人ってのは⁉

黙って聞いていれば、人の大切な兄であり婚約者を、いきなり召し上げてやるだの、番だ夫だのと……！

しかもこの王女様、兄様の返事も待たずに、自分の夫にする事を決定事項にしちゃってるよ！　挙句に愛人とかペットとかって……!!　クライヴ兄様に対しての暴言や態度といい、人を馬鹿にするにも程がある!!

私は怒りの衝動のまま、勢いよく立ち上がった。

「レナーニャ第一王女殿下！　非礼を承知の上で進言致します!!　オリヴァー兄様は、私の大切な兄であり、かけがえのない婚約者です!!　そのような身勝手な発言はお控えください!!」

「何だ!?」「人族の女ごときが……無礼な！」とざわめく護衛達を手で制し、レナーニャ王女は凄みさえ漂う程の、妖艶な笑みを浮かべ、挑発的な眼差しを私に向けた。

「ほぉ……。お前、その銀髪だけでは足りず、この者まで強請って強引に手に入れたのか？　自分に与えられた『女』としての特権を使い、欲しいものを得ようとするその浅ましさ。悪くは無いが……。お前程度の容姿で、流石に欲張り過ぎであろう？　自分の愚かしさと醜さを理解し、早急にこの者を解放せよ。そもそも、お前ごときがその場に居る事自体が分不相応じゃ。目障り極まりない。とっととこの場から失せよ！」

――うん。私、この人達大嫌いだ！

何なんですか、この無駄に自信満々な態度！　浅ましいのはあんたの方だろうって、声を大にして言ってやりたい！

「……エレノア。違うだろう？」

「え？」

「僕は君の『筆頭婚約者』だろう？　間違わずにちゃんと言ってくれないと。……ああ、でも君の口から『かけがえのない』なんて言葉を聞けるなんて……！　嬉しいよ、エレノア」

こんな状況だというのに、オリヴァー兄様は顔をほんのりと紅潮させ、物凄く嬉しそうな、蕩ける笑顔を私に向けてくれた。

……そして私の方も、こんな状況だと言うのに、その笑顔にうっかりやられ、顔が真っ赤になってしまいました。

……くっ……！　何十回……いや、何百回見ても、この視覚の暴力には慣れない……!!

「……さて、レナーニャ第一王女殿下」

オリヴァー兄様に名を呼ばれ、レナーニャ王女の顔が喜色に染まる。

だがオリヴァー兄様の次の言葉で、その表情は驚愕の色へと染まった。

「貴女の求婚、謹んでお断りいたします」

「――ッ!?　な……何故じゃ!?」

「何故？　先程お聞き及びの通りです。私はエレノアの『筆頭婚約者』です。エレノア以外を妻に娶るつもりはありません」

「そ、そうか！　その筆頭婚約者の名に縛られているのじゃな!?　なれば妾がなんとしてでも、その楔を叩き切り、そなたを解放して……」

「甚だ勘違いをされているようですが、私もクライヴも、他の女性など目に入らぬ程、心の底からエレノアを愛おしんでおります。寧ろ自分を婚約者に……と、我々の方からエレノアに請うたので

すからね」

「――ッ⁉」

オリヴァー兄様は顔も口調も穏やかだが、その目には隠そうともしない侮蔑と怒りが浮かんでいた。そうしてその目を真っすぐレナーニャ王女に向けながら、オリヴァー兄様はなおも話を続けた。

「この国において、婚約者を裏切るような恥知らずな男はいない。ましてや筆頭婚約者ならば尚の事。……まあ、その矜持を捨てる程の素晴らしい女性に出逢えたとしたら、話は別ですが……」

「で、では……⁉」

「ですが失礼ながら、貴女のどこがエレノアよりも優れているのか、私には全く理解出来ません。『番』という概念も、人族である私には全く関係の無いものですしね。……これで、貴女の求婚をお受けしない理由を納得していただけましたか？」

そう言い放つと、オリヴァー兄様は立ち上がり、私の方へと近付き、レナーニャ王女に見せ付けるように、私の頰にキスをした。

――はい、もう顔と言わず全身真っ赤になってしまいましたよ。

ってか兄様！　こ、公衆の面前でやり過ぎです！　また鼻血噴いたら、どうすんですか⁉　オリヴァー兄様やクライヴ兄様が作ったシリアスな流れ、ぶち壊しでしたよ⁉

『うう……も、もう……限界……！』

度重なる視覚の暴力に加えて、このとどめの一撃に、遂に私は頭に血が上り、フラリと倒れそうになった。

けれどナイスなタイミングで、オリヴァー兄様の腕の中にキャッチされ、抱き締められる。

……だがしかし、これってどう見ても、婚約者同士の熱い抱擁シーン……にしか見えないよね……。

「……オ……オリヴァー兄様……！」

私を抱き締める兄様に、クラクラ目を回しながら必死に抗議すると、兄様は困ったように眉を下げた。

「ごめんねエレノア。つい……嬉しくて」

だーかーら!!　そういう蕩けそうな笑顔を向けるの、止めてくださいってば!!

自分を置き去りに、仲睦まじい様子を晒している（ように見える）私達を、レナーニャ王女は身体を震わせながら睨み付ける。

まるで、視線で人を殺しそうなその顔は、屈辱と怒りで醜く歪んでいた。

「貴様ら！　王族でもない者達に、このような辱めを……！　アシュル王子！　この事はきつく抗議させてもらう！　当然、国の父王にも事の次第は報告させるぞ!?」

激高した様子のヴェイン王子が、こちら側へと足早にやってくると、アシュル殿下を睨み付けながらそう言い放った。

だがそれに対し、アシュル殿下は余裕の笑みを浮かべながら、ヴェイン王子へと視線を向けた。

「どうぞ？　お好きになされば良い」

「――なっ!?」

「ああ、でも私の父である国王陛下に抗議は不要ですよ。既に手の者から事の次第が伝わっているでしょうから。……そうですね……。父上なら、貴方がたの滞在期間を短くする……といった処分《ペナルティー》を下されるでしょうね」

「ど、どういう事だ⁉　非礼を働かれたのはこちらの方だぞ⁉」

ヴェイン王子の言葉を受け、アシュル殿下の顔に冷笑が浮かんだ。

「非礼？　我が国の事を何一つ勉強もせず「国交を結ぼう」などと、のこのこやって来られた無知な方々に、我が国の臣下が親切丁寧に分かり易く、この国とこの国の男達の在りようを説明してさし上げただけの事。それのどこが非礼なのでしょうか？」

アシュル殿下の鋭い言葉に、ヴェイン王子がギリ……と、歯を食いしばる。

そして姉達同様、私達の方を睨み付けるが、そこに畳みかけるように、アシュル殿下の言葉が続いた。

「ああ……。そう言えば、国の中枢を担う貴族の子弟をペット呼ばわりした、そちらの臣下の非礼についてですが、こちら側は敢えてシャニヴァ王国に抗議などは致しませんよ。そもそも国交も無い国に対し、抗議を行うという事は、下手をすれば宣戦布告とみなされかねませんからね。私どもにはそんな愚かな事、しようとも思えない。だからご安心ください」

――その度胸が、お前達にはあるのか……？

言外にそう匂わせるアシュル殿下に対し、ヴェイン王子と王女達は悔しそうに顔を歪めた。

それはそうだろう。

たとえ国交を結ぶのが建前で、人族を見下していても、自国の王がその判断を下さない限り、た

とえ王族であっても自分達の一存で戦争を引き起こさせる程の切っ掛けを作るのか？　と言われてしまえば、二の句が継げなくなるのは当然の事だ。

「――――ッ……！　その言葉……後悔するなよ……!?」

そう捨て台詞を吐くと、ヴェイン王子は、まだオリヴァー兄様の腕の中にいた私を鋭い眼差しで睨み付け、その場から立ち去った。お付きの護衛や取り巻き達、そして王女達もそれに続く。

完全に彼らがカフェテリアから出て行ったタイミングを見計らい、アシュル殿下はいつもの穏やかな笑みを浮かべると、その場から立ち上がった。

「皆、騒がせて済まなかったね。これからも色々な事が起こると思うが、どうか冷静に対応してほしい。何かあったらリアムに報告してくれ。間違っても独断で行動しないように」

アシュル殿下のお言葉を受け、カフェテリア内の全ての者が一斉に立ち上がり、将来自分達が仕える絶対君主に対しての、臣下の礼を執った。

勿論、オリヴァー兄様とクライヴ兄様、そしてセドリックやリアム、マテオもである。

私は……。済みません。いまだにヘロヘロで、満足にカーテシー出来そうになかったので、深々と頭を下げるだけになりました。本当、ごめんなさい。

「……オリヴァー、クライヴ。そしてセドリック。エレノア嬢を頼んだよ。そして何かあったら、必ず僕を頼ってほしい」

「私の命に代えましても、エレノアは守ってご覧に入れます」

「右に同じく。……だから、お前は安心して自分の仕事をしていろ」

「そのお言葉を胸に、命を賭して……！」

力強く頷く兄様方とセドリック。そしてそれを微笑んで見つめるアシュル殿下。

普段、兄様方と口では何だかんだといがみ合っていたりするんだけど、根っこのところでは互いに深く信頼し合っているんだなって、見ていて凄くそう感じる。

「ふふ……。頼もしいが、同時に妬ましいね。僕も王族でさえなければ、君達のようにエレノア嬢を直接守れるのに。なんとも歯痒い事だが、僕は僕にしか出来ない方法で、君達を守るとしようか。……リアム、お前も頼んだぞ？」

「はい！　兄上！」

そう言い終わると、いつの間にか傍に立っていたローブ姿の男達に何事かを伝え、その場を立ち去ろうとしたアシュル殿下に、私は咄嗟に声をかけた。

「あ、あのっ、アシュル殿下！」

「ん？」

「……兄達の事……そして私の事……。色々と有難う御座いました！　心から感謝致します！」

そう言って、何とかふんばり、自力で立つと、殿下に対して深々と頭を下げた。

そんな私をアシュル殿下は目を見開いて見つめた後、嬉しそうに微笑む。

「気にしなくていい……と言いたいところだけど、生憎僕も、それ程出来た男じゃないから……ね」

そう言いながら、アシュル殿下は素早い動きで私に近付いたかと思うと、吐息がかかる程顔を近付け、耳元にそっと囁いた。

「感謝のお返しに、今度デートしようね？」

ボンッと私の顔が真っ赤に染まる。

オリヴァー兄様やクライヴ兄様の怒声を遠くに感じながら、私は遂に意識をフェードアウトさせたのだった。

◇◇◇◇◇

「エレノア！　ああ……僕の天使!!　獣人達に苛められて怖かっただろう!?　可哀そうに……!!」

新学期早々に巻き起こった、獣人達による騒動。

新学期初日という事もあり、学院側は午後から休校とした。

例の王子王女達も、あのまま学院から帰ってしまったそうなので、丁度いいから今後の対策を考えようという話になったらしい。

そんな訳で、色々あってヘロヘロな私にとっては渡りに船と、兄様方やセドリックと一緒に帰って来た訳なのだが、バッシュ公爵邸に帰って来て早々、何故か待ち構えていたアイザック父様にサバ折りを食らう羽目となってしまったのだった。

「ち、ちょっ！　公爵様!!」

「旦那様！　お嬢様が圧死します!!」

力任せにぎゅうぎゅうと抱き締められ、呼吸不全に陥った私を、兄様方やジョゼフが慌てて父様から引き剥がす。

その後、ジョゼフに滾々《こんこん》とお説教され、しょんぼりしてしまった父様は「ごめんエレノア……っい……」と私に謝ってくれた。

いいんですよ父様。ご心配おかけして申し訳ありません。

「エレノア、大丈夫だったのかい？　辛い目に遭ったね、可哀想に……」

「全くあいつら、碌な事しねぇな！　やっぱあっち行った時、大暴れしとくんだったぜ！」

「メル父様!?　グラント父様も！」

忙しい筈の父様方が勢揃いしていた事に驚いていた私だったが、オリヴァー兄様は父様方に挨拶をすると、少しだけ眉根を寄せた。

「公爵様や父上方の元にも、もう情報が伝わりましたか……」

「うん。まあ、僕らは一応、政治の中枢に携わっているからね。陛下も王弟殿下方も、彼らが巻き起こした今回の暴挙に酷くご立腹されていたよ。『未来の可愛い義娘に、なんて事を！』って、非常に余計な事もほざいていたけど……」

……あ、兄様方やセドリックの額に青筋が立った。

「という訳でアシュル殿下の仰った通り、シャニヴァ王国の方々の滞在期間は、当初の予定の半分という事に決まったそうだよ。……まあ、王女殿下達にアシュル殿下方を褥に誘われた時点で、もう既にその事は決定していたらしいんだけどね」

「それは重畳《ちょうじょう》。……ですが、あの者達はこの国の事や、私達男性が愛する女性に向ける気持ちなどを、まるで理解していません。……それにあの第一王女は僕の事を『番』と言っておりました」

「そうだな。獣人にとって『番』は唯一無二の特別な存在。お前があの王女に『番』と認定されたというのなら、彼女は決してお前を諦める事はしないだろう。自分の『番』を縛る邪魔な存在として、徹底的にエレノアを排除しようとする筈だ」

「エレノアに危害を加えようとするならば、僕は彼女を殺します」

「オリヴァー兄様!?」

「そうだな。それがアルバ王国の男というものだ。それが分かっていないから、あの国の者達は始末に負えない。……全く困ったものだ」

メル父様が、そう言って苦笑する。……って、メル父様！　苦笑している場合じゃありません！

自分の息子が殺人犯になりそうなんですよ!?　ここは父親として諌めるべき所でしょう!?

「……あの……申し訳ありません。僕には『番』がどういうものなのか、まだよく分からないのですが」

セドリックの言葉に、メル父様が頷いた。

「そうだな。……まあこのまま立ち話もなんだから、お茶をしながら話をしようか」

その言葉に、私達は揃ってサロンへと移動する。

するとそこには、既に人数分の紅茶と美味しそうな軽食やお菓子が沢山並べられていた。

流石は公爵家の使用人達！　気遣いバッチリですね！

嬉しそうにお菓子に手を出すと、「お前……。さっきあんだけ殿下のクッキー食っていたのに……」とクライヴ兄様に呆れられたけど、当然聞こえなかったフリをする。

だって、あのゴタゴタでお昼抜きだったし、色々あってお腹空いたんだもん！

「さて、まずは『番』がどういうものかという話から始めようか」

メル父様のお言葉に、私はマドレーヌを口に頬張りながら頷いた。

「そもそも『番』とは、男と女が『番う』という言葉からも分かるように、ようは自分の伴侶の事だ、これはセドリックやエレノアも分かるね？」

「「はい」」

「だが、獣人達における『番』とは、特別な意味を持つ言葉でね。……というか、原始の特性を色濃く残した亜人種達にとって……という方が正しいかもしれないが。彼らにとっての『番』とは、己の運命の相手であり、魂の伴侶ともいうべき存在なんだ。それゆえ、『運命の番』とも呼ばれている」

おお！　運命の番⁉

私の前世における、腐界隈に燦然と輝く、アノ設定そのまんまですね‼

「でも父上。彼らは獣人で、オリヴァー兄上は人族です。なのに何故『番』なのですか？　それに、獣人達は見ただけで自分の『番』が分かるのでしょうか？」

「さあ？　私にもそこら辺の仕組みはよく分からない。我々人族には理解出来ない概念だしね。……そうだな……。激しい一目惚れに近い感覚……とでも言えばいいのか……。とにかく、見た瞬間分かるらしい。一説によれば、番からは、とてつもなく甘い香りがするらしいよ」

成程。そう言えばあのレナーニャ王女、オリヴァー兄様を見た瞬間、釘付けになっていたからな……。あそこで自分の『番』だって気が付いたんだろう。

多分だけどその匂いって、番の出すフェロモンの事に違いない。

「『番』とは人種、性別、年齢全て問わない存在とされ、出逢った瞬間相手の全てが欲しくなり、その相手としか番えなくなる……と言われている。そして、自分の『番』に出逢える確率はとても低いのだとも。だからこそ、今後は今以上にエレノアを守らなくてはいけないんだよ。……だからね、エレノアももうちょっと、危機感持とうね？　そしてそこ！　甘やかさない！」

メル父様は、甲斐甲斐しく私の口にお菓子をあれこれと運んでくれている、オリヴァー兄様やセドリックに釘を刺しつつ、ケーキを口一杯頬張っている私に優しく微笑んだ。

……あ、父様の目が「この子残念」って語っている。あっ！　グラント父様も！

だ、だって、お菓子が美味しくて……つい……。

「まあまあ。エレノアも、頼りになる婚約者達がいるから、うっかり危機感なくなっちゃうんだと思うよ？」

アイザック父様の優しいフォローが涙腺直撃！　父様……大好き！

「はいっ！　私には兄様方やセドリックがついていますし、父様方もいらっしゃいます。だから恐くありません！」

「エレノア……！」

途端、兄様達や父様方の雰囲気が柔らかいものへと変わった。

「あ、その……だからなるべく、殺すだのなんだのは無しの方向で……」

「ふふ……エレノアは優しいね。……うん、分かった。それをエレノアが望むのなら、ギリギリまで頑張って耐えるよ」

「まあでも、緊急事態になったら容赦しねぇけどな」

「そうだよエレノア。僕達にとって何よりも大切なのは、エレノアが無事である事だからね」

……うん。全員納得したようで、納得してない。殺《や》る気満々だ。

私……本当に真面目に危機感持とう。兄様方やセドリックを犯罪者にしない為にも……！

「さて……。ところでエレノア」

「はい？」

「……今度は君から、カフェテリアで殿下方が言っていた事について、詳しい話を聞かせてもらおうかな？」

ニッコリ笑顔のオリヴァー兄様の御尊顔が目に突き刺さる！

……くっ！　やっぱり忘れてくれてなかったか……無念!!

私は「お？　今度は一体何したんだ？」とワクテカ顔の父様方に見守られながら、オリヴァー兄様の本気の事情聴取&お叱りを受ける事となったのであった。

獣人王国の思惑

――甘い……甘い香りがした。

花の香りではない。菓子の香りでもない。ましてや香水のような人工的なものでもない。

とてつもない幸福感を伴う、心の底から高揚感を沸き立たせる極上の香り。

切ないような、苦しいような……。ああ……でも、ただただ嬉しくて、愛しくて……。

――どこだ……？　どこから、この香りはしているのだ⁉

早く見つけ出せ。己のものにしろ……と、本能が喚き出す。

その激情を抑えながら、段々と強くなっていく香りに近付いて行く。……自分の……運命に……。

なのに……何故……⁉　何故アレが……俺の……。

「何故、あんな女が……⁉」

レナーニャの怒声に、ヴェインは意識を現実へと引き戻される。

それと同時に、周囲の装飾品が次々と破壊され、粉々に砕け散っていった。

「レナーニャ殿下！」

「殿下！　お気をお鎮めください‼」

レナーニャの怒気に巻き込まれるのを恐れ、周囲の侍女や護衛達は皆、遠巻きにしながら必死にレナーニャを説得し続ける。

獣人王国の者達は、大なり小なり魔力を持って生まれるが、身体能力に特化した種族ゆえに、俊敏さや強靭さに比べ、魔力量が多い者はさほどおらず、潤沢な魔力とそれを使いこなす力量を持つ者は、王族を始めとした上位種の中でも僅かしかいなかった。

――レナーニャは、王の子達の中でも特に魔力が強く、更に母親である正妃譲りの『妖術』を使いこなす事が出来た。

今現在、彼女の尾は長く、そして九つに枝分かれし、触れるものを次々と破壊しているのだ。

魔力と妖術を練り合わせて作られた「アレ」に巻き込まれでもすれば、大怪我をするか、下手すれば命を失いかねない。

更に隣のジェンダやロジェの部屋からも、罵声と破壊音が響いてくる。

彼女らはレナーニャのような妖術は使えぬ為、物理で破壊行動を行っているのであろう。

「姉上、落ち着かれませ！」

ヴェインがうんざりした様子で姉に声をかける。

レナーニャはその美しい顔を怒りの色に染め、獣のように細めた瞳孔をヴェインへと向けた。

「落ち着けと……？　そう妾に申すか、ヴェイン！　本来であれば、この妾に対し、このような屈辱を与えた連中、全てを八つ裂きにし、国ごと滅ぼしてやろう所であるのに……！」

「……ご自身の番も、殺すおつもりで？」

「馬鹿な事を申すなヴェイン！　あの者は殺さぬ!!　妾の番じゃ！　魂の半身なのじゃぞ!?　……

「ああ……。オリヴァー・クロス……！」

レナーニャが切なそうな……溢れんばかりの恋情を込めた声で、自分の番の名を呟いた。

……今回の騒動によって、この国の男達にとって最も大切なのは、『矜持《プライド》』であるという事、それが明らかとなった。

だからこそ、たとえ意に沿わぬ者が自分の婚約者になろうとも、この国の男としての矜持ゆえ、絶対に相手を裏切らないのだ。……そう、レナーニャは理解した。

――あの者がこの国の人間である以上、たとえあの者が自分に想いを抱いていたとしても、決して自分を選ぶ事は無いだろう。……そう、この国の人間であれば……。

「あの者を妾から引き離し、縛りつけているこの国そのものを滅ぼし、分不相応に婚約者面するあの女を殺せば、きっとあの者は私を選ぶ筈……！　だって妾達は番なのじゃもの！　そうに決まっておる!!」

――あの女を……殺す……？

ザワリ……と、意図せずヴェインの身体から殺気が立ち昇った。

「おお、ヴェイン。妾の為にそのように怒ってくれるのか？　愛い奴じゃ。お前もあの醜女を目障りに思っておったものなぁ。……そうじゃな。ただ殺すのは勿体ない。この国を手中に収めた暁には、あの女の殺傷権はお前にくれてやろう」

ピクリ……と、ヴェインの形の良い眉が上がる。

「あの女を……私に？」

「そうじゃ。ひと思いに殺すか、散々嬲ってから殺すか……。お前の好きにすると良い。ああ、それともいっそ、お前の優秀な血を繋げる為の道具にでもするか？」

ヴェインの放った殺気が、まさか自分に向けられていると気が付かないレナーニャは、自分の憎い恋敵を害する計画を楽しそうに語り出し始める。

それに伴い、レナーニャの荒ぶった『気』が徐々に鎮まっていき、周囲から安堵の溜息が幾つも漏れた。

「そうじゃ。ひと思いに攻め滅ぼしてしまえば、一時溜飲を下げるだけで終わりになってしまう。当初の目的通り、まずはこの国を掌握し、男も女も奴隷として服従させなくては！　我らシャニヴァ王国の貴重な血を次代に繋げる為に……！」

『俺が、あの女を……自分のものにする？』

——貧相な体躯、冴えない容姿。人族の女の中でも最も下位のランクであろう女。

常に自分以外の誰かの腕の中で、幸せそうな笑顔を浮かべた姿を晒している……。

不快で目障りでどうしようもない、あの女を……？

ヴェインの胸に、嫌悪感と共に、抗いがたい甘い衝動が強く渦巻いた。

◇◇◇◇◇

——遥かなる昔。

様々な能力を有する亜人種に対し、力の弱かった人族は、他種族からの迫害を逃れ、肥沃《ひよく》で豊富な資源を有する東の大陸を捨て、未開の地である西の大陸へと逃れた……。

そう、獣人の国であるシャニヴァ王国では言い伝えられていた。

実際東の大陸に比べ、西の大陸は実りも資源も少なかった。

また、人族は最も劣った種族であるとされていた為、彼らや彼らの治める国々に興味を抱く者など、シャニヴァ王国では殆ど存在しなかったのだ。

——その認識が変わった切っ掛けは、奴隷である人族の女が産んだ子供だった。

さる有力部族の長が、気まぐれに奴隷商から買い付けて手を付け、産ませた子供。

だがその子供は人族の混血であるにもかかわらず、純粋な獣人同士から生まれた子供よりも父親の能力を継承し、ずば抜けた力を発揮したのだ。

その事に驚いた長が調査してみた所、同じように人族の産んだ子供は、そのほぼ全てが親である獣人の優れた力を、余すことなく継承していたのだった。

たとえ力のある獣人同士で番っても、親の能力が子に遺伝する確率は半々。

なのに男も女も、人族を使って産ませた子供は、その全てが獣人の能力をそのまま子に継承させる事が出来たのだ。

——よもや、種として劣る人族に、このような有効的な利用方法があったとは……！

シャニヴァ王国は極秘裏に人族を得る事に躍起になった。

特に魔力を有する人族が相手なら、その魔力すらも子に継承させる事が出来る……そう考えたからだ。

実際、魔力を持った人族の産んだ子は、そうでない子よりも能力が高い者が多かった。

だが、大陸は西と東に分かれ、他の種族はともかく、獣人王国は、西の大陸とはほぼ国交の無い状態。ましてや世界的に女性が不足しているうえ、繁殖力が獣人よりも低い人族が住まう西の大陸では、更に女性の数が少ない。

獣人の女に人族の男との子を産ませるよりも、やはり身体能力が女よりも高い、男の獣人の子を人族の女に産ませる方が、より能力の高い子が出来る。

だが、貴重な女は東の大陸には滅多に流れてこない。

ましてや魔力の高い女となれば、更に数が少なくなる。

それゆえ、どれだけ金を積んだところで、得られる女はごく僅かであった。

いっその事、西の大陸を掌握し、人族を強制的に奴隷にしようとも考えたが、人族の国家が結託し、抵抗されればそれも難しい。

それに、自分達が暮らす東の大陸は多民族国家であり、一枚岩ではない。

人族と友好的な国家も多数あるうえ、大陸の実質的な支配国家である獣人王国に、悪感情を持つ種族も多い。

もし彼らが人族と結託し、共に攻めて来られでもしたら、厄介な事になる。

だからこそ、「国交を結ぶ」という大義名分を掲げ、人族の国々に接近したのだ。

東の大陸は、獣人王国が豊かな土地をほぼ独占している。

先んじて友誼を結べば、膨大な利益を得る事が出来る……と、エサをちらつかせれば、矮小で力の弱い人族の国家など、たちどころに尻尾をふってすり寄って来るだろう。

案の定、多数の国家が自分達の申し出に興味を持ち、接近して来ようとした。

後は人族の中でも力のある国家に入り込み、内部から乗っ取っていけば……。

——そんな最中《さなか》、どの国よりも先んじて接近して来た国。それがアルバ王国だった。

アルバ王国は、西の大陸でも比較的肥沃で豊かな土地を有する大国である……と、話に聞いた事があった。

国民性は他国に比べ、穏やかそのもので、加えて人族国家の中では魔力を持つ者が圧倒的に多い。しかも屈指の大国でありながら、この数百年もの間、一度も戦争を起こす事無く平和を謳歌し、大小問わず国交を結んでいる友好国が最も多いとの事だった。

——好戦的ではなく、魔力も多い。しかも平和ボケした人族国家の大国。

人族国家を支配する足掛かりとするには、まさに理想的とも言える国だった。

それゆえ、アルバ王国の使節団の受け入れを許可したのだが、途端、何故か他の西方国家が次々と波が引くように、様子見を決め込み始めたのである。

人族国家のその行動に、僅かばかりの警戒心が湧き上がったが、それもすぐに霧散した。

さもありなん。多分だが、どの国家もアルバ王国の出方を見て、自分達の今後を見極めようとしたのであろう。

——ならばせいぜい、アルバ王国にはシャニヴァ王国の威光を、人族国家に知らしめる為の人柱になってもらおう。

王侯貴族は揃って、そう結論付けたのだった。

そうして、アルバ王国第三王弟、フェリクス率いる使節団が到着した時。彼らのあまりの美しさに、その姿を目にした者達は皆、一斉に息を呑んだ。

しかもその中には、この東の大陸でもその名を馳せた『ドラゴン殺しの英雄』グラント・オルセンまでいたのである。

だが、彼らから感じる魔力量は、話に伝え聞いたものとは比べ物にならない貧相なものであった。あの『ドラゴン殺しの英雄』からも、たいした覇気は感じられなかった。

だが逆に考えれば、魔力量が自分達に比べ、大した事が無いのであれば、支配するのが容易いという事である。

世に名高き、ドラゴン殺しが将軍であるという事には肝を冷やしたが、噂通りの実力を持たないのであれば、恐るるに足らず……である。

国王と側近達は、アルバ王国をまず支配国家にする事を決め、その足掛かりとして、王太子や王女達を留学の名目で送り込んだのだ。

彼らと共に、堂々とアルバ王国に入り込んだのは、シャニヴァ王国きっての精鋭達。

そして留学期間中、密かに手引きをし、多くの兵や暗殺者達をこの国に忍び込ませる。

そして王太子や王女達が、まずは王宮を掌握し、各地に潜ませた兵たちにより、アルバ王国の要所要所を速やかに制圧していき、支配下に入れる……。

それがヴェインやレナーニャ達に課せられた極秘任務であった。

だが、思わぬ番狂わせが発生し、留学期間が半分にされてしまった。

もう既に、かなりの数の兵達がこの国に潜入しているとはいえ、予定の半分にも満たない。

「ガイン、国元の父王に伝令を。潜入させる兵を倍にして送りこんでくださるように……とお伝えせよ」

「ですが殿下。そのように急いて、万が一にでも気が付かれたりしたら……」

「それはあるまい。数百年、女に選ばれる事のみに心血を注いでいる平和ボケ共じゃ。実際、我が国の精鋭達の潜入に気が付く者など、誰一人としておらぬではないか」

「それは確かに……」

「理解したなら、さっさと動くがよい。忌々しい限りじゃが、時間が足りぬのじゃ。当初の計画を滞りなく遂行する為には、早急に動かなくてはならぬ！」

「はっ！」

「……今に見ておれ。この妾を侮辱したその非礼、想像を絶する屈辱を持って返してやろうぞ……！」

そう、誰に言うでも無く独り言ちた後、レナーニャはテラスへと向かい、己の想い人と同じ色を纏う夜空を見上げ、番と共に在る自分の輝ける未来へと思いを馳せたのであった。

黒に近い灰色

――新学期が始まってから一週間程が経った。

獣人王国の面々は、数日学院に姿を見せなかった。……が、今現在は留学生として、ちゃんと(?)学院に通うようになったのだが……。まあ、トラブル続出である。

まず、王女方はうちの国の女子達と同じく授業には参加せず、カフェテリアでお茶をしたり、学院内を移動して男漁り……いえいえ、優秀な人材を探している……みたいだった。(影情報)

ちなみにだが、第一王女のレナーニャ王女はというと、何とかオリヴァー兄様と接触しようとしているらしい。

だけどそのことごとくを、当の本人であるオリヴァー兄様に察知され、逃げられている状況だそうだ。

オリヴァー兄様曰く「視界の端にも入れたくない」との事です。

自分の番に嫌われて避けられてるって、かなり堪えるだろうなと思うけど、正直、自業自得だとも思っているので同情はしない。

でもその所為で、彼女の苛立ちのとばっちりが、召使として連れて来られた従者達に向かっているらしいんだよね。そちらに関しては、もの凄く同情してしまう。

ちなみに王子や王女達の側近達はと言えば、王族の威光を笠に着て、見目が良く（比較的）気弱そうなご令嬢を強引に自分達に侍らそうとする為、あちらこちらでご令嬢の婚約者達との諍いが起こっているようだ。

婚約者達は勅命が出ている為、魔力が使えない。

その為、身体能力だけは人族よりも高い獣人達に怪我を負わされる者続出で、遂に国王陛下から「もし国の宝である女性を害した場合、問答無用で全員帰国させる」とのお達しが出たそうである。

おかげで、それ以降はそういったトラブルは起きていないようだけど、本当に何やってんだか！

そして当然の事ながら、『国の宝である女性』の中には私も含まれる。

もし獣人達が私を害したりしようとすれば、即断交という事になるので、表立って彼らは身動きが取れなくなったのだそうだ。

……まあ、裏で動かれる可能性は無きにしも非ずって事で、引き続き警戒態勢は維持されているんだけどね。

「そんなに帰国したくないって、どういう事なんだろうね？　普通はあれだけの事があったら、見下している人族の国なんて、一刻も早く出国しようと思うんじゃないのかな？」

セドリックの何気ない一言に、オリヴァー兄様もクライヴ兄様も、何か考え込んでいたんだけれど、それが物凄く重要な言葉だったと私が知るのはずっと先の事だった。

ちなみに私についてなのだが、新学期初日の騒動以降、何故か私に対しての評判が滅茶苦茶良くなってしまったのだ。

ご令嬢方からの嫉妬の視線も半減したうえ、当たりもかなりマイルドになっている。

どうしてなのかと不思議に思っていたんだけど、兄様方からの話によれば、女の身でありながら婚約者を守る為、他国の王族に対して毅然と立ち向かって行った勇気が称賛されたのだとか。

一部では「婚約者の鑑」と絶賛されていて、「自分も彼女の婚約者になりたい」と言っている、奇特なご令息方もチラホラ出始めているらしい。（当然と言うか、兄様方が威嚇して潰しているらしいんだけど）

まあ確かにね。

女性は「守られる」のが当たり前だから、逆に「守ろう」とする女性の存在なんて、考えもしなかったんだろう。

オリヴァー兄様も私のあの時の発言、滅茶苦茶感動してくれていたからね。

「本当はクライヴ兄様の時も、あの人達に文句を言いたかったんです。でも兄様が間髪入れずにお断りしていたから、出来ませんでした」

クライヴ兄様の首に抱き着き、こっそりそう言った瞬間、感激したクライヴ兄様に押し倒され、キスの嵐に晒されたのを思い出す。

その後、嫉妬したオリヴァー兄様とクライヴ兄様が、あわやガチバトル！　……ってなりかけて、真面目に冷や汗かいてしまいました。

ところで、ヴェイン王子なんだけど、やはり私と同い年だったらしく、私の隣のクラスで側近達と授業を受けている。

……のだが、王子も側近達も態度が横柄で、先生や同級生達となにかしら衝突しているらしい。

まあ、幸いと言うか何と言うか。

一年には王族であるリアムがいる為、派手な修羅場になる前にリアムが出張って諍いを治めている。んでこのヴェイン王子だが、何故かしょっちゅう私に絡んでくるのだ。

まあ、大抵は絡まれる前に、リアムがヴェイン王子と側近達を追っ払ってくれているんだけどね。

やはり自分の姉が袖にされた元凶だからと、私を憎んでいるのだろう。全くもって迷惑な話だ。

そんな訳で、他の大勢の人達同様、彼らの留学終了の日が待ち遠しい今日この頃です。

◇◇◇◇◇

「おい、エレノア。暫くコレ貸してやる」

そんなある日のこと。

教室から出た所を待ち伏せしていたのか、マテオが近付き、オレンジ色のまん丸い毛玉を私に差し出してきたのだった。

「え？　これって……。ぴぃちゃん⁉」

『ぴぃちゃん』と呼ばれた毛玉は、ポンッとオレンジ色の小鳥の姿に変わると、マテオの掌から飛び立ち、私の肩へと止まった。

この小鳥、実はただの鳥などではなく、『連絡鳥』と呼ばれているマテオの使い魔で、私達はよくこれで文通もどきのやり取りをしているのである。

ちなみに何故、マテオが私の出待ちをしていたのかと言うと、リアムが王家の用事で学院に来られなかったから、その代わりだそうだ。成程ね。

「クライヴ兄様とセドリックがいるから大丈夫だよ」

そう言ったんだけど、王族の直轄である護衛がいた方が安全なのだそうだ。

「王族の直轄？　誰が？」って聞いたら、なんとマテオってば、リアムの直轄の護衛だったんだって！

成程、四六時中傍にいるのはその所為だったんだ。ストーカーって訳ではなかったんだね。

ちなみに、まんま正直にそれ伝えたら青筋立ててた。全く、怒りんぼなんだから。

「あの……マテオ？　ぴぃちゃん貸してくれるのは嬉しいんだけど、どうして？」

私の肩でピーピー鳴く可愛い小鳥を撫でながら、そう疑問を口にすると、マテオはフンと鼻を鳴らした。

「私だって、貸し出すのは不本意だ！　……が、お前に何かあったらリアム殿下が悲しむからな！」

成程、リアムの為ですか。ならば納得。

それにしても、憎い恋敵でもリアムの為なら全力で守るなんて、マテオってば護衛の鑑だね！

「何かあったらソレに助けを求めろ。そうすれば、王家の影の誰かが即座にお前の元に向かう」

途中声を潜め、そう言い放ったマテオは、とても真剣な顔で私を見ている。

その目を見て、私はハッとした。

多分……いや、間違いなく、マテオは本当に私を心配して、ぴぃちゃんを預けてくれたんだ。

「マ……マテオ……！　有難う」

感激に目を潤ませ、そう言った途端、マテオはサッと顔を赤らめ、私から距離を取った。

「べっ、別に！　わ、私としては、本当に不本意なんだからな！　……ま、まあ……一応友達だし！　お前に何かあったら寝覚めが悪いし！」

「え？　マテオと私って、友達だったっけ？」

うっかりそう言った瞬間、マテオがカチーンと固まった。

「……え……？」と呟き、私を凝視する顔は「悲愴」そのものだった。

……ヤバイ……。どうやら私はマテオの地雷を踏み抜いてしまったようだ。

「ち、違くて!!　……えっと、親友？　そう、私達、友達じゃなくて親友だって、そう思っていたからさ！」

途端、マテオの顔が輝いた。

と同時に、そんな自分に気が付いたのか、慌ててプイッと顔を背ける。

「し、親友だと!?　ち、調子に乗るなよ!?　ま、まあ……そう思っているんだったら、勝手にしろ！　わ、私もお前がそこまで言うなら、し……親友……という事に、してやらなくもないがな！」

――……ツンデレだ……。

ツンツンした言葉を口にしていたって、表情や態度がめっちゃデレデレと嬉しそうなんですけど。って言うかロイヤル関係、やたらツンデレ多くないですかね？

「ふふ……有難う、マテオ」

「だ、だから！　調子に乗るなって言ってるだろ⁉」

そう言って、再びそっぽを向いたマテオの耳が真っ赤に染まっている。

う～ん……。最初はアレコレ突っかかって来て、正直鬱陶しかったんだけど、何だかんだと本音で語り合える、女の悪友ポジに収まっていって、遂には親友になってしまったか……。

本当、人生ってどう転ぶか分からないもんだなぁ……。

クライヴ兄様も、最初はマテオの事邪険にしていたけど、今では割と微笑ましそうに私とのやり取りを容認しているっぽいし。

ってか私の交友関係、『第三勢力《同性愛者》』ばかりって、一体どういう事なんだろう？

……まあ、深くは考えないでおこう。うん。

「それにしてもマテオの連絡鳥が、こんな小さな可愛い小鳥だって知った時は驚いたんだよね。てっきり孔雀あたりが来るかと思っていたから」

「……おい、ちょっと待て！　何で孔雀⁉　そもそもあの鳥、飛べないだろ⁉」

「え？　孔雀飛べるよ？　超低空飛行でノロいけど」

「低空飛行でノロい鳥を、連絡鳥なんかにするかバカ！　お前、私を馬鹿にしているのか⁉」

「いや、馬鹿にはしてなくて。え～と……イメージ？　孔雀って、無駄にキラキラしいじゃない」

「やっぱ馬鹿にしてんだろ、お前!!」

「いや、本当に馬鹿にしている訳じゃないんだよ？　華美でキラキラしくて、マテオにピッタリだなって思って……」

「ブハッ」

……ん？　あれ？　なんか小さく噴き出したような声が……？

って、え？　クライヴ兄様とセドリックが俯いて震えてる!?　あ、クラスメート達も、あちこちで俯いて震えてる。

マテオはと言えば、いかにも「屈辱です」って感じに真っ赤になって震えているけど……なんで、斜め明後日の方向を睨んでいるのかな？

「きゃあっ！」

直後、私の身体が何かにぶつかって吹き飛ばされ、咄嗟にマテオが私の身体を受け止めてくれる。

「ふん！　とっかえひっかえ、男共と廊下でギャアギャアと喚いた挙句、進路妨害しおって……。目障りなんだよ！　醜女が！」

私を受け止めたまま、マテオが鋭い視線を向けた先には、側近を従え、不機嫌顔でこちらを睨み付けているヴェイン王子が立っていた。

「も……申し訳ありません。ご迷惑を……」

慌てて頭を下げ、謝罪したが、私もマテオも廊下の真ん中で話していた訳じゃない。

そもそもこの学院の廊下はとても広いから、よっぽど広がって騒いでない限り、邪魔にはならない。という事は、どう考えてもヴェイン王子がわざと私にぶつかって来た……という事なのだろう。

一応礼儀上、私同様、クライヴ兄様もセドリックも、周囲にいたクラスメート達も全員頭を下げているが、さっきまでの長閑《のどか》な雰囲気は一転、ピリピリとしたものへと変わってしまっている。

「おい、そこの女！　王族の玉体にぶつかっておいて、謝っただけで済むと思ってんのか？」

ヴェイン王子の斜め後方にいる狐の獣人が因縁をつけてきた。

何となくだが、レナーニャ王女と毛色が似ているから、ひょっとして血縁……なのだろうか。

「ヴェイン殿下。殿下に働いた非礼への罰として……どうでしょう？　今日一日、この女に殿下の小間使いでもさせると言うのは？」

途端、狐の獣人の身体がビクリと跳ねあがり、尻尾がブワリと膨れ上がったのが見えた。

『クライヴ兄様！』

向けられた本人じゃなくても分かる。

ビリビリと肌を刺す程の凄まじい殺気が、クライヴ兄様から例の狐の獣人に向けて放たれていた。

「な、何だよ！　貴様……！　皇太子の側近であり、血族でもある私に対し、ぶ、無礼……な……」

狐獣人の言葉が尻すぼんでいく。

しかも耳がペタリと寝てしまって、尻尾も縮まって股に入っちゃってるよ。まあ、あんな殺気を受けりゃあ、そうなるか。

それにしても獣人って、感情が耳や尻尾に出ちゃうから、分かり易いね。

「王族の目の前で殺気を放つか……死にたいのか貴様……！」

だが、流石は王族と言うべきか。

ヴェイン王子はクライヴ兄様の殺気を平然と受けながら、自身も魔力の圧を伴った殺気をクライヴ兄様に放った。

そこには殺気に加え、何故か憎しみすら含まれているようだった。

ひょっとしてクライヴ兄様も、他の王女様のお誘いを蹴っていたから……？

魔力を一切出していないクライヴ兄様に対し、ヴェイン王子は魔力を全開にしている。

にもかかわらず、圧の強さはほぼ互角。これにはいつも尊大な獣人達も驚愕の表情を浮かべ、青褪めている。

——でも、やはりどう考えても、王族の喧嘩を真正面から買うのは不味い。

そもそも私が王子にぶつかったという事にされているのだ。それに加えてこの殺気。このままではこちらの一方的な非礼を盾に、シャニヴァ王国から正式な抗議をされてしまうかもしれない。

「止めてください兄様！　……分かりました。元はと言えば、この場での非礼の責任は私にあります。そちらのご要望に従いましょう」

そう言った途端、クライヴ兄様は舌打ちせんばかりに顔を歪め、ヴェイン王子は……。何故かフッ……と、怒気が掻き消えた。

『え……？』

そして私の方を向いた彼の表情は、怒っているのでも馬鹿にするでもなく、ただ戸惑っているような、深い困惑の色を浮かべていたのだ。

いつもいつも、不機嫌顔しか見ていなかったから、初めて見る表情に、ちょっとビックリしてしまう。

「エレノア！　止めろ！　お前がそんな事をする必要は……！」

「……うん、無いね。ってか、つくづく鬱陶しい連中だね。仮にも貴族のご令嬢を小間使いって。どんだけこの国を舐めているの？」

クライヴ兄様の言葉を遮った、呆れを含んだ冷たい声に、その場の全員が一斉に振り向く。

するとそこには、銀糸の刺繍が施された漆黒のローブに身を包んだ、一人の青年が立っていたのだった。

スパークする毒舌

深く鮮やかなエメラルドグリーンの瞳。

襟足が長めのサラサラとした漆黒の髪。冴え渡る月光のような、冷たく麗しい美貌。

『あの人は……！　じゃなくて、あの方は……!!』

リアムの誕生祭で初めて顔を合わせ、あの王家主催の舞踏会で一度だけ顔を見た。希少な『闇』の魔力を持つアルバ王国第三王子、フィンレー殿下。

その姿を目にし、私は愕然とした。なぜあの方がここに!?

一度だけとはいえ、あの衝撃的な出逢いは忘れられない。

なんせ危うく、言葉通り籠の鳥にされそうになってしまったのだから。

あれは、ヤンデレ&病《や》み属性の恐ろしさを我が身で体感した、貴重な出来事であった。あ、そう言えば、失血死しそうにもなったっけ。

それにしてもこのフィンレー殿下。

こうして明るい日の元で見た印象と、月光の元で見た時の印象がまるで変らない。

凛とした冷ややかな表情が、そう見させているのかもしれないけどね。

「フィンレー殿下！」

マテオがその名を口にした瞬間、その場で片膝を突いて頭を垂れる。

殿下の名前を聞いたクライヴ兄様とセドリック、そして周囲の人達全員がマテオ同様、慌てて王族に対しての礼を執った。勿論私も、最上級のカーテシーをする。

「……あのフィンレー殿下が、何故ここに……」

クライヴ兄様の呟きが耳に届く。って言うか兄様、「あの」の後ろに「引きこもりの」って、心の声が聞こえた気がするんですが？

……まあ、言いたくなる気持ちも分かります。

だってフィンレー殿下って、自分の誕生祭と、リアムの誕生祭以外、公の場所に出た事無いって言うんだもん。（リアム情報）誰がどう見たって、究極の引きこもりだよね。

実際、マテオが名前を言わなければ、彼がフィンレー殿下だって分からなかった人達が殆どだろう。誰もが、引きこもり気味で滅多に姿を現さないとされる第三王子の出現に、目を丸くし息を呑んでいた。

そんな周囲の様子に、全く興味を持った様子を見せる事なく、フィンレー殿下は縁の無い眼鏡越

しに冷たい視線を獣人達へと向けた。

「全く……黙って聞いていれば……。ねぇ、そこのお付きの狐君。君、何様？　そっちの王太子殿もさ、『女性を傷付けたら即帰国』ってうちの国王陛下のご下命、聞いてなかったの？」

「そ……それは……。わ、私は別に、危害を加えてなどは……」

しどろもどろに言い訳をする狐の獣人に、フィンレー殿下は更に冷ややかな視線を浴びせ掛ける。

「はぁ……。だから理性よりも本能で生きている種族は困るんだよ。傷つけるってね、身体だけじゃなくて心も含まれるんだ。それぐらい察しなよ。頭悪いの？　王族の側近がバカって、致命的じゃない？　もう一度人生やり直したら？」

流れるような毒舌のオンパレードに、獣人達のみならず、私達までもが呆気に取られ、固まってしまう。

フィンレー殿下……。あの月夜の下で言葉を交わした時から分かっていましたが、貴方ってばNot建前……というか、ぶっちゃけ本音しか言えない人ですね!?

これってやはり、公の場に出ずに引き籠っていた弊害……ってやつなんだろうか。

良い意味でも悪い意味でも、裏表なさ過ぎです！

「さて、ヴェイン王子。早速国王陛下にご報告……といきたい所だけど、うちの臣下も、君達のくだらない挑発に乗っかっちゃってるから……。まあ、ここはお互い手打ちという事にしようか？」

「……」

フィンレー殿下とヴェイン王子。暫くの間睨み合っていたが、ヴェイン王子の方から視線を逸らすと歩き出した。側近達も慌ててその後に続く。

でも不思議なのは、同じように辛辣な言葉を吐いたアシュル殿下や、常に自分の邪魔をしてくるリアムには、咬み殺しそうな勢いで睨み付けたり、文句を言ったりしているのに、フィンレー殿下に対しては、あっさり引いた所である。

――というかぶっちゃけ、フィンレー殿下の方が言葉を選ばない分、辛辣も辛辣って感じの言い方だったのにもかかわらずである。

『ひょっとして、無意識にフィンレー殿下の『闇』の力を感じ取っているのかな?』

動物にとって、『闇』というものは恐ろしいと感じるものだ。

その動物の特性を色濃く有する獣人であるのなら、無意識的に殿下を恐れてもおかしくはない。

そんな事を考えていたら、ヴェイン王子と近距離で擦れ違う。

視線が交差した一瞬、ヴェイン王子の瞳に、僅かばかり見慣れた『色』を感じた……ような気がしたが、すぐに視線を外した王子の表情からは、何も読み取ることが出来なかった。

何かモヤッとしたような、複雑な気分を味わっていた私の耳に、「さてと……」と、フィンレー殿下の言葉が届く。

「マテオ。お前ともあろう者が、何を浮かれてはしゃいでいる? むざむざ相手に隙を与えてどうするの? 馬鹿なの? リアムの護衛、外そうか?」

「も、申し訳ありません!!」

マテオが額を床に付けんばかりに頭を下げ、必死に謝罪をする。

うわぉ……。フィンレー殿下、身内にも容赦なかった！

だがしかし。

当然と言うか、毒舌トークの向かう先はマテオだけにとどまらなかった。

「君もだよ、クライヴ・オルセン。狙われているって分かっている、最愛の女性から目を離すとかって馬鹿なの？　それから、頭に血が上って自分が使い物にならないと判断したなら、とっとと影なりなんなりを使って、使えそうなの招集しなよ。殺気出している暇はあるのに、そっちは出来ないって、専従執事の名が泣くね。やっぱり父親と一緒で脳筋？」

クライヴ兄様、この歯に衣着せぬ毒舌トークに二の句が継げてない。

そりゃそうだよね。悪意も無く、こんな毒舌サラサラ言っちゃう人なんて、お目にかかった事などなかっただろうし。

「……ま……まことに……。面目次第も御座いません」

あ、クライヴ兄様、殊勝な言葉と裏腹に、青筋何本も立っています。

多分だけど「父親と一緒で脳筋」ってトコが屈辱だったんだろうな。

「セドリック・クロス、君もだよ。兄が使えないなら、弟がフォローしなくてどうすんの？　立ちっぱなしで使えないって、婚約者として……というより、男としても終わっているんじゃない？」

「……返す言葉も……御座いません……」

ああっ！　セドリックがフィンレー殿下の塩対応に、めっちゃ萎れて項垂れてしまった！

ってかフィンレー殿下。

気のせいなのか、身内に対しての方が当たりきつくありませんか⁉

「君もね。エレノア嬢」

――はっ！　やはりというか、私にもきましたか！

「確かにあちらの言い掛かりだったけど、ターゲットにされていると分かっていて、隙を与えた君も悪い。ましてや、抑止であるリアムがいなかったんだ。はしゃぐんだったら、せめて教室の中でやりなよ。……それと、君が自己犠牲なんてしたら、泣く男が大勢いるんだからね。まず、いの一番に自分自身を守る事を考えるように」

厳しい言葉が胸にグサグサ突き刺さるけど……全くもって、フィンレー殿下の言う通りだ。

それに一回この人と話したからかな？　一見毒舌トークに聞こえる殿下の言葉だけど、これはこの人なりの心配の裏返しなんだって、何となくだけど分かる。

「……はい、フィンレー殿下。私の軽率な行動により、多くの方々にご迷惑をおかけしてしまい、恥じ入るばかりで御座います。殿下にもご心配をおかけしてしまい、まことに申し訳ありませんでした。それと……。助けてくださって、本当に有難う御座います！」

そう言って、私はフィンレー殿下に向かって深々と頭を下げた。

私がもっとちゃんと警戒心を持って行動していたら、獣人達に絡まれる事も無かったたし、フィンレー殿下のお手を煩わせる事も無かったに違いない。

それに、その場を丸く収めようとするあまり、私は一番やってはいけない事をしようとしてしまった。

『君が自己犠牲なんてしたら、泣く男が大勢いるんだからね』

その通りだ。

あんなに私を蔑み、憎んでいる獣人達の元になど行けば、どうなるかなんて容易に知れる。下手をすれば怪我をさせられるだけでは済まなかったかもしれない。

そうなった時、一体どれだけの人達を悲しませてしまっただろう。

いや、悲しむだけではない。父様方や兄様達なら、必ず勅命を破り、獣人達に復讐をするに違いない。

そうなってしまったら、外交問題どころか戦争に発展してしまう可能性だってあったのだ。

『本当に私って、考え無しのダメダメ人間だ……!!』

恥ずかしさと自分の駄目っぷりに、羞恥で顔が赤くなってしまい、頭を上げる事が出来ずに俯いた私の耳に、クスリと小さく笑う声が聞こえた。

「……ふぅん……。あれだけ言えば、普通だったら泣くか癇癪起こすか、どっちかだと思っていたんだけど、お礼を言われてしまったか。……ふふ。リアムから聞いていた通りのいい子だね」

「え？」

自己嫌悪に押し潰されそうになっていた私の耳に、思いもよらないフィンレー殿下の言葉が届き、慌てて顔を上げる。

すると頭に、フィンレー殿下の掌がポンと置かれ、そのまま撫でられてしまった。

「え？　え？」

その行動に戸惑う私を見て、フィンレー殿下がうっすらと笑った。

「自分の問題行動を素直に見つめ返し、反省出来るなんて、男でも中々出来る事じゃない。でもね、反省するのは大切な事だけど、もっと大切なのは、それを繰り返さない事だよ」

淡々と紡がれる、裏表の一切見当たらない真摯な言葉。

そして、彼の紡ぐ言葉と同じ、裏表のない穏やかな表情に、不覚にも顔が真っ赤に染まってしまった。

突然のご来訪と、敵味方構わぬ毒舌トークで忘れていたけど、この方も人外レベルの美貌を持っているんだった！

今更ながらに、視覚の暴力が私を襲う！　ううっ……！　目が……っ目がぁ……!!

——そういえば殿下……。

あの夜見た時より何となくだけど、雰囲気や表情が柔らかくなった……気がする。

ひょっとして、あの後お母様である聖女様に、「ありがとう」って言えたのかな？　そうだったらいいな。

思わずへらりと笑った私を見て、フィンレー殿下の目が見開かれ……そして、うっすらだった笑顔がより深いものへと変わった。

「うん、本当にいい子だ。可愛いね」

——ヴっ……!!　視覚の暴力&ギャップ萌えキター!!

超絶クール系美男子の穏やかな笑顔という、想定外の顔面攻撃に直面し、更に真っ赤になって震える私の頭を、フィンレー殿下はにっこり笑顔で撫で続ける。

……ヤバイ……。顔も頭も熱いし、心臓もバクバク煩いし、呼吸も荒くなってきた。

——そ、それに……。

魔力カット効果も備わっている逆メイクアップ眼鏡のお陰で、私があの時の少女だって、フィンレー殿下に全く気が付かれていないけど（流石はメル父様！）、でもこれ以上傍にいたら、どんなボロが出るか分かったものではない。私、うっかり者だし。

だから出来ればもう、フィンレー殿下から離れたい。

……それに……。誰よりも何よりも、この人だけには身バレしてはいけないって、私の直感が警報を鳴らしまくっている。

『で、でもこの状況から、どうやって逃げたらいいの⁉』

いつもだったら、ここでクライヴ兄様の助けが入るところなんだけど、クライヴ兄様自身もダメージを食らっている上、今迄遭遇した事の無いタイプを相手に戸惑っているようだ。セドリックも言うに及ばず。

で、でも……っ！　このままでは、私の鼻腔内毛細血管はともかく、また頭に血が上ってぶっ倒れてしまう！

お願い、誰か……。誰か早く何とかしてっ‼

「エレノアッ‼」

「オ、オリヴァー兄様！」

そこに、待ちに待った助け舟が颯爽と現れた。

流石はオリヴァー兄様！　タイミングバッチリです!!

ホッとしながら、心配そうな顔をしたオリヴァー兄様の方へと顔を向ける。

オリヴァー兄様はフィンレー殿下に頭を撫でられ、真っ赤になっている妹……という謎の構図に、やっぱりというか、戸惑いの表情を浮かべていた。

だが、笑顔を引っ込めたフィンレー殿下と視線を合わせた次の瞬間、何故か兄様と殿下の間に、バリバリッと雷鳴が鳴った（ように感じた）。

――……互いに無言で見つめ合う事、数十秒。

「……やあ。久し振りだね、オリヴァー・クロス」

「……こちらの方こそ。フィンレー殿下におかれましてはご健勝なご様子、何よりです。……ところで、妹が戸惑っているようですので、そろそろ解放してあげていただけないでしょうか？」

努めて冷静さを保ちつつ、やんわりと「その手、どかせや」と伝えるオリヴァー兄様に、「あ、そう言えば」って感じで、フィンレー殿下は私の頬をスルリと撫でてから手を離した。

――ってか、殿下ー！　何で頬撫でるのー!?

瞬間湯沸かし器のごとく、一気に頭に血が上ってよろけた私を、すかさずオリヴァー兄様がキャッチしてくれる。

「大丈夫？　エレノア」

「は……はい……。にいさま……」

――あれ？　見上げたオリヴァー兄様のお顔、笑っているけど、しっかり青筋立ってます。

「……フィンレー殿下。いくら王族とは言え、婚約者でもない赤の他人……。ましてや男性が女性の身体に不必要に触れるのは、いかがなものかと思われますが？」

「うん、確かに婚約者じゃないけど、将来義理の妹になるかもしれないんだから、いいじゃないか」

「……そんな未来は永劫に訪れません」

「未来の事なんて、誰にも分からないでしょ？　しっかし、聞いていた以上に狭量だよね君。余裕の無い男は嫌われるよ？」

「大変に余計なご忠告、痛み入ります」

――……一目で恋の花が咲く事もあれば、また逆もしかり。

以前どっかの小説で見た一節が脳内をよぎる。

どうやらオリヴァー兄様とフィンレー殿下、あの見つめ合っていた数十秒で、互いを深く分かり合ったようだ。……主に悪い意味で。

だって二人とも、口には出さないけど「こいつ嫌い」って、オーラが全身から発せられているんだもん。

以前、この二人の事を『陰と陽って感じだな』って思った事があるけど、まさかここまで相性最悪だったとは……。

あ！　フィンレー殿下。最後に私の頬を撫でたあれって、オリヴァー兄様に対する嫌がらせですね？

一難去ってまた一難。

突如として勃発した静かなる戦いに、私含めたその場の面々はどうする事も出来ずに、ただ見守るしかなかった。

「ク……クライヴ兄様。オリヴァー兄様と殿下って、やっぱり性格真逆だから、こんなに相性悪いのでしょうか？」

私達そっちのけで、冷たい言葉の応酬を繰り広げているオリヴァー兄様とフィンレー殿下を見ながら、こっそりクライヴ兄様に話しかけた私だったが、クライヴ兄様は小さく首を横に振った。

「……いや、寧ろ同族嫌悪ってやつじゃねぇのか？」

「はい？」

同族嫌悪？　クライヴ兄様、今そう言った？　あれ？　私の聞き間違いかな？

「え？　ど、どう見たって、オリヴァー兄様とフィンレー殿下、性格真逆ですが？」

「見た目はな。だが、根っこの部分は似たり寄ったりだ。オリヴァーの奴も、本能でそれを察したんだろう。……これは推測だがあの殿下、好きになった相手はどんな手段を使っても手に入れようとするだろうし、手に入れたら手に入れたで、雁字搦《がんじがら》めに束縛するタイプだ」

クライヴ兄様が、やけに自信たっぷりにそう断言する。

……そして私は、その見解がだいたい合っている事を知っていたりする。

しかも殿下、ヤンデレなうえにドSです。

その殿下とオリヴァー兄様が同族嫌悪って……。

「お前はまだ、理解しなくていい。ただ、結婚後は覚悟しておけ」

「はあ……？」

クライヴ兄様の謎発言に、私は間の抜けた声を発しながら首を捻ったのだった。

◆◆◆◆◆

――今現在、カフェテリアは異様な緊張感に包まれていた。

何故なら、超引きこもりで有名なこの国の第三王子が、自分達の通う学院で優雅にお茶を飲んでいるからだ。

男子も女子もみな、その殆どがフィンレー殿下を見た事が無かったからか、興味津々といった様子でこちらの方をチラ見している。

ちなみに獣人達はと言うと、フィンレー殿下がいる事が抑止になっているのか、いつもだったらすぐにやって来る王女殿下方すら、こちらを睨み付けるように見つめるだけだ。

……でもその気持ちはよく分かる。

一言えば十倍返しで返ってくるような相手に、わざわざ喧嘩吹っ掛けようとは思わないよね。

ちなみに私は何故か、フィンレー殿下とオリヴァー兄様に挟まれる形で、二人の間に座っている。

……正直「何で!?」って叫びたい。

そもそも私達、何故にこうして一緒にお茶をする事になったのだろうか……。ああ、フィンレー殿下が「喉が渇いた」って言ったからか。

王族で、しかも私を助けてくれた恩人であるフィンレー殿下がそう言えば、オリヴァー兄様もお茶に誘わない訳にはいかないもんね。

オリヴァー兄様、クライヴ兄様とセドリックを氷点下の眼差しで睨んでいたなぁ……。いや、勿論私の事もね。

これは間違いなく、家に帰ったら全員まとめてお説教コースですわ。

自業自得とは言え、憂鬱だなぁ……。二時間ぐらいで終わると良いんだけど。

――それにしても……。

フィンレー殿下に助けてもらった事には、心の底から感謝しています。

でも何でそれで、私が兄様と殿下の間に座らされなければならないんでしょうかね？

私はチラリと、オリヴァー兄様の斜め後ろに控えているクライヴ兄様に視線を向ける。

兄様、いつもは私の後方で給仕をしてくれているんだけど、今回は私が何か余計な事を言ったらすぐ睨みを利かせられるよう、立ち位置を変えているのだ。

実際、カフェテリアに向かう前に「お前、今日こそは絶対余計な口きくなよ⁉　貝のように口閉じていろ！」と釘を刺されてしまっている。

……うん。そういえば以前、王城に父様と行った時も、父様に厳重に釘刺されていたっけ。

なのにあの時、聖女様のツンデレ疑惑をついつい、アシュル殿下やリアムにご高説しちゃったからなぁ……。

それを白状させられた時、兄様方やセドリック、そして父様方が揃いも揃って「リアム殿下はともかく、アシュル殿下は間違いなくそれが止めになったな」って、溜息ついて頭抱えていたっけ。

勿論その後、オリヴァー兄様には滅茶苦茶良い笑顔でお説教食らいましたけどね。

ついでに兄様方やセドリックと、久々に温泉入る事にもなっちゃいました。

湯船の中でのスキンシップは、布越しとは言え、肌と肌の触れ合いが限りなくダイレクトだから、「恥ずかしいからヤダ！」って散々抵抗したんだけど、「お仕置きの意味もあるから諦めろ」って言われて、結局一緒に入る事になってしまったのだ。

しかも兄様方やセドリック、超ノリノリだった……。

ってかあれって、お仕置きって言うより絶対ただ楽しんでいただけだよね⁉

湯上りに誰かがボソリと「確かに成長している」って言ったの、聞き逃しませんでしたからね⁉

……でも何で、聖女様のツンデレ疑惑の解消が、アシュル殿下が私に惚れる事に繋がるのだろうか？

やっぱり両親の仲を取り持ってくれたっていう、感謝からなのかな？　そんなの気にしなくてもいいのに……。

意識が明後日の方向を向いていたのがバレたのか、クライヴ兄様からささやかな圧を感じ、慌てて気を引き締める。

……でもね、兄様。そんなに心配しなくても、今回は私、絶対余計な事は喋りません。

だって兄様方は知らないだろうけど、私……フィンレー殿下と濃厚接触した事あるんです。

見た目をこんだけ変えて、魔力も抑えているから気が付かれていないけど、フィンレー殿下って、滅茶苦茶勘が鋭そうだから、喋っていたらうっかり、身バレするかもしれないもん。

私は、自分自身が迂闊者だと十分理解している。だから喋らないのが一番なのだ。

――……そんな訳で、私達は微妙な雰囲気の中、ひたすら無言でお茶を飲むという、なんともいたたまれないティータイムを過ごしているのである。

でも当のフィンレー殿下はというと、このアウェイ感をものともせず、実にリラックスした様子で紅茶を飲んでいる。

心が強いのか、果ては人の思惑なんてどうでもいいのか。……多分間違いなく後者だろうけど。

なんと言うか……。本当にこの方、他の兄弟方と性格全然違ってる。

「……ねぇ、エレノア嬢。なんか僕、君と以前会った気がするんだけど……」

「えぇっ⁉」

唐突にズバリとそう告げられ、私の身体は一瞬で硬直状態に陥ってしまった。

ま……まさか……。話してもいないのに……もうバレた……⁉

内心冷や汗かきまくっている私を尻目に、オリヴァー兄様が、ハァ……。と、これ見よがしに溜息をついた。

「やれやれ……。殿下、エレノアと貴方は一度、リアム殿下のお茶会で会っているではありませんか。そのお年で既に健忘症におなりですか？　やはり人間、引きこもってばかりいると、刺激の少なさから脳が退化する……という説は本当のようですね」

――その瞬間、全世界が凍り付いた（ような気がした）。

『お……王族に堂々と暴言を……！　オリヴァー兄様がご乱心あそばされたー!!』

し、しかも……笑顔がめっちゃ見下し系！

ちょ……っ、クライヴ兄様！　『おお、こいつ攻めるな！』ってワクテカ顔するの止めてください！

あっ！　フィンレー殿下の額に青筋がっ!!

わあ……。あのフィンレー殿下に青筋を立てさせるなんて、流石はオリヴァー兄様。

――じゃない！　感心している場合か私のバカ!!

「……ふ……。エレノア嬢。君さ、こんな腹黒止めて、リアムに乗り換えない？　あの子は良いよー？　素直で真面目で、何より心も体も真っ白だから。あ、お子様が嫌なら兄のアシュルでも良いけど。ああ見えて苦労人だから、きっと君の事を優しく大切にしてくれる筈だよ。……どっかの束縛系腹黒野郎と違ってね！」

フ……フィンレー殿下！　しっかり喧嘩を買わないでください!!

ってかリアム、心はともかく身体も真っ白って……。ひょっとして貴方、まだ男子の嗜み受けてない……とか？

「……そのお言葉、そのまま貴方にお返し致しましょうか。そもそもアシュル殿下が苦労人になったのも、その原因の殆どは貴方の所為ではないのですか？　なにせ、臣下の邸宅の結界を、いたずらに破壊しようとする常識知らずの弟がいらっしゃるのですからね。本当に、アシュル殿下には大いに同情しますよ！」

ええっ!?　う、うちの結界を破壊!?

……ああ、だからメル父様がフィンレー殿下の事を「クソガキ」って言っていたんだ。

「ああ。あのえげつない結界ね。あれって君も作るのに協力したんだろ？　……うん、あれは凄かった。あんな独占欲丸出しの、執念通り越して狂気すら感じられる結界は初めて見たからね。ほんと、どんだけ性格ねじ曲がったら、ああいった性悪な呪詛に近い結界作れるんだろうって、いっそ感心したものだよ。……本人見て心の底から納得したけど」

「それはそれは……。殿下にそのように褒められるとは、身に余る光栄です」

『…………』

――誰か……。誰か私を助けてくださいっ!!

オリヴァー兄様とフィンレー殿下の間に挟まれ、もう私、飛び散る氷点下な言葉のブリザードと火花で満身創痍です！

あっ！　私の胸元でボンボンに擬態しているぴぃちゃんが、プルプル震えている。

うん、気持ち分かるよ！　私もさっきから身体の震えが止まらないから！

それに、さっきまで興味津々って感じでこちらを窺っていた生徒達が全員、私達と視線を合わせないように俯いていますよ。

……そりゃあね。王族と生徒会長とのガチバトルなんて、どう考えても巻き込まれたくないよね。

そ、それにしてもオリヴァー兄様……。フィンレー殿下に引きずられているのかもしれないけど、殿下に負けず劣らずの毒舌トークが真面目に凄い。

怒るとちょっと……いや、物凄く恐いけど、常に優しくて穏やかなオリヴァー兄様に、まさかこういった一面があるとは思いもしなかった。

クライヴ兄様がさっき言っていた『同族嫌悪』って、こういう事なんだろうか。

……ん……？　あれ？

って事は、まさかと思うけど、オリヴァー兄様って実はヤン……

「エレノア？」

「は、はいぃっ!!」

突然名前を呼ばれ、思わず身体がピョコンと跳ねてしまう。

「何か変な事考えている？」

「いいいいぇっ！　ななな、何もっ!!」

ブンブンブンと首を横に振る私をジッと見つめながら、オリヴァー兄様はニッコリと、極上スマイルを浮かべた。

「そう？　それなら良いんだけれども」

……オリヴァー兄様。いつもの優しくキラキラしい笑顔が、何故か今日は物凄く黒くて恐ろしいものに感じます。

ってか、兄様！　妹の心を読まないでくださいよ！　貴方は真面目にエスパーか何かなんですか!?

『お前、結婚後は覚悟しておけよ』というクライヴ兄様の言葉の意味が、ほんのちょっぴりだけ分かったような気がした、そんな瞬間でした。

「うわぁ……。リアル飛び跳ね……。エレノア嬢って本当、真面目に面白い」

空気を読まない呑気な言葉に、フィンレー殿下の方を振り向くと、さっきまでの刺々しさを微塵も感じさせない穏やかな眼差しと視線が合ってしまい、再び真っ赤になって狼狽えてしまう。

「ふふ……。それにその初心な反応。なんかこう……仕草が一々可愛くて、妙にそそられるね。うっかり苛めたくなっちゃうよ」

ビシリ！　……と、身体が硬直する。

ついでにオリヴァー兄様、クライヴ兄様、セドリック、マテオまでもが、フィンレー殿下がサラッとのたまった爆弾発言に凍り付いてしまった。

——フ……フィンレー殿下ー！　ヤンデレ、ご健在ですねー!?

真っ赤な顔を瞬時に青褪めさせ、プルプル震える私を庇うように、クライヴ兄様が私と殿下との間にさり気なく割り込み、各々のカップにお茶を注いだ。

セドリックも心配そうに私を見つめているし、オリヴァー兄様は……あっ！　顔の上半分に影が！　青筋も増えている！

「……殿下。そろそろご自分の塔が恋しいのではありませんか？　臣下の婚約者に不埒な発言していないで、お帰りになられたら如何でしょうか？」

「そうだね……。何時もだったら言われなくても、とっとと帰るんだけれど、エレノア嬢といると楽しくて、さほど帰りたくなくなるな。不思議だねぇ……」

フ、フィンレー殿下……！　そう言いながら、さり気なく私の頭撫でるの止めてください！　そしてオリヴァー兄様、かろうじてアルカイックスマイル浮かべていても、その殺気に満ち満ちた目は誤魔化しようがありません！　そろそろ不敬罪で、しょっ引かれかねないから止めましょうよ！

「……まあでも頃合いだね。残念だけど帰るとしようか。……マテオ。二度目は無いぞ？」

「は……。心得て御座います」

フィンレー殿下の言葉に、マテオが深々と頭を垂れた。

「それでは、私達も殿下のお見送りをしようか。エレノア」

「えっ？　あ、はいっ！」

すかさず、オリヴァー兄様が私を促し立ち上がる。

何でこんなにいがみ合っていたのにお見送り？　って思ったけど……。成程、フィンレー殿下をダシにして、私もろともレナーニャ王女から逃げる策ですか。

フィンレー殿下もそれを察したのか、呆れ顔でオリヴァー兄様を見ている。

「使える者は王族でも使う……か。本当、良い根性しているよ。ズバリ、宰相向きだね。尤も、僕が国王だったら、君は絶対要らないけどどね」

「ええ。私も貴方様が国王でしたら、どんな手段を使ってでもお断り致します」

バチバチッと、最大級の稲妻が駆け抜けた瞬間だった。

◇◇◇◇◇

オリヴァーとエレノアに見送られ、人気の無い回廊を歩いていたフィンレーに、静かな声がかけられる。

「……殿下。お疲れ様で御座いました」

「ヒューバードか。……うん。まあまあ疲れたけど、予想外に楽しかったよ」

「それは重畳」

そして音も気配もなく、ローブを被った長身の男がフィンレーの前に現れ、軽く会釈をする。

王族に対する挨拶としては不敬にあたり兼ねないものだが、職業柄、彼にだけはそれが許されているのだ。

「それで、如何でしたか？　接してみて何かお感じになられましたか？」

「……そうだね……。ああ！　そういえば、さり気なく触れてみたけど、あの眼鏡は魔道具っぽいね。恐らく魔力を封じる呪印が施されているのだろう。リアムの話では、エレノア嬢はかなり魔力量が多い子みたいだから、うっかり魔力を放出してしまうのを防ぐ為だろうけどね」

「……そうですか」

「それにしても。なんでヒューバードがエレノア嬢の事、そんなに気にする訳？　確かにちょっと変わったご令嬢だけど、ちゃんと自分自身を持っている上に、素直で可愛いくて、とても良い子じゃないか」

普段、他人に対して辛辣なフィンレーの、異例とも言える手放しの称賛に、ヒューバードは小さく苦笑する。

「はい。エレノア嬢は素晴らしい女性だと、私も思っております。リアム殿下とアシュル殿下がお気に召されるのも当然かと……」

「じゃあ、一体何がそんなに気になる訳？」

「……それは……。まだ確証が持てませんので……」

「……ふぅん……」

王家の『影』は、憶測を決して口にはしない。

だが、曲がりなりにもこの自分を使ってまで確認したかった事なのだ。きっとそれはかなり重要な事なのだろう。

そう推測しながら、フィンレーは眼鏡の奥の目を眇《すが》めた。

今回、自分がここに来たのはヒューバードの要請があったからだった。

「一度で宜しいので、エレノア嬢と会ってほしい」……と。

――リアムがいないから、「獣人達から守ってやってほしい」……ならともかく、ただ「会ってほしい」って、一体何なのだ？

普段だったら了承しなかっただろう。

だが、アシュルやリアムに色々聞かされ、自分も彼女には一度会ってみたいと思っていた。

だからこそ丁度良い機会だと思い直し、ヒューバードの要請に応じる形で王立学院へと赴いたのだ。

『獣人達が学院に行き始めた頃から、ヒューバードは王家の要請でこの学院の監視をしていた。だが、この学院の……というよりは、エレノア嬢の身を守る為というのが本当の所だろう』

だからこそ、実際にエレノア嬢を目にしたヒューバードが、王族に懸想されているエレノア嬢の何らかを気にして、自分に目利きをさせたかったのかと思っていたのだが……。どうやらそういう訳でもないようだ。

「あ、ひょっとして、君の幼児愛好《ロリコン》の血が騒いだ？　それで僕に協力してほしいって思ったの？」

ビキビキッとヒューバードの額に青筋が立った。

「……フィンレー殿下。何度も申し上げておりますが、私に幼児愛好《ロリコン》の趣味はありません！」

「言っとくけど、それちっとも説得力ないから。いつも大抵のものには動じない君が、『あの子』に対してだけは冷静じゃないよね？」

「……それは……」

確かにあの少女に関してだけは、何故か自分は冷静になれないでいる。仮にも主君と仰ぐお方の想い人であるというのにもかかわらずである。

『……それにしても……』

まさかあの少女に、この殿下までもが懸想しようとは……。

ハッキリ言って、その事実は最悪に近い。

出来れば見付からないよう、そっとしてあげたいと思うくらいだ。

――だが、相手の真実を見抜く直感と魔力探索に関して言えば、この方の右に出る者はいない。
・・・だからこそ、エレノア嬢に会っていただいたのだが……。
「それに、人には人の趣味嗜好ってのがあるからね。うん、僕は別に責めないよ。年齢差があっても相手が成長しちゃえば些細な事だし。君の思うがままに生きるがいいさ。でもアシュル兄上とリアムの想い人だから、協力は出来ないけどね」

「それはどうも！　というか協力してほしくてお呼びたてした訳ではありませんから！」

「そう？　……ああ、でもエレノア嬢って不思議な子だよね。傍にいると、とてもホッとする。そういうトコ、『あの子』にちょっと似ているな」

「――――！」

　フッと笑ったフィンレーの、無意識に浮かべたであろう微笑を、ヒューバードは驚きを持って見つめた。

　あのフィンレー殿下の、こんな表情を見る日が来ようとは……。

「また機会があったら会いたいな。……ん～……でも、あの陰険腹黒野郎がもれなくくっ付いて来るよね。アレにはもう会いたくないなぁ。全く……。エレノア嬢も、あんな他人の神経を逆なでするのが得意な男が、筆頭婚約者だなんて気の毒に。アシュル兄上やリアムには、もっと頑張るように発破《はっぱ》かけとくとしようか」

「……」

「何？　ヒューバード」

「……いいえ。そうですね。是非そうして差し上げてください」

『他人の神経を逆なでするのが得意』など、どの口が言うんだ！　……とは、賢明にも口にしなかったヒューバードであった。

「じゃあね。後はよろしく。……あの子に何かあったら、何を置いても守りなよ？」

「承知いたしました」

言うだけ言って、踵を返した後姿を見送りながら、ヒューバードはポツリ……と呟く。

「まだ確信は持てないが……より黒に近くなったか。さて、どうしたものか……」

そうして次の瞬間、最初からそうであったかのように、回廊には人の姿も気配もなく、ただ静寂のみが広がっていたのだった。

ケモミミ同盟参加求む！

「オリヴァー兄様、クライヴ兄様、いってらっしゃいませ！」

「ああ、行って来るよエレノア」

「エレノア、俺達がいなくても良い子にして待っているんだぞ？」

「はいっ！　休日だというのにお疲れ様です！　兄様方のご無事のお帰りを、心よりお待ちしております！」

「エレノア……有難う！」

「ああ、なるべく早くに帰ってくるからな！」

私の言葉に、感極まった様子の兄様方は、いつものごとく私を抱き締め、代わる代わる口付けをしてから、名残惜しそうに何度も振り返りつつ、馬車へと乗り込んでいった。

——本日は土曜日。学院がお休みの日である。

なのに何故、兄様方が馬車に乗り込んでいるのかと言うと……何でなんだろう？　私にもよく分かりません。

なんでも王宮から要請があって、父様方のお仕事のサポートに行くとかなんとか。

そのお仕事がなんなのか、何故か私には内緒なのだ。

「ねえ、セドリック。セドリックは兄様方がお手伝いしているお仕事の内容、知っているの？」

小さくなっていく馬車に手を振り、見送りながら、私の横にいるセドリックに聞いてみる。

「う〜ん……。知っているけど……。口止めされているから教えられない」

「御免ね？」と困ったような笑顔のセドリック。

それってつまり、獣人対策の一環って事なのかなぁ？　やっぱり今回の彼らの留学には、何か裏があるんだろうか？

それにしてもセドリック……。最近益々背が伸びてしまって、見上げないと顔が見えない。

いずれは兄様方の身長と張る程になるのかな。なんか置いてけぼり食らっているみたいで寂しいな。

やがて、完全に馬車が見えなくなる。

そのタイミングでセドリックに「お茶にしようか？」と誘われたのだが、私は謹んでお断りする。

すると、セドリックは気を悪くするどころか、どこか含みのある笑顔を浮かべた。

「そう？　じゃあエレノアが戻って来たらお茶にしようか。その時の為に、僕もこれからお腹に溜まりそうなお菓子や軽食を作っておくから」

——あ……バレてる。

「あ、有難う！　……えっと……実はもう一つ頼みが……」

「分かっているよ。もし兄上達が急に帰ってこられたら、すぐに知らせに行ってあげる」

「有難う！　セドリック、大好き!!」

セドリックに抱き着き、頬にキスをすると、セドリックは嬉しそうに私の身体を抱き締めた後、戯れるように、軽いキスを何度も私の唇に落とした。

「……今から誕生日が待ち切れないよ」

「うん！　期待していてね？」

額をくっつけ、笑い合いながら、もう一回口付けをした後、私は自分の部屋へと向かった。

……そう、兄様方が揃っていなくなった今が、『アレ』を着るチャンスなのだから。

そうして自室に戻った私は、クローゼットの扉を開けると、一番隅の方にひっそり置かれた籐の籠のようなものを取り出し、蓋を開ける。

そこには、私の前世におけるデニム生地のような、汚れにも水にも強い丈夫な生地のオーバーオールとピンクの長靴、そして麦わら帽子が収納されていたのだった。

私は急いでそれらを着こむと、ドアの前にて待っていたウィル共々、なるべく人目につかないように屋敷の外へと出る。

「ウィル……ジョゼフは？」

「只今の時間、ジョゼフ様は旦那様の執務室にいらっしゃる筈です」

「じゃあ、当分大丈夫だね！」

「はい、お嬢様！」

そうして私達は、とある場所を目指して駆けて行ったのだった。


「ベンさーん！」

広大な庭園の一角。

私専用に造られた花壇（というか畑？）には、そろそろ咲きそうかな？　という位に成長したヒマワリ畑が広がっていて、まさにその花壇で剪定作業をしていた庭師長のベンさんがこちらを振り向き、好々爺然とした笑顔を私に向けた。

「エレノアお嬢様。ああ……そのお姿、何度見てもよくお似合いです」

もうかなり年だろうに、この広大なバッシュ公爵家の庭園や森林の全てを管理している、凄腕庭師のベンさんが、自分の恰好とお揃いな私の姿を見て相好を崩した。

「へへっ、有難う！　今日は兄様方がお出かけだから、着て来ちゃった！　土仕事はやっぱりこの姿に限るもんね！」

「流石はエレノアお嬢様です。よく分かっておられる！」

オーバーオールに麦わら帽子。そしてピンクの長靴……。

これを初めて身に着けた時、兄様方やジョゼフは暫く無言で何も言わなかった。

勿論、ウィルを始めとした召使達も同様で、中には膝から崩れ落ちる者まで現れる始末。

当然と言うか「公爵令嬢がなんて恰好をしているんだ！」と、我に返った兄様方やジョゼフから叱られたんだけど、私は「土いじりにはこの格好です！」と頑張って抵抗した。

それでも私がこの格好になるのを納得してくれなかったので、最終奥義「泣き落とし」で、何とかこの服の使用禁止は回避したのである。

それでもやはり、私がこの姿をしていると、主に兄様方が複雑そうな何か言いたげな顔になるので、こうして兄様方がいない時などに、こっそり装着しているのである。

召使達はと言えば、流石に兄様方みたいに、私の恰好を見て複雑そうな顔をしたりはしないものの、視線を逸らしたり手で口元を覆ったりと、やはり心中複雑な様子だ。

そういった訳で、唯一「似合っているよ！　可愛い！」と手放しで褒めてくれたのは、セドリックと、私の恰好のモデルになったベンさんだけだった。

私の姿を嬉しそうに見つめ、相好を崩しながら頷いているベンさんに対し、その横でなんとも複雑そうな顔をしているウィルとの対比が印象的だが、もう慣れっこなので、深くは気にしない。

だってやっぱり、農作業にはオーバーオールは定番だと思うのだ。

汚れも気にならないし、丈夫だから何度でも洗って使えるし。普通の服と違って、作業着だから「汚れたから」って理由で捨てられる事も無いし。

実は私、オリヴァー兄様とクライヴ兄様に渡す為のお花を育ててから、すっかり土いじりに嵌ってしまったのだ。

だから事あるごとに、こうしてベンさんの作業場にお邪魔して、見学したり時にはお手伝いしたりするのだが、そうするとどうしても服が汚れてしまう。すると十中八九、その汚れた服は処分されてしまうのだ。

「勿体ないから止めてくれ」とお願いしたのだが、逆に「じゃあ土いじりをお止めください」とジョゼフに言われてしまうのである。

私の元居た世界では、お嬢様が自分の庭園のお花を育てていたりって、割と普通にしているけど、この世界ではお花を摘むのはともかく、土いじりをするご令嬢なんて皆無なのだそうだ。

つまりは淑女への道から大きく逸れているという事になる。

……まあ、世間一般的に見ても、泥まみれになって庭仕事をするお嬢様ってのはアウトに違いない。

でもさ、こうして土や草花と触れ合うのって、癒しだしストレス解消にはもってこいなんだよね。

私、基本的に学院に行く以外は外に出られないし、庭いじりぐらい良いじゃないかって思うんですよ。特に、もうじき来るセドリックの誕生日に贈る花も、頑張って育てなきゃだし。

そういった訳で、私は庭仕事をしているベンさんをスケッチし、デザイナーのオネェさんに「こういう作業着を作ってください」という手紙と共に、スケッチを送ったのだった。

そんで見事、オーバーオールをゲット出来たという訳なのだが、オマケだと贈りつけられた長靴は、何故か黒ではなく、ピンク色をしていた。

『ご要望通りに作るとあまりに残念なので、女心を忘れないよう、せめて靴だけピンクにしてみたわ』って、一緒に入っていたお手紙に書かれていたんだけど、なんか手紙から「残念な子ね」ってオネェさんの声が聞こえてきたような気がする。

まあ、それでも作ってくれたのだからと、感謝の手紙を送っておきましたとも。

そんな事をつらつら思い出しながら、私が触れるだけで自動的に地下水が汲み上がる蛇口（クライヴ兄様に頼んで作ってもらった）からジョウロに水を入れる。

その後ろでは、ベンさんとウィルが何やらコソコソと話し合っていた。

「……ウィル……。お前、お嬢様のあのお姿、どう思う？」

「……大変に、最高に、愛らしいと思います！　農作業着すらも着こなすなど、流石はお嬢様です!!　あの尊いお姿を目にする度、どれ程の者達が至福のあまり、昇天しそうになっていることか……！」

エレノアが後ろを向いているのをこれ幸いと、ウィルは今迄我慢していた表情筋を解放し、エレノアの姿をウットリとした表情で見つめる。

まだ大人の女性への階段を登り始めたばかりの初々しさが、本来野暮ったくなる筈の作業着姿をも至高のフォルムへと変えている。

麦わら帽子から覗く、フワフワで艶やかなヘーゼルブロンドの髪。健康そうなバラ色の頬と輝くばかりの笑顔。

それらが、どんなドレスにも負けない健康的な魅力を醸し出しているのだ。

「ほう？　だがお嬢様は、セドリック坊ちゃましか褒めてくれなかったと言っておられたが？」

「オリヴァー様とクライヴ様が窘《たしな》めておられるものを、私達が手放しに褒めるなんて出来る訳ないでしょう!?　お陰であの尊いお姿も、お二人が揃ってお留守の時にしか目にする事が出来ず……！」

くっ……！　と唇を噛み締めるウィルを、ベンは半目で見つめた。

「オリヴァー様もクライヴ様も、実は内心、身悶えておられるのではないか？」

「……有り得そうですね。あ！　ひょっとしたら、ジョゼフ様に遠慮していらっしゃるのでは？」

「有り得るな。まあ、あいつも口では何だかんだと煩い事を言っておるが、その実究極のお嬢様馬鹿だからな。内心ではあのお嬢様の恰好に、胸ときめかせておるのかもしれんぞ？」

「はぁ……。あのジョゼフ様が……ですか？」

「旦那様を過労死寸前までこき使える奴だぞ？　本気で止めたかったら、そもそもお嬢様は今、あの恰好をされておらんわ」

「な、成程……」

……などと、水やりを始めたエレノアの見えない所で、コソコソと話し合っているウィルとベンであったが、実はベンの想像通りであった。

ウィル達召使が「可愛い……!!」と感激する↓オリヴァーやクライヴの目が恐くてエレノアの恰好を褒める事が出来ない↓実はオリヴァーとクライヴも「エレノア……なんて愛らしい!!」と心の中で身悶えるも、すかさず向けられたジョゼフの睨みに、エレノアを窘める事しか出来ない。

……などという経過の末、エレノアを手放しで褒めてくれたのがセドリックとベンのみとなってしまった……というのが真相なのである。

ちなみに父親ズは激務が続いている為、そもそもエレノアがそんな恰好をしている事すら知らなかったりするのだが……。

もし万が一、アイザック達がエレノアの姿を目にしていれば手放しで絶賛され、オーバーオール姿のエレノアは誰はばかることなく、バッシュ公爵家で市民権を得ていたに違いない。

そして当のジョゼフはというと、「エレノアお嬢様が淑女から離れていく……！」と憂いつつも、「でもなんてお可愛いらしい……！」と、こっそり農作業をしているエレノアを見て身悶えていたりするのだ。

結果、その姿を偶然目撃したベンに白い目で見られる事になるのであった。


「う～ん！　やっぱりヒマワリ見ていると、元気になるなぁ！」

前世での自分は、この花が大好きだった。

華やかなのに気取らず、真夏の太陽に向かって真っすぐ元気に、ひたむきに咲く健気さ。そして雄々しさ。

黄色い大輪の花々は、見ているだけで元気を貰えるような、そんな気持ちになる。

おまけに、花が終わった後も美味しい種が胃袋を幸せにしてくれるのだ。

本当に、見て良し食べて良しの万能花！　(前世の家族には「お前はそっちの方が重要なんだろう」と言われた)まさにセドリックにピッタリだ！

……なんて事をセドリックに言ったら、物凄く複雑そうな顔をされてしまった。どうやら言い方が悪かったらしい。

セドリック、決して「色気より食い気」って訳じゃないからね!?　あくまで種を食べるのはオマケだから、誤解しないでね!?

ちなみに今育てている花は、前世では『ミニヒマワリ』と呼ばれていた、小型で花束にするのに向いている種類。見た目は『グッドスマイル』って種類に似ている。

この素朴そうに見えて、元気な華やかさを持ち合わせる花って、まさにセドリックのイメージだよね。

私は、セドリックの誕生日に満開になるよう上手く調節しながら、ヒマワリ達に『土』の魔力を注ぎ込んでいく。その横で、ベンさんは普通サイズのヒマワリ達の剪定を行っていて、こちらはもうすぐ満開って感じだ。

やっぱりさ、花束用のヒマワリも可愛くて凄く素敵なんだけど、ヒマワリと言ったら、大きいサイズのやつだよね！

見ていていっぱい元気な気持ちになるし、枯れた後、種が食用になるし！　ぴぃちゃんのエサにもなる！　全くもって最高だ！

え？　普通の鳥じゃなくて使い魔なのに、エサ食べるのかって？

それが食べたんだな、これが。

主食は魔力みたいなんだけど、あげてみたら割となんでも食べるんだよね。いわばデザートのようなものなのかな？

お陰でぴぃちゃん、なんか丸々と太ってきちゃって、マテオには「魔力以外与えるな！」って怒られてしまっている。

ちなみに今現在、ぴぃちゃんはというと、私の麦わら帽の天辺にちょこんととまってうたた寝している。

その姿はまるで、ふくらし饅頭のようにふっくらまん丸でとても可愛いらしく、ウィルも時たま相好を崩しながら、ぴぃちゃんを指先でつついたり撫でたりしている。

ふと、ジョウロでヒマワリに水をやりながら、私はさり気ない風を装って、ベンさんにとあることを聞いてみた。

「ねえ、ベンさん。ベンさんはその……ウサギってどう思う？」

「……害獣ですね」

言葉と共に、ボトリと大きなヒマワリの蕾が地面へと落ちる。

あちゃ～！　やっぱり庭師にこのネタはＮＧだったか。

「いきなりどうしました？　ああ、ひょっとしてウサギ肉をご所望ですか？　でしたらこれから丸々太った生きの良いウサギを狩って来ますが？」

「い、いやっ！　いいから！　ウサギ肉、あまり好きじゃないし！」

慌てて首を横に振って否定する。

「おや、そうでしたか？　これからウサギの繁殖シーズンですので、肉厚の丸々太ったウサギが捕れると思うのですが……。お嬢様がお嫌いならば仕方が無いですね。今年は全て市場の方へ卸す事に……」

「済みません。嘘です。ウサギ肉、大好きです！」

そう。これからの季節はベンさんの言う通り、ウサギの繁殖シーズンなのである。

そしてこの広大なバッシュ公爵家の敷地内で、栄養価の高いエサ（野菜とか花とか牧草とか）を食べて肥え太ったウサギは、ベンさんや庭師達の手によって連日狩られ、バッシュ公爵家の食卓にのぼる事となるのである。

ウサギ肉を使ったキャセロールやクリーム煮、それにたっぷり野菜と濃厚なクリームソースを使ったパイ……悔しい事に、どれもこれも滅茶苦茶美味しいんだこれが。

いわば、旬のご馳走であるそれらを食べられなくなるのは非常に困る。

と言う訳で、ウサギ肉が好きじゃないって嘘は、全力否定させていただきました。

この世界……というか前世でも、農業に従事している人達や田舎暮らしの人達にとって、ウサギは憎き害獣なんだよね。

牧場を営んでいる人達も、馬や牛がウサギの掘った穴に足を踏み入れて骨折したり転倒して怪我を負ったりするからって、ウサギを目の敵にしているし。

ましてやこの世界、「ウサギ＝食肉」っていう感覚が一般的なのだ。

見た目の愛らしさからペットにする貴族もいたりはするんだけど、それもごく少数だしね。

私だってただ可愛いからって、狩猟を否定する事はしない。

大なり小なり、私達は生き物の命を奪って、それを糧にして生きているのだから。

それを「可愛いから」とか「可愛そうだから」なんて言葉で否定するのは欺瞞《ぎまん》だと思う。

——でもまあ……『アレ』に関しては……ねぇ……。

私は再び水やりに集中しながら、とある人物の姿を脳裏に思い浮かべていた。

……それはズバリ、獣人のお姫様達付きのメイドであるウサギの獣人だ。

私は前世の頃から、所謂ケモミミ大好きなケモナーで、獣人達が来ると知った時、「耳や尻尾に触らせてほしいな」との願望を抱いていた。

……が、人族蔑視で横暴な獣人達の姿に、その願望は脆くも崩れ去ってしまったのである。

だがしかし、高飛車なのは主に肉食系獣人達で、召使としてやって来た草食系獣人達は、大人しくて可愛い人達が多かった。

身分が貴族ではない所為もあると思うんだけど、人族に対しても高飛車な態度を取るでもなく、普通に腰が低いしね。

その草食系獣人達は、主にウサギ、リス、羊……それに猫といった種族が多く、その誰もがとても愛らしい容姿をしていた。

特に、ウサギの獣人である少女などはその最たるもので、真っ白サラサラなロングヘアー、ルビーのような真っ赤な瞳。華奢な体躯……。全体的に儚げでとても愛らしい容姿をしているのである。

そして特筆すべきは、真っ白でフワフワのウサミミ!!

そのウサミミがピョコピョコ動く様など、もう眼福通り越して悶絶ものである!

何度こっそり近寄って「その耳触らせてください！」とお願いしそうになったことか。

勿論、その誘惑にかられる度に、クライヴ兄様に頭をガッシリ掴まれ、氷点下の眼差しを向けられるから、実行に及んだことはないんだけどね（無念！）。

でも、そう思っているのは私だけじゃないみたいで……。

「お嬢さん。どうか貴女のお名前をお聞かせください！」

「そのお仕事、私が代わりにお引き受けいたしましょう！」

「ああ……なんて可憐な……！」

……等と、私同様ウサミミやネコミミに魅了された男子生徒達が、隙あらば彼女らの周囲に群がり口説きまくっているのだ。

まあでも、それはさもありなん。

この国の男子達は、女性に傅く草食獣に見えて、れっきとした肉食獣。いわば紳士な獣達なのだ。

その肉食獣達が文字通り、可憐な草食獣（猫はどちらかと言えば肉食……いや、雑食……かな？）である彼女らに射貫かれない筈が無い。

そうして自分達に猛アピールする美少年、美青年の軍団に戸惑い、ウサミミやネコミミがへにょっと寝て、ピルピル震えている姿なんかもう……！

ケモナーにとって「どうもご馳走さまです！」って拝みたくなる程尊いというか……。

ええ、思わず鼻腔内毛細血管が崩壊しそうになりましたとも！

そんな私の姿を、オリヴァー兄様やクライヴ兄様、そしてセドリックまでもが滅茶苦茶残念そうな眼差しで見ていたんだけど、リアル生ケモミミの魅力の前では、そんな蔑みの瞳など、どうってことないです！

でも私のそんな萌える思いは中々理解されず、一番共感してもらえそうなセドリックにすら、「え？　う〜ん……。僕は別に……」なんてつれない事を言われてしまっているのだ。

「ねえ、ウィル。ウィルは……その……。ウサギの耳……って、見ていてどう思う？」

「ウサギの耳ですか？　ああ、狩猟の際、掴むのに便利ですよね！　そういえばお嬢様、ご存じですか？　ウサギは狩ってすぐ、内臓を処理しないとたちどころに痛むんです。だからその場ですぐ食べるならともかく、持って帰るには手間のかかる獲物なんですよねー」

――……駄目だ。ウィルも食肉としてしか見ていない。

「お嬢様？　何かお悩み事ですか？」

ガックリしている私からジョウロを受け取り、代わりに水やりをしてくれているウィルが、心配そうに私の様子を窺っている。

「あ～……悩み事っていうか……」

私はついつい、みんなに理解されないケモミミへの熱き思いと尊さを、ウィルに語って聞かせた。

「……って訳で、誰も私の言う事に賛同してくれないの。リアムも「ふ～ん」って感じなんだよね。何でかなぁ？　あんなに可愛いらしいのに……」

「お嬢様。オリヴァー様もクライヴ様もセドリック様も……勿論、リアム殿下も。誰よりも何よりもお可愛らしい方が傍にいらっしゃるから、他の者に目がいかないのですよ」

「え？」

キョトンとした私に、ウィルは優しく微笑みかける。

「私共にとりましては、今もこれからもお嬢様以上にお可愛らしく、素晴らしい方とは巡り合う事は無いだろうと確信しております。だからその……ケモミミ……ですか？　それがどのように愛らしくても、心動かされる事はないのですよ」

優しく言われた台詞に、思わずボンッと顔が赤くなった。

……ウ……ウィル……。オリヴァー兄様ばりの台詞をそんなにサラッと……！　呑気そうに見えて、ウィルもしっかりこの国の男子だったんだね。くっ！　油断した!!

「え？　お、お嬢様……？　あの……その目は……？」

「……ううん。ウィルもしっかり、男子の嗜み受けてんだなぁ……って思って」

赤くなってしまった顔を誤魔化そうと、男子の嗜みについて口にしたのだが、ウィルは以前、私が男子の嗜みを初めて知った時にとった態度を思い出したのか途端に青褪め、滅茶苦茶狼狽えだした。

「そ、それは……！　わ、私ぐらいの年で受けてない者は誰も……」

なんかちょっと意地悪したい気分になってしまい、火照った頬を隠す意味合いも含め、私はウィルからそっぽを向き、しゃがみ込んだ。

「えっ!?　お嬢様？　何でそっぽを向かれるんです!?　お、お嬢様～!!」

オロオロした焦り声を背中に受けつつ、私は目についた雑草をプチプチ引っこ抜きながら溜息をついた。

――ああ……。誰か私のケモミミ同盟に参加してくれる人、いないかなぁ……。

だが後に、そんな私の願いを叶えてくれる人物と、思いがけず再会を果たす事になるのだった。

ウサミミとの邂逅

「うわぁ～!!　ヤバイヤバイ！　遅刻するっ！」

私は大慌てしながら、クライヴ兄様が用意してくれていた体操着を手に、更衣室へと走っていた。

休み明けの午後一番の授業は、武術と剣術である。

本来女子はそういった授業には参加しないのだが、私は未だにしっかり参加しているのだ（救護要員としてですが）。

女子が参加しない事について、攻撃魔法担当講師であり、担任のマロウ先生曰く、「厳密に言えば、女性禁止な訳ではないんだよ。ただ、君のように進んで参加したがる奇特な女性が、過去現在においていなかったってだけの話なんだよねー」……だそうである。

まあ、そりゃあね……。

男子に守られてなんぼな女子が、その男子に混じって武術や剣術、果ては攻撃魔法なんて習わないよね。そもそも習う必要性も無いし。

私だって周囲に超優秀な男性陣がゴロゴロいるから、本来だったら参加する必要性なんて欠片も無いのだ。

もし不埒者が現れても、私が動く前に他の誰かが容赦なくぶっ殺し……いや、ぶっ潰すだろうし。

でも私は本来、身体を動かすのが大好きだし、小さい頃からクライヴ兄様やグラント父様に師事して武術や剣術を習っているから、男子達に混じって参加しても、それなりにやり合えるんじゃないかって思っている。

実際、元々私がいた世界にあって、この世界には無い武術なんて、逆に私が兄様方に教えていたりするぐらいなのだから（恐れ多いけど！）。

だから本当なら、救護要員として参加するだけでなく、皆と混ざってマロウ先生から授業を受けたいんだよね。

マロウ先生、王族に攻撃魔法を容赦なくぶっ放せる程、性格アレなんだけど、クライヴ兄様が渋々認める程には強いのだ。

私の知らない型とか術式とかたまに披露してくれたりして、見ているだけでも勉強になるしね。

でもそんな私を見たクライヴ兄様、「あの野郎……あざといアピールしやがって……」と呟いていたらしい（ｂｙセドリック）。

あざといアピール？　はて。先生ったら、誰にアピールしているんだろう？

そんな私の思いとは裏腹に、兄様方からは未だに参加の許可は下りない。

というか、セドリックやリアムすらも大反対している。

なんでも、男子達に混じって格闘技なんてもっての外だし（密着具合がアウトらしい）、マロウ先生はたとえ女子でも容赦なく攻撃魔法をぶっ放すだろうから、真面目に命が危ないって、そういう事らしい。

……うん、確かにやる。あの先生だったら、確実にやる。

むしろ「一生消えない傷が付いたら、責任取って僕のお嫁さんにしてあげるから♡」くらいは言いそう。……うぅん、実際言われたな。最初の頃に。

――……あれは以前、私が授業に参加したいと訴えた時の事だった。

「授業に参加したい？　駄目だ！　女であるお前が野郎共の中に混じるなど言語道断！　ましてや、こんな超危険人物の授業なんてもっての外だ！　もし万が一、一生消えない傷でも負わされたらどうする⁉」

ってクライヴ兄様が素に戻って大反対していたら、マロウ先生が笑いながら、さっきの台詞を言い放ってくれたんだよね。

そんでもってその後、マロウ先生とクライヴ兄様のガチバトルが勃発して、授業丸々潰れちゃったんだっけ……。懐かしいな。

そんな訳で、私は未だに『救護班』として授業に参加しているのだ。

なんせこの国、治癒魔法を使えるのが得意な『土』の魔力保持者が女性に多いので、治癒師《ヒーラー》が万年不足している。

そもそも女性は基本、治癒師《ヒーラー》になんてならない。というか、仕事しない。

王族や貴族が通うこの王立学院では、流石に十分技術と魔力を有した治癒師《ヒーラー》が在籍しているとはいえ、実技の講師が割と常識外れというか……容赦ない攻撃を日々ぶっ放すアレな人達が多い為、実技の授業の時は大量の怪我人が発生する。

なので、いくら腕の良い、治癒師《ヒーラー》が何人いても、いつもアップアップのてんてこ舞い状態らしいのだ。

そんな中、『土』の魔力保持者で治癒魔法が使える私の存在は大変貴重で有難いらしく、今ではマロウ先生の授業に欠かせない人材となりつつあるのである。

まあぶっちゃけ、私もそう言われれば悪い気はしないし、治癒魔法の勉強にもなるし、ポイントも稼げるから、良いっちゃ良いんだけど……。でもやっぱりちゃんと授業を受けてみたいんだよね。

……にしてもねぇ……。

そもそも今現在の私って、勅命での魔力禁止以前に、逆メイクアップ眼鏡で魔力が使い辛い状態になってしまっているから、まともに治癒魔法が使えない。だから本当なら私、見学自体休んでも良いんだよね。

だけど、魔力が使えないがゆえに溜まったストレスと鬱憤を、生徒教師共々武術や剣術の授業で発散しているから、怪我人が以前にも増して大量生産されてしまっているのだ。

その結果というか、私はマロウ先生の命令により、普通に救護要員として怪我の手当てをさせられているって訳なんです。

その事でクライヴ兄様がブチ切れてしまい、「こんな状況下で、大切な妹をこき使うんじゃねぇ!!」って、マロウ先生とまたしてもガチバトルしていたけどね。

そんな事をつらつら考えながら、私はひたすら更衣室へと向かって走っていた。

更衣室……とは言うものの、女子更衣室なんてものが存在しない為、私が向かっているのは、王立学院内の女子専用区域内にあるドレスルームだ。

あ、レストルーム……と言った方が早いかな?

ようは、トイレを併設した女性専用の休憩所で、主に化粧や着衣の乱れを直したりする場所である。前世の日本でも、大きなデパートにはよく造られていたよね。

しかし、この世界のレストルームは一味も二味も違っていて、なんと豪華な浴室まで備わっているのだ。

しかもレストルームスペースだけで、程々に大きな一軒家ぐらいはある(見た目は洒落た東屋っぽい造りになっている)。ちなみに内部はと言うと、一部屋一部屋が完全に個室状態となっていて、防音結界まで施されている。……らしい。

お茶と恋人探《ハンティング》しに来ているご令嬢方に、どうしてそんな場所が必要なのかと言えば……その、服が乱れた原因ってのがポイントでして。

ようは……その……。男女の逢瀬でのアレコレ……というか……。

まあつまりは、そーゆー事をした後の乱れを整える場所な訳なんですよ。

噂によれば、個室の中にはしっかりベッドまで備わっているとの事。

それを聞いた時は、「なんじゃそりゃ!? 連れ込み宿かよ!?」と、思わず心の中でツッコんでしまいましたよ。

学び舎に連れ込み宿(違う!)を作ってしまうこの国って、ちょっと性に対して奔放過ぎやしませんかね?

まあ、世界的に「産めよ増やせよ」が国是だから、こういう場所があるのはどの国でも、ごく当たり前なのだとか……。

この世界って一体……。いや、気にしたら負けだ。

――って事で、つまりはこのレストルームと言う名の連れ込み宿に、『男女で入る』という事は、つまりは公然と『私達、●●●しています』と言っているようなものでして……。

私の専従執事である以前に、クライヴ兄様は『男』である為、当然ここには私と一緒に立ち入る事が出来ないのだ。

「いいか、お前に付いている『影』も、あそこではお前の命がヤバイ以外では、おいそれと動く事が出来ない。何かあったら俺の名を大声で叫べ。そうすれば一瞬で俺が助けに行ってやる！」

クライヴ兄様には、レストルームに続く回廊の入り口で、そう念を押された。

「兄様、私達は婚約者なのだから、一緒に入っても大丈夫なのではないですか？」

そう聞いたのだが、『そういう事』を許されている『婚約者』であるがゆえに、どんな言い訳を言っても百パーセント誤解を受けるとの事。むしろ絶対にＮＧなのだそうだ。

成程。つまりオリヴァー兄様やセドリックも、あそこに私と一緒に入ったが最後、「ＹＯＵ、ヤっちゃったね☆」って思われちゃうって事か。

……うん、成人前の婚約者とお楽しみしてました……なんて噂が流れたら、クライヴ兄様の尊厳にかかわるだろうし、確かにそれは不味いよね。

「……もしそんな噂がオリヴァーの耳に入ったら、間違いなくぶっ殺される」

あ、尊厳ではなく、単純に命の問題でしたか。そうですか。

「うぅ～！　それもこれも、あのケモミミ王子様の所為だ！」

長い回廊をひた走りながら、私は愚痴をこぼす。

例によってあの王子が、カフェテリアでセドリックやリアムに喧嘩ふっかけてくるから、そのゴタゴタで時間が無くなり、演習場に最も近いココを使わざるを得なくなってしまったのだから（普段は空き教室を使って着替えている）。

しかも、私への暴言こそ無くなったものの、未だに物凄い形相で睨みまくってくるし。

そんなに嫌なら見なければいいのに。本当、あの王子様ってなんなの⁉

「もー！　こんな事もあるだろうから、最初から体操服を中に着こんで、制服を脱ぐだけにするって言ったのに！」

でもそれを口にした瞬間、「どこで脱ぐって言うんだ！　どこで⁉」と、真っ赤になった兄様方やセドリックに大却下を食らってしまったんだけどね。

ああ……。魔力が使えたら、隠遁魔法で姿見えなくして、どっかの物陰で制服脱げたのに……。

つくづく不便だ！

尤もそんな事を言おうものなら、クライヴ兄様の必殺技、『頭部鷲掴み』が炸裂しちゃうだろうけどね。

あれ、痛いんだよ。しかも時たま、足が宙に浮くし……。

兄様。いくら愛の鞭だとしても、愛する妹に対して少し厳し過ぎやしませんかね？

「……あれ？」

もうすぐレストルームに辿り着きそうな所で、回廊の隅で蹲っている白い何か……いや、誰かを発見する。

そして、それが誰なのかすぐに察した私は、すぐさま駆け寄った。

「どうしたの⁉　……大丈夫？」

蹲る、ウサギ獣人の少女へと声をかけると、寝ていた白いウサミミがぴょこりと立ち上がった。

『うっ……！』

間近で見るケモミミにグラリと理性が抉られるが、何とかそれを押しとどめる。

すると彼女は、おずおずと私の方へと顔を上げた。

「――ッ！　その……顔……⁉」

彼女の頬は酷く腫れあがって、切れた唇からは血が流れていた。

綺麗なルビー色の赤い目も、白目部分が充血して全体的に真っ赤になっている。どうやら泣いていたようだ。

「どうしたの？　何があったの？　誰にやられたの？」

怯えて震えている彼女をこれ以上恐がらせないように、優しい口調で声をかける。

すると再び寝てしまっていたウサミミが、ほんの少しだけ起き上がった……ような気がした。

「いえ……。わ、私が不注意で……転んでしまって……。こ、このようなお見苦しい姿をお見せしまして……申し訳……ありません」

そう言われ、よく見てみれば、服もあちらこちらが汚れ、しかも爪で切り裂かれたように、破れてしまっている。

「……貴女のご主人様に、やられたの？」

ビクリ！　と、少女の身体が跳ねる。

「ち……違います！　あの……これは本当に、転んでしまって……!!」

必死に否定する少女の顔色は真っ青で、身体も激しく震え出す。

それを見た私は、あの王女達がこの少女を甚振《いたぶ》ったのだと確信した。

——獣人王国の王女達が、ここ最近酷く苛ついているのだとリアムから聞いた。

そして度々、自分の侍女達に当たり散らしているという事も。

その理由の最たるものは、この国の男性達が自分達ではなく、侍女である彼女達の方を口説きまくっているから……という事だそうだ。

それを聞いて、私は深く納得した。

絶対的に自分に自信を持っているあの王女様達の事だ。自分達は男に傅かれて当然。この国の男達も自国と同様に自分達を称賛し、傅く……と思っていたのに、実際は誰からも見向きもされず、逆にモテているのが劣等種と蔑んでいる草食獣の侍女達だけ。

そんな現実に、彼女達は大いに自尊心を傷つけられてしまったのだろう。

でもね、実はこの国の女性も大なり小なり、王女様達と同じ肉食女子なんだよね。

だからそういうタイプ、この国の男性達にとってはごく見慣れた存在な訳なんですよ。

逆に侍女の彼女らはというと、自分達が未だかつてお目にかかった事の無い、控えめでお淑やかで儚げで……思わず守ってあげたくなっちゃうような、草食系美少女。

そんな彼女らに、徹底されたレディーファーストで隠れ肉食獣のアルバの男達が、心を撃ち抜かれない訳が無い。

……うん、私には彼らの気持ちはよく分かる。

え？　なんで分かるのかって？　だって私もしっかり撃ち抜かれていますから。はい。

『それにしても……。ここでこんな暴力を振るうなんて……！』

この国では自国、他国問わず、女性に暴力を振るう事はご法度とされている。

だけど、他国の王族……ましてや同性の王女達のする事には、あまり口出しする事は出来なかったようだ。それに今迄は、口汚く罵ったり小突いたりする程度だったみたいだし。

でも実際は、こうして見えない所で酷い暴力を受けていたのかもしれない……。

私は目の前の少女の、腫れあがった痛ましい頬にそっと手で触れた。

「痛い？　……御免ね。治してあげられなくて……」

少女の泣き腫らした瞳が大きく見開かれる。

……ああ、悔しいな。魔力さえ使えたらこんな怪我、すぐに癒してあげられるのに。

「ちょっとミア！　いつまでこんな所でグズグズしているのよ!?　さっさと自分の仕事を……」

突然の怒鳴り声。

一瞬で怯えた表情を浮かべた少女……ミアを目にし、振り返った私の背後には、虎の獣人であるジェンダ王女と、黒ヒョウの獣人、ロジェ王女が立っていたのだった。

「……小娘。何故貴様がここにいるのだ⁉」

――いや、それまんま私の台詞ですが？

だが私の疑問は、王女方の後方にいた側近であろう複数の獣人達を見て解消する。

……成程、この王女方、しっかりここを活用していましたか。

「ジェンダお姉様。おおかたこの小娘、自分の男の誰かと、ここで落ち合おうとしていたのでしょう」

「ふん！　見た所まだ成人前のくせに、ふしだらな事だ。好みの男とあらば、身分を使って手当たり次第手に入れようとするだけの事はあるな！　このあばずれが！」

――……自分自身を鏡で見ろと言ってやりたい。

あんたら、後ろの男達と今迄何していました？　微妙に服が乱れてますよ？

しかもうちの国の殿下方を、初対面で片っ端からベッドに誘っておいて、どの面下げてこういう事が言えるんだか！　ああ……本当、ないわーこの人ら!!

「……殿下方の御推察に沿わず申し訳ありませんが、私は更衣の為にここに来ただけです。……と言うか、それ以外の何の目的で、ここを使用すると仰せなのでしょうか？」

わざと含みを持たせた私の言葉に、ジェンダ王女もロジェ王女も、揃って顔を顰めさせた。

「ああ、でもその途中で怪我人を発見したので、これから医務室に連れて行こうと思っていたところです」

そう言って、さり気なくこの場から退出しようと思ったのだが、やはりというか、そうは問屋が卸さないらしい。

「何を勝手な事を……！　その娘は私達の侍女だ！　人族ごときが余計な真似をするな！」

「いいえ、そうはまいりません。この国において、女性は絶対的に守られるべき存在。この国に身を置く限り、どの国の方であろうとも、その不文律は適用されます。ですから私は、この方をお助けする義務があるのです！」

そう言うと、私は彼女……ミアを背に庇うように立ち上がり、王女達を真っ向から睨みつけた。

不敬と言われようが構わない。どうせ何をやっても良くは思われないのだから。

「下等種が下等種を庇うとは。同類憐れみか？　それにその者が怪我を負ったのは、その者の罪ゆえだ！　飼い犬が自分の分も弁えず、当たり構わず男を誑《たぶら》かしておったから、主人である私達が躾を施してやっただけの事。それの何が悪い⁉」

「……ミアさんが誑かしたというより、我が国の男性達がミアさんの魅力にやられて、骨抜きになってしまっただけだと思うのですが……」

――はっ！　しまった！　つい大いなる本音が‼

うわぁ……！　王女達の顔が憤怒に満ち満ちて、殺気までだだ洩れてる‼

「ミアの魅力に……だと⁉　こんな力も何も無い、見るからに貧弱な下等種族の小娘に⁉　そんな事有り得ぬ‼」

「そうだ！　この女が身体でもなんでも使って男共を誑かしているだけだ！　そうでなければ、なぜミアや他の下等種族どもだけが、あれだけの男達に言い寄られていると言うのだ⁉」

……なんだろう。言外に「私達には見向きもしないくせに！」っていう、王女達の本音が透けて見えるようだ。

「……はっ！　まあこの国は、女に媚びへつらって、何とか自分の種を残す事にしか興味の無い、顔だけの軟弱者しかおらぬからな！　そんな輩共には、ミアや貴様のような下等な女がお似合いかもしれんな！」

蔑み切ったジェンダ王女の言葉に呼応するように、後方に控えていた獣人の男共が嘲るような嫌な笑い声を上げた。

……全く、本当にこの人ら、話しているだけで不快になるな。オリヴァー兄様じゃないけど、視界に入れるのも嫌になってくる。

「左様ですか。お話がそれだけでしたら、私はこれで失礼させていただきます。ミアさん、立てますか？」

戸惑うような表情を浮かべたミアに微笑みながら手を差し出す。

そんな態度の私にブチ切れたロジェ王女が、私の背中を足で蹴り飛ばした。

「うわっ！」

背中に受けた衝撃に顔を顰めつつ、咄嗟に受け身を取ったお陰で、かろうじて床に転げる事は避けられたが、慌てて手を広げ、受け止めようとしてくれたミアさんの胸にダイブしてしまった。

「だ、大丈夫……ですか⁉」

心配そうに私を覗き込んだミアさんの長いウサミミが、私の頬にフワリと触れる。

うっ……わぁ………！　フワフワ！　柔らかい～!!

「う……うん、大丈夫！　御免ねミアさん。有難う！」

うん、本当に有難う！　貴方のウサミミのお陰で、背中のダメージがプラマイゼロだよ！　生ケモミミ万歳!!

私はミアさんに笑顔を向けた後、ミアさんの手を取り立ち上がらせると、ジェンダ王女とロジェ王女の方へと向き直った。

「いきなり何をなさるのですか!?」

「お前の方こそ、我が国の侍女を勝手に連れて行こうだなどと、何様のつもりだ!?」

「ですから、先程も申し上げた通り、治療を……」

「そんなもの、侍女ごときに必要ないわ！　放っておけば腫れもじきに引く！」

先程からの、あまりにも理不尽な言動に、ついに私はブチ切れた。

「貴女方はそれでも、民の上に立つ王族ですか!?」

「——ッ!?　な、なんだと!?」

「下等種族と馬鹿にしていますが、今の貴女方が何不自由なく暮らしていけるのは、貴女方が言う所の下等種族と呼ぶ国民達のお陰ではないのですか!?　彼らの働き無くして、国は成り立ちません！　だからこそ私も含め、上に立つべき立場の者は、いざという時は命をかけて、彼らを全力で守らなくてはならないのです！　間違っても立場に驕り、目下の者を見下し嘲るなんて事、してはいけないんです!!」

一気に言い切った後で、王女達や側近達が殺気立ったのを感じ、私はこうなる前にクライヴ兄様を呼ばなかった事を少しだけ後悔した。

でも言いたい事は言ったし、後悔はしていない。それに、クライヴ兄様に助けを求めた後で偉そうな事を言うのも、なんか違うような気がしたのだ。……我ながら馬鹿だなと思うけど。

――ちょっと残念なのは、私の言葉が全く相手に響かなかったって事かな。

まあでも実際彼らにとって、私はどこまでいっても下等種族で、しかも自分達が欲しいと思った男達のことごとくを手に入れている、許しがたい存在なのだ。

そんな相手が何を言おうが、それはただの侮辱でしかないのだろう。

「この……醜女めが……！　黙って聞いておれば……！」

「ジェンダ様、ロジェ様、この女への仕置きは私共が！」

「身の程を弁えさせてやりましょう！」

尻尾や耳を逆立たせた獣人の男達が私の方へと近寄り、私の身体に鋭い爪の生えた手を伸ばした。

――次の瞬間。

「――ッ!!」

四方八方から、見えない圧が、獣人達に容赦なく突き刺さる。

それは近くにいた私にも分かる程の……まさに『殺気』と呼べるものだった。

途端、私に手を掛けようとしていた獣人達が、一斉に王女達を守るように背に庇いながら、誰も居ない空間を睨み付け、周囲を見回す。

だが圧を感じてはいても、その圧を放った相手の位置が把握できずに戸惑っている様子だ。

そして、嗅覚も直感も優れているであろう自分達が、気配すら辿る事が出来ないという事実に、焦りと恐怖も感じているようだ。

「……この国の貴族の女性には、必ず『影』が付くのです」

私の言葉に、獣人達が驚愕の眼差しを向けてくる。

「当然、公爵令嬢の私にも『影』が付いております。しかも、複数人。この意味……お解りになりますでしょう？」

獣人達に、明らかに焦りの色が見える。

今迄この国の人間（男）を、「顔だけの優男」と侮っていたのに、自分達が警戒する程の圧を放つ者が……しかも匂いも気配も辿らせない相手が複数潜んでいるのだ。

――所詮は人族。いくら手練れとは言え、獣人である自分達を害する事など出来はしないだろう。

……そう高を括っていたのだろうが、今の威圧を受け、彼等も考えが変わったようだ。

「ほんのかすり傷であろうと……。劣等種族に負わされるなど……不愉快千万……！」

ジェンダ王女が小さく何事かを呟いた後、私の方へと歩み寄ってくる。

「よう分かった。非常に不本意ではあるが、コレで、言葉通りの手打ちにしてやろう。……多少、顔に傷は残るかもしれぬがなぁ……！」

そう言いながら、ジェンダ王女が手を振りかざす。

『叩かれる！』

いや、叩かれるだけでは済まないだろう。

獣人特有の、鋭く尖った爪。あれで頬を抉られたら、彼女の言葉通り酷い痕が残るかもしれない。

……いや、大丈夫！　私にはセドリックがいる！　彼ならきっと、どんな傷でも綺麗に治してくれる筈！　……でも、かなり痛そうだけど……。

なんて事を走馬灯のように思いつつ、一瞬後に来るであろう衝撃に備えてギュッと目を瞑る。

「――ッ！　貴様……!!」

『え!?』

衝撃の代わりに、ジェンダ王女の焦ったような声が上がった。

恐る恐る瞼を開くと、視界一杯に誰かの背中が見え、驚きに思わず目を見開いてしまった。

一体……いつの間に!?

「……クライヴ……兄様？」

――ではない。

そもそも服が執事服ではない。……じゃあ、目の前のこの人は一体誰？

「……ったく。肉食獣人の女ってのは、はねっ返りが多いな。つーか、仮にも王族に対して『貴様』呼ばわりかぁ？　はねっ返りってよりは、ただの無知な馬鹿だな！」

どこか懐かしさを感じる声に、ゆっくり視線を上に向ける。

すると、燃えるように鮮やかな紅い髪が、私の視界一杯に映りこんだ。

紅い邂逅

凝視する私の視線に気が付き、振り向いたその人は、私を安心させるように微笑みを浮かべる。

「――……！」

私を背に庇い、ジェンダ王女の手首を握っている彼。

忘れもしない。あの時ダンジョンで出逢い、私を助けてくれた命の恩人。

「……ディ……」

突然目の前に現れた、この国の第二王子であるディラン殿下を目の前にし、私は驚きのあまり、その場で固まってしまった。

ディラン殿下の表情の穏やかさと反比例するように、ディラン殿下に腕を掴まれているジェンダ王女の顔が苦痛に歪んでいく。

ジェンダ王女は必死に振り解こうとしているようだが、ディラン殿下の腕は少しもぶれる事が無い。

どうやら相当な力で腕を掴んでいるみたいだ。

……えっと……。一応王女も女性なのに、良いんでしょうかね？

「エレノア！　無事だな⁉」

ハラハラしていると、すぐ近くから聞き慣れた声がし、慌てて顔を上げる。

するとそこには、クライヴ兄様が心配そうな表情を浮かべながら立っていたのだった。

「クライヴ兄様！」

思わずちょっと、いつの間にか入っていた全身の力が抜けてしまう。

そんな私の身体を、クライヴ兄様が優しく腕の中に抱き締めた。

「は……離……せっ!!」

ジェンダ王女の叫び声が響く。

そこでようやく、ディラン殿下は彼女の腕を解放した。

見れば手首が真っ赤になっている。流石に折ってはいないのだろうが、ひょっとしたらヒビぐらいは入っているのかもしれない。

顔を歪め、小さく呻く王女を庇うように、獣人の男達が王女とディラン殿下の間に入り、ディラン殿下を睨み付ける。

……が、獣人達の耳、何気に寝ているし、尻尾も逆立っているものの、下を向いてしまっている。どう見ても殿下の圧に押し負けてしまっているようだ。

「ディ、ディラン王子！　我がシャニヴァ王国が誇る第二王女殿下を……。ましてや女性にこのような無体な仕打ち！　ご自分が何をされたのか、お分かりか!?」

取り巻きのうちの一人がディラン殿下に抗議するように前に出る。

厚く丸い耳。体躯も大柄でディラン殿下よりも一回り程大きく、ガッシリしている。多分熊の獣人であろう（しかも超肉食のグリズリー系）。

だが、ディラン殿下は全く動揺する様子も見せず、逆にその燃える様な深紅の瞳で鋭く射貫くように相手を見やった。

「先に我が国の女性を傷付けようとしたのはそちらだ。お前達の方こそ寄ってたかって、たった一人のか弱い女性に何をしようとした？　国王陛下のご下命を再三無視するとは……。獣人とは、余程物覚えが悪い種族のようだな。なぁ？　クライヴ」

「そうですね。恐らくは能力の重要な部分の大半が、身体能力に偏ってしまっているのでしょう」

ディラン殿下に話を振られたクライヴ兄様が、事も無げにサラリと毒を吐く。

途端に獣人達が殺気立つが、ディラン殿下のひと睨みで再び押し黙った。

……ってか殿下、今兄様の事をサラッと「クライヴ」呼びしましたよね⁉

兄様も当然って言うようにそれを受けてるし。え？　何で？　いつの間にそんな仲良くなったんですか⁉

「お……のれっ！　よくもこの私にこのような真似を……！　劣等種族を誉めそやし、そのような美しくもなんともない小娘に傅くなど……。そちらの男といい、この国の男共は、どこまで私達を侮辱すれば気が済むのだ⁉」

ジェンダ王女の美しい顔が憤怒により醜く歪む。ロジェ王女も似たような表情を浮かべている。

そんな彼女らを目にしながら、ディラン殿下が薄く笑った。

「あー、それってあんたらのベッドの相手をお断りした事を言ってんのか？　そりゃあ悪かったな。ほら、この国の男達って、女の趣味が良いんでね。あんたらみたいなのが相手じゃ萎えんだわ」

「――ッ！」

「な……っ！」

物凄いド直球の返しに、ジェンダ王女もロジェ王女も絶句してしまった。

ディ……ディラン殿下……相変わらずですね！　以前お会いした時も思ったんですが、口調も態度も、キレッキレに冴え渡っていて、めっちゃ王族っぽくないです！

……あれ？　っていうか、それ言ったらアシュル殿下以外の殿下方って、ぶっちゃけ全員王族っぽくない……かもしれない。

以前、フィンレー殿下がアシュル殿下の事を「苦労人」って言っていたけど、ひょっとしたら弟達のこういった自由でフランクな所に、いちいち苦労しているのかなって思ってしまった。

アシュル殿下って、接してみて分かったけど、物凄い長男気質だったからなぁ。

でも私としては、王族の鑑って感じのアシュル殿下も滅茶苦茶恰好良いって思うんだけど、他の殿下方も、そういった王族らしくない所がとても素敵だと思う（フィンレー殿下はちょっと恐いけど）。

「ともかく、そろそろ最終通告を覚悟しろ。あんたらはおイタが過ぎた」

突き放すように言い放たれ、両王女方が、ワナワナと身体を震わせる。

最終通告……という事は、つまりは留学中断って事だろうか。

「お……のれ……！　種を残す事しか価値の無い人族の分際で……！　その時になったら……思い知らせてくれる！　せいぜい後悔するがいい!!」

なんか物凄い捨て台詞を吐いて、王女達と取り巻き達が踵を返し、その場から立ち去って行った。

でも『その時』って、どういう意味だろうか。

そうして獣人達の姿が見えなくなったところを見計らい、突然クライヴ兄様が私の頭をガッシリと掴んだ。

「えっ⁉」

「お前というヤツは……‼　何でさっさと俺の名を叫ばねぇんだ！　この頭は飾りか⁉　あぁっ⁉」

「いたっ！　いたたたたっ！　い、いたいですっ‼　ごめんなさい！　クライヴにいさま～‼」

ギリギリギリ……と、容赦のない鷲掴みが私の頭部を締め付ける。

必死に謝りながら、何とかクライヴ兄様の手をほどこうともがくのだが、当然と言うかその手はビクともしない。

クライヴ兄様、もう止めてください！　そろそろ私の頭、指の形にへこみます‼

「おいおい、クライヴ。心配だったのは分かるが、もう止めてやれよ」

「ディラン殿下！　貴方はこいつの学習能力の無さが分からないから、そういう事を仰るんです‼」

「いやまぁ……。確かにそれはよく分からんが、女の子相手にソレはないだろう。いいから止めてやれ」

いきなり始まった、妹に対する苛烈とも言える断罪劇を目の当たりにし、ディラン殿下が戸惑いながらも仲裁に入ってくれる。クライヴ兄様も、殿下の言葉に渋々掴んでいた私の頭を離してくれた。

うう……っ痛かった！　頭蓋骨は……陥没してない。よ、良かったー！

「あ、あのっ！　有難う御座いました！　ディー……ディラン殿下！」

——あ……危ない！　うっかり「ディーさん」って言いそうになってしまった!!

あっ！　クライヴ兄様も『このおバカ！』って顔で私を見ている！　御免なさい兄様！　で、でも今の……セーフ……ですよね？

私は冷や汗を流しつつ、改めてディラン殿下の方へと向き直ると、諸々の「ありがとう」を込めて、深々と頭を下げた。

本当に……。あのダンジョンではこの人に出逢わなかったら、私だけでなく、兄様達の命すらどうなっていたか分からない。真面目に私達の命の恩人だ。

今だって、下手すれば大怪我を負いそうになった所を助けてくれた。

……クライヴ兄様の制裁も仲裁してくれたし（これに関しては自業自得だけど）、本当に感謝してもし切れない。

本当はずっと、あの時からこうしてお礼を言いたかったのだ。

口に出せない諸々のお礼も込め、私は精一杯深々とお辞儀をした。

そんな私の頭に、大きくて温かい手がそっと乗せられ、そのままワシャワシャと撫でられる。

「えっ？」と顔を上げると、物凄く優しい笑顔を浮かべたディラン殿下の、精悍な美貌が私を見つめていて、パッと見クール系な美男子のギャップ萌えに、思わず瞬時に顔と言わず全身真っ赤になってしまった。

「……兄貴や弟達が言っていた通り、本当に良い子だな。それにその……容姿も言われていたような感じじゃなくて、寧ろ可愛いじゃないか！」

——あ、良かった……。

さっきのうっかり呼びに気が付いていない。セーフだ。あ、焦った～!!

にしてもディラン殿下。「言われていたような」って、私の容姿ってどんな感じに伝わっていたのでしょうか？

しかもそれを口にしちゃうあたり、ほんのりとグラント父様臭（つまり脳筋臭）が致します。

ちなみに、今現在の私の容姿についてだが、ソバカスが綺麗さっぱり無くなって、頬もかなり血色が良くなってきている。

髪型もツインテールだけではなく、ポニーテールとかシニョンとか、色々変えられるようになっているのだ。更に言えば今現在の私の髪型、巻いた髪をポニーテールにしてリボンを付けています。

残念なことに、髪の毛は未だにパサパサで枯れ葉色なんだけど、これから段々改善していく予定です。

「ディラン殿下……。妹が困っていますから」

クライヴ兄様が、さり気なく私を自分の方へと引き寄せた。

あれ？　だけど、他の殿下方の時と違って、言葉にも態度にも棘が無い。

「はっはっは！　悪い悪い。お前の大切な婚約者だもんな！　不用意に触って悪かった！」

「……いえ……」

クライヴ兄様、なんとなーく、ホッとしているような微妙そうな顔をしている。

そりゃそうだよね。

私の事があるから一応恋敵認定しているけど、クライヴ兄様もオリヴァー兄様も、ディラン殿下のお陰で私が助かったからって、実はもの凄くディラン殿下に感謝しているのだ。

それは父様方も同様で、グラント父様なんか、ディラン殿下に請われるがままに弟子認定して、直接剣術の指導をしてあげているぐらいには感謝しているのだ。

多分だけど王族でさえなければ、私が殿下を夫にしたいと言ったら、あっさり了承されるのではないだろうか（いや、しませんけども）。

まあだからこそ、私の正体を黙っている罪悪感と、私とこうして会わせてもバレなかった事への安堵感がクライヴ兄様の心の中でせめぎ合っているのだと思われる。

「あ、あの……。どうしてディラン殿下はここに……？」

私はなるべく、ディラン殿下と視線を合わせないように（こういう時、外から目が見れない眼鏡って便利！）そう尋ねると、ディラン殿下は「ああ」と言って説明を始めた。

「今現在、クライヴには俺の指揮下に入って、仕事を手伝ってもらっているんだがな。ちょっと緊急の用事が入っちまったから、直接伝えにやって来たんだ」

えっ!? 王族が直接伝えに来る用事って、一体全体何なんだろう？

「まあ……。それだけだったら、わざわざここまでは来なかったんだが……」

「え？」

「いや。で、クライヴの奴と話をしていたら、コレが飛んできてな。クライヴと一緒に慌てて駆け付けたら、あいつらに絡まれていただろ？　んじゃ、王族である俺が出た方が良いだろうって事になったんだ」

そう言って差し出された掌には、オレンジ色の毛玉が……。

あ！　そういえばぴぃちゃん、今日はリボンのボンボンに擬態していたんだった。

「そうだったんですか……。ぴぃちゃん、有難う」

ポンッと小鳥の姿になったぴぃちゃんは、ディラン殿下の掌から飛び立ち、私の肩に止まると頬っぺたに摺り寄り、甘えだす。

私も感謝の気持ちを込め、フワフワの身体を指で優しく撫でてやった。

「……クライヴ。お前の妹、可愛いな」

小動物と少女の心温まる触れ合いにほっこり癒され、相好を崩すディランにクライヴは、『この人……かなり鈍いな』と胸中で呟きつつ、「ええ……まぁ……」と曖昧に相槌を打ったのだった。

「あ、そう言えば！」

戸惑ったようにこちらを見ているウサミミ……もとい、ミアさんに気が付いた私は、慌てて彼女の傍へと駆け寄った。

「御免なさい、放っておいてしまって。……あの……。王女様方行ってしまったけれど……。貴女、またあの方々の所に戻るの？」

「……はい」

「もしかしたら、もっと酷い目に遭うかもしれないのに？」

「それは……殿下方を不快にしてしまった私が悪いのです。仕方がありません」

そう言って、全てを諦めたように微笑むその姿は痛ましいの一言に尽きた。

私は思わず、両手でミアさんの手をガッシリと握る。

「ミアさん！　私の所で働かない？」

「……え？　あ、あの……？」

「大丈夫！　私のお父様方も兄様方も凄く優しいし、使用人達も皆、とても親切で良い人達ばかりだから！　それにミアさんすっごく可愛いし女性だから、きっと皆大切にしてくれるわよ！　勿論、私も一生大切にします！」

いきなりの申し出に戸惑う彼女に構わず、私はここぞとばかりに押しまくった。

勿論、ミアさんの身が心配だからなんだけど、当然というか私の願望も入っている。

……だって、もし彼女がうちで働く事を承諾してくれたとしたら、念願の生ケモミミメイドさんが爆誕ですよ!?

ああ……。ミアさんがメイド服着て「お帰りなさいませ、ご主人様♡」って私に微笑んでくれるなんて……！

ハッ！　いかん！　想像しただけでも鼻腔内毛細血管がヤバイ！

「……落ち着けエレノア。そんな事無理だって、ちょっと冷静になれば分かるだろう？　……ってか、何だその『一生大切にします』って。プロポーズか!?」

呆れたようなジト目でそう言い放つクライヴ兄様。

何となくだが、私の脳内願望を察しているっぽく、視線が半端なく冷たい。

……うん。そりゃあ私だって分かっていますよ。

他国の王族付きの召使を、同じ王族ならともかく、身分が格下の公爵家が雇い直すなんて出来る訳が無いって事ぐらい。

でも、こんな酷い扱いを受けている人を、放っておくなんてしたくないんだよ。

「安心しろ。その子は王家が保護してやる」

その時、唐突に助け船が出された。

「ディラン殿下⁉　……え？　で、でも、いくら王族でも、あの王女方が了承するでしょうか？」

しかもあれだけコケにされたと怒っていたのに。

心配そうな私に対し、ディラン殿下が安心させるように微笑んだ。

「そうだな……。あっちもごねるだろうが、留学延長をチラつかせてやりゃあ、折れざるを得ないだろうよ」

「で、でも良いのですか？　私の我儘で、王家の決定事項が覆るなんてことになったら……」

「大丈夫だ。あの最終通告は、ただの脅しだからな」

「脅し？」

「そう。……あいつらが退場するのは、まだ時期じゃないんでね……」

一瞬、ディラン殿下の顔から笑みが消え、冷たい表情が浮かぶ。

それが人外レベルの美しく精悍な顔に凄みを加え、思わず背筋にゾクリと震えが走った。

それはミアさんも同じだったみたいで、元々白い顔が真っ白になり、ウサミミもめっちゃペッタリと寝て、ピルピル震えてしまっている。

そんな私達に気が付き、ディラン殿下が慌てて表情を元に戻し、安心させるように極上スマイルを浮かべた。

「悪い。恐かったな！　……え～と、君は俺の名にかけて、必ず守ってやる。だから安心してほしい」

「え……あ……」

顔面蒼白だったミアさんの顔が、瞬時に真っ赤に染まった。

……うん、そりゃそうだよね。

いきなり人外レベルの美形に優しく微笑まれたんだから。分かりますよその気持ち。

私も何度、今のミアさんみたいな状況になって、鼻血を噴きまくったことか……。

ああ……。それにしても、動揺からかミアさんのウサミミがピコピコしている。……ううっ！

可愛い！

すると、そんなミアさんを……というより、ミアさんの耳をジーッと見ていたディラン殿下がポツリと呟いた。

「……触ってみてぇな……」

——えっ⁉　なんですと⁉　さ、触ってみたい……⁉

「で……殿下！　今……触ってみたいって……。ひょっとして、ミアさんの耳を……ですか⁉」

「え？　あ、悪い！　いや、うっかり……」

慌てて謝罪したディラン殿下を見た瞬間、私は確信した。

間違いない！　ディラン殿下、ウサミミを触ってみたいんだ！　って事は、ひょっとして、ひょっとしたら……！

「デ、ディラン殿下は、ケモナーなのですか!?」

「は？　けも……なんだって？」

「彼女の耳、とても可愛いですよね!?」

「あ？　あ、ああ……。可愛い……よな？」

「だから、触ってみたいと仰ったんですね!?」

「え？　まあ、触ってみたかったが、それは……」

「嬉しい！　ディラン殿下が私と同じケモナーだったなんて!!」

何という事だろう！　まさかディラン殿下がケモミミ愛好家だったなんて！

そんな事、欠片も想像しなかったよ！　というか、一番ケモナーの対極にいるイメージだったから、ビックリだ！

そうか……。ワイルドな見かけの人に限って、可愛い物好きって話は本当だったんだ！

◇◇◇◇◇

「……おい、クライヴ。なんだ『けもなー』って？」

エレノアにキラキラしい眼差しを向けられ、戸惑うディランが横にいるクライヴに小声で尋ねると、クライヴは残念な子を見るような眼差しで妹を見つめた後、深々と溜息をついた。

「……どうやら妹は、貴方が可愛い小動物好きで、獣人の耳に愛着があると誤解したようです」

「はぁ⁉　なんだそりゃ⁉」

「まことに申し訳ありませんが、暫く話を合わせてやっていただけますか？」

「お……おう。まあ……いいけどよ……」

ディランは自分を「同志」だと思い、キラキラしい視線を向けている少女を、汗を流しながら見つめた。

実の所、ディランはミアの動く耳を見て『ウサギの耳か……掴みやすそうだな』と言う意味で「触りたい」と言っただけなのである。

いわばウィルと同じ、狩猟的な意味合いだったのだ。それを獣の耳を愛でる同志に誤解されてしまうとは……。

『う〜ん……。変わっているとは話に聞いていたが……。想像以上のご令嬢だな……』

今日、自分がこの学院を訪れたのは、クライヴに用事があったのも本当だが、実はヒューバードから「エレノア嬢に会ってみてほしい」と要請があったからなのだ。

『ヒューの奴。前はフィンレーにもエレノア嬢に会えと言ったらしいな。……一体何の意図があっての事なのか……』

こうして間近に接してみたエレノア嬢は、リアムやアシュル、そして影達から聞いた通り、素直でとても優しい少女だった。

多少変わっているが、それも不快な類ではなく、寧ろとても微笑ましいものだった。

それに、こうして純粋な好意の眼差しを向けられれば悪い気はしない。……というか、表情筋が自然と緩んでしまう。

『ディーさんもヒューさんも、凄く強いんですね！　凄いなぁ！』

「——ッ⁉︎」

不意に、愛しい少女の声が脳裏を過《よぎ》り、懐かしい面影が目の前の少女と重なって、思わず瞠目する。

『エル……⁉︎』

「ディラン殿下……？」

そんな自分に、戸惑いながら声をかけるエレノアの姿を見て我に返る。

「あ、あの……済みません、ディラン殿下。私、つい興奮しちゃって……はしゃぎ過ぎました」

全く似ても似つかぬ外見なのに、恥ずかしそうに顔を赤らめるその姿が、どういう訳か最愛の少女とダブって見えてしまう。

そんな筈が無いと分かっているのに、あの少女《エル》に対する愛しさがそのまま、目の前の少女に湧いてきてしまう。

「……クライヴ。お前の妹って、本当に可愛いな！」

ポロリとそんな言葉が漏れた。うん、本当に可愛くて仕方が無い。

なんと言うか……。フィンレーも口にしていたが、手元に置いて、いつまでも可愛がってやりたくなるような感じだ。

小動物にそれ程執着はないと思っていたのだが……。ひょっとして自分もエレノア嬢と同じ、

「けもなー」だったのだろうか？

それとも……。未だもって出会えない、愛しい少女への渇望が、似た面影を持つ目の前の少女をそんな風に見せてしまっているのだろうか。

『それにしても、兄貴とリアムの想い人とエルが似ているって凄いよな。やっぱ兄弟だから、好み似るのかな？』

そんな事を考えていたディランは、クライヴが一瞬警戒の表情を浮かべた事に気が付いていなかった。

◇◇◇◇◇

「エレノア。そろそろここから移動するぞ」

「あ、はいっ！　クライヴ兄様」

ケモナーの同志出現に、うっかり浮かれてしまったけど、確かにいつまでもここにいるのは不味いだろう。ミアさんもいい加減、医務室に連れて行って治療してあげないとね。

その時だった。

背中がズキリと痛んで、思わず顔を顰めてしまう。

ロジェ王女に蹴られたところ、結構腫れているようだ。まあ……あれだけ思い切り蹴られたんだしな。幸い、骨とかは折れていないみたいだけど。

「御免ね、ミアさん。今度こそお医者様の所に行こうね」

「あ、あの……。でも私などより、お嬢様こそお医者様に診ていただいた方が……。お辛いのですよね？」

心配そうに私を見ているミアさんの言葉に、クライヴ兄様とディラン殿下の眉がピクリと動いた。

「「……は……？」」

おおぅ⁉　クライヴ兄様の背後から暗黒オーラが！　あっ！　顔にも影が‼

「……お嬢さん。それはどういう意味ですか？」

「え？　あ、あの……。お嬢様はロジェ殿下に、背中を思い切り蹴られてしまわれて……」

ミアさんが馬鹿正直に答えた瞬間、その場の空気が文字通り凍った。

「……氷漬けにしてやれば良かった……！」

ク、クライヴ兄様ー！　お気を確かに‼

あっ！　周囲にキラキラ光る粒が！　こ、これって……ダイヤモンドダストですかね⁉

「……あん時、手首折っときゃ良かった……！」

ディ、ディラン殿下⁉

あっ！　今気が付いたけど、表情、クライヴ兄様ばりに恐いです！

しかも、めっちゃ空気が燃えてます！　熱いです！　クライヴ兄様の氷結と合わさって、プラマイゼロになっています！

良かった～、不幸中の幸い……って違う！　殿下、貴方もお気を確かに！

そもそも貴方がた、なに魔力をだだ洩れさせてんですかー⁉

私は「いや、そんなに強くは蹴られていないし、今も全然痛くありませんから！」と、必死にクライヴ兄様と殿下をなだめすかす。

ついでに、恐怖のあまりにガクブルしているミアさんを何とか落ち着かせながら、その場を後にしたのだった。

ちなみに、二人の魔力を見てしまったミアさんは、口留めも兼ねて王家が保護する事が正式に決定したそうである。

有り得ない疑惑

「……エレノア、遅いな」

「本当だね。どうしちゃったんだろ？」

リアムとセドリックは、互いに模擬刀を使っての軽い打ち合いを終え、何時まで経っても演習場に現れないエレノアに首を傾げていた。

「まあ、クライヴ兄上が付いているから大丈夫だと思うけどね」

「だが、エレノアが着替えに向かったのは例のアソコだろ？　あそこだけは、専従執事であろうとも付いていけないんじゃないのか？」

「そうなんだよね。まあ、クライヴ兄上がいなくても『影』が付いているし」

セドリックの言葉に、リアムも「それはそうか」と心の中で納得する。

エレノアには密かに、王家直轄の『影』も付いているのだ。しかも、『あの男』が直々に。

だからよっぽどの事が無い限り、エレノアの身に滅多なことは起こるまい。

「……むしろ問題は、エレノアとお前の兄が、一緒にアソコに入ったから遅くなっているかもしれない……って事だよなー」

冗談のように言いながら笑うリアムにつられて、セドリックも笑顔を浮かべた。

「あはは！　まさか、そんな……こと……」

冗談のつもりで言った筈なのに、何となく互いに無言になってしまった。

……いや、落ち着け。

大体エレノアは初潮を迎えたものの、まだ成人の儀であるデビュタントを迎えていない。

いくら婚約者であろうと、未成年者に手を出すなどという、男の風上にも置けない行為を、あのクライヴがする筈無いではないか。

……だが女性の方から誘ったり、誘いを承諾したとしたら話は別だ。

エレノアはなんだかんだ言って、クライヴに一番気を許して甘えている。

もしクライヴが強く望んで迫ったとしたら、兄大好きなエレノアはどう出るか……。

「……いや、大丈夫……だと思うよ？　もしそんな事をしたらクライヴ兄上、オリヴァー兄上に殺されちゃうだろうし」

「……そうだよな。あのオリヴァー・クロスに黙って抜け駆けする程、クライヴ・オルセンも命知らずじゃないよな」

そう。一番エレノアを溺愛し、執着しているあの筆頭婚約者がいる限り、クライヴであろうが、どこかの不届き者であろうが、エレノアの身にそういう危機が訪れる事はまず無いだろう。

惜しむらくはその鉄壁の防御力が、自分に対しても向けられているという事であるが……。

「……まあなんにせよ、この状況だから寧ろ、エレノアがここに来なくて正解だけど」

セドリックの言葉に、リアムは演習場の中央をチラリと見やった。

そこには何故か、ヴェイン王子とその取り巻き達が、クラスメート達を相手に剣を振るったり、格闘技の技を仕掛けたりしていたのだ。

本来であれば、別のクラスの生徒が実技の授業に乱入するなど有り得ないのだが、同学年であろうが別学年のクラスであろうが、こうして実技授業を行っていると、彼らはこのように奇襲をかけてくる。そしてまるで己の力を誇示するように暴れまわっていくのだ。

今迄は王族であるリアムのいるこのクラスには、騒動を起こした結果の懲罰を恐れてか、乱入して来なかったのだが……。

『多分だが、その時が近いのだろう。それゆえ我慢するのを止めたか……』

勿論、クラスメート達も必死に応戦しているが、かなり劣勢で怪我人も出始めているようだ。

魔力を使えない……という事も勿論あるが、そこは流石は獣人と言うべきか、身体能力の高さ……特に反射速度が半端ないのだ。

今現在も、ヴェインが対峙しているクラスメートの模擬刀を叩き落とした後、目にも留まらぬスピードで複数個所打ち込んで叩きのめしている。

他の取り巻き達も、大なり小なり、同じ様にクラスメート達を次々と倒していっていた。

だが、一発入れて終わりにすればいいものの、相手が戦意喪失しているにもかかわらず、まるで自分の力を誇示するように、執拗に甚振るその様は、見ていて気分の良いものではない。

講師であるマロウも、一応「これも修行」と割り切り、ギリギリになるまで彼らの暴挙を止めはしないが、内心快くは思っていないようだ。

それを証拠に、いつもの飄々とした表情が抜け落ち、無表情になっている。

眉を顰めてその様子を窺っていると、ヴェインがこちらに気が付き、挑発するような笑みを浮かべながらやって来た。

「弱い奴らを嬲るのも飽きた。なあ、お前らだったら、もっと俺達を楽しませてくれるんだろう？」

何時もの挑発めいた口調に、リアムは溜息をついた。

ここで自分が断っても、また何かしら絡んで来るだろう。それに、これ以上クラスメート達に怪我を負わせる訳にはいかない。

「……分かった。相手をしてやろう」

そう言って模擬刀を構えた次の瞬間、ヴェインが一瞬で間合いに入り込んで来る。

既の所で模擬刀をかわし、逆に下から自分の模擬刀を振り上げると、ヴェインはそれを驚くべき柔軟性でもって軽くかわした。

『……魔力無しでこの強さ……か。伊達に王太子を名乗ってはいないな』

チラリとセドリックを盗み見ると、彼もヴェインの取り巻き達に絡まれていた。

だが、困ったような表情を浮かべたセドリックを侮り、先に仕掛けた狐の獣人が勢いよく宙を飛び、地面に叩き付けられる。

『……馬鹿だろあいつら』

セドリックはあのクライヴ・オルセンに剣術、武術を叩き込まれているのだ。

その強さは本物で、ヒューバードに鍛えられている自分と互角に戦える程の実力を持っている。

いくら獣人とはいえ、あんな身体能力に驕った力のゴリ押し剣技などで勝てる訳がない。

――……しかもあの狐、エレノアを侮辱した奴だからな。

セドリックの奴、思った以上に手加減をしていない。未だに立ち上がれない所を見ると、あちこちの骨、イッてんじゃないかな？

「他に気を取られているとは、余裕だな⁉」

ヴェインの模擬刀が腕を掠め、服に切れ目が入る。リアムは改めてヴェインの攻撃に集中した。

『それにしてもこいつ……。なんで俺やセドリックに執拗に絡みやがるんだ？』

最初、執拗に絡まれていたのはエレノアの方で、それを庇う自分達と衝突する……というのがパターンだったのだが、今現在、気が付けばエレノアよりも寧ろ、自分達の方に絡んで来る事が多くなっているのだ。

しかも、自分達を睨み付けるその瞳の奥にあるのは、紛れもない『憎悪』。

いくら人族が気に入らないとはいえ、何故侮蔑ではなく、憎しみを向けてくるのかが理解出来ない。

当然、エレノア自身に絡む事もあるが、最初のような罵詈雑言は影を潜めている。

しかもよく観察してみれば、何かとエレノアを視線で追っているのが丸分かりだ。

自分の姉の障壁であるエレノアを憎んでいるのかと思いきや、その鋭い瞳に宿るのは、自分達に向ける憎しみや侮蔑といった感情ではない。

……上手くは言えないが、決して負の感情だけではない『何か』があるような気がしてならない。

そもそも、彼が『憎悪』を向けてきたり、絡んできたりするのは、エレノアと親しくしている自分や、婚約者であるセドリックやクライヴ、そしてオリヴァーに対してのみだ。

……いや、たまに訪れる兄のアシュルに対しても、憎悪の視線を向けている。

『そこから導き出されるのは……。いや、まさか……な。あんなに人族を見下している奴だぞ？　有り得ないだろそれは』

——そう、まさかこの王子が、エレノアと親しくしている者達に対し『嫉妬』しているなんて。

だが、そう考えれば一連の不可解な行動に説明がついてしまうのだ。

『……だがもし、本当にそうだとして……。エレノアがこいつを受け入れる事は無いだろうな』

あの優しい少女は、他人に対して理不尽な暴力を振るう輩を一番嫌っている。

例えばヴェインが、今迄の行動や考え方を真摯に悔い改めれば話は別であろうが、あの徹底した選民意識は、今後も直る事はあるまい。

ましてや、こんな歪んだ形で自分や自分の大切な者達を攻撃していれば、どんどん嫌われていくだけだ。

実際、エレノアは「生ケモミミ！」と、獣人達の耳や尻尾に異常なまでの執着心と愛情を向けているが、ヴェインを始めとした肉食系獣人達の事は嫌っている。

だからたとえヴェインが「好きなだけ耳と尻尾に触っても良い」と言ったとしても、彼女が心動かされる事は無いだろう。

だがその所為で、彼の歪んだ執着心が暴走したとしたら……。

いや、問題ない。

こうして獣人達がいい気になって、傍若無人に振舞っている間に、こちらの策は静かに進行しているのだ。

あの王女達が、密かに刺客をエレノアに放っている事も知っているが、泳がせる意味もあり、バッシュ公爵家側も軽くいなすだけに留めているようだ。

正直、それを知った時には腸《はらわた》が煮えくり返りそうになったが……。父親や婚約者達が我慢しているのに、自分が爆発する訳にはいかない。

だが、これ以上の行動を起こせば、流石に堪忍袋の緒がぶち切れる自信はある。

とにもかくにも、自分の目の行き届く範囲では、エレノアには絶対に手出しをさせない。

『こちらの謀《はかりごと》が成就する迄の間……。せいぜい掌の上で踊り狂っていればいい』

……にしてもだ。

エレノアはヴェイン達は嫌っているが、そのお供の草食系獣人達の事は好いている。……というか、寧ろ愛していると言っても過言ではない。

なんせ獣人のメイド達に群がる男子生徒達を羨ましそうに見ていたり、彼女らにフラフラ近付こうとしては、クライヴ・オルセンに首根っこを掴まれ、連れ戻されていたりする姿をよく見ているのだ。

挙句、エレノア本人からも、『ケモミミ』とやらについての熱い思いを語られてもいる。

正直自分にはよく分からん感覚ではあるが……。

ある時など、そんなエレノアを見ながら「あのウサギの獣人に向ける情熱の半分でも、自分に向けてくれたら……」と、セドリックの奴が愚痴っていたっけ。

確かにエレノアのケモミミに対するあの態度は、まるで恋する乙女そのものだ。

あんな熱くウットリとした眼差し、自分の婚約者達にすら向けてないよな。

クライヴ・オルセンもオリヴァー・クロスも、エレノアのそんな様子を凄く面白くなさそうな顔で見ているし……。

というか、自分も面白くない。

熱視線を向けているのが女の子という点だけが救いだけど。

リアムは別の意味での鬱憤と嫉妬を込めて、模擬刀を振るう。

ヴェインと自分の模擬刀がぶつかり合い、火花が散った。

——そして、時を同じくした貴賓室では。

自分の側近を左右に侍らせ、豪華な革張りのソファーに座って優雅に寛ぐ第一王女レナーニャと、それを前にし、同じくソファーに腰かけているオリヴァーの姿があったのだった。

番外編

お兄様とオネェ様

――エレノアが『紫の薔薇の館《ヴァイオレット・ローズ》』を訪れた後、店の中で働く女性達の間では、王家直系達の株が爆上がりしていた。

「それにしたって、アシュル殿下とリアム殿下は凄いわよねぇ～！」

「ほんとほんと！　エレノアちゃんの『あの』姿に惚れるなんて……。あり得ないわ！」

「そうよねぇ！　あのドブス顔によくぞ……。エレノアちゃんだからこそかもしれないけど、両殿下方……素晴らしい心意気だわね！　まさに男の鑑!!」

「この国の頂点に立つ男は、やっぱりレベルが違うわ！」

「本当よねぇ！　思いっきり年下だし、美形だけどタイプじゃないから気にもしてなかったんだけど、私……これから両殿下の事、推すわ!!」

「私も～♡♡　見た目ずば抜けてて、女を見る目もあるなんて、どんだけ～って感じ♡」

「アシュル殿下かリアム殿下……ううん、いっそ両方とくっついちゃえば良いのに～♡♡　ドブス眼鏡で惚れるんだったら、本当のエレノアちゃん見ちゃったら、もうデロデロに溺愛しちゃうんじゃなぁい!?」

「そこにディラン殿下も参戦するのねっ♡　タイプの違う美形王子様方に、競うように溺愛されるエレノアちゃん……。いや～♡♡　ロマン!!　イイッ♡♡」

「あ～でも、王家の嫁になっちゃったら、もうエレノアちゃんと会えなくなっちゃうしねぇ」

「そうだったわ！　それにうっかり、フィンレー殿下も参戦しちゃったりなんかしたら、公妃まっしぐらじゃない！　まさに新たな籠の鳥状態よ!?」

「それって不味くない？　エレノアちゃんが可哀想！　あたしだったら、絶対嫌だわぁ！」

「あんたにそんな未来は永遠に来ないから、安心なさいな」

「ちょっと！　どういう意味よ!?」

「う～ん……。やっぱり、王子様方にはごめんなさいだけど、エレノアちゃんの事は諦めてもらうしかないわね！」

「そーね。萌えるシチュエーションだけど、仕方ないわね！」

「残念だけどね！」

「あら？　マダムとハリソンが出て行くわよ？」

「待ち人来たれり……じゃない？　腕が鳴るわ～！」

「私達の可愛い妹の為に、一丁やりますか！」

◇◇◇◇◇

――今現在、私とオリヴァー兄様、そしてクライヴ兄様は、『紫の薔薇の館《ヴァイオレット・ローズ》』へとやって来ていた。

私達の席には、当然と言うかマダム……いや、メイデン母様が付き、にこやかな笑顔を浮かべている。

それに対して、兄様方の表情はめっちゃ硬い。

顔色も悪く、まるでこれから絞首台に向かう罪人のようだ。

……まあ、さもありなん。

「本当にねぇ……。あんた達、自分の好きな子に対して、あんな酷い仕打ちをするなんて、婚約者として……いえ、男として大失格よ⁉」

「本当よぉマダム。それって、自分に自信の無い男がする事よねぇ〜！　超完璧な見た目に反して器が小さいわぁ……！」

「それにしても、狭量なお兄ちゃん達に比べて、殿下方って凄いわよねぇ……？」

「そーよねー？　お兄ちゃん達が仕掛けたトラップに惑わされず、エレノアちゃんの内面に惚れちゃうんだもん！　ああ……。私達も殿下方に惚れそう……♡♡」

「ねぇエレノアちゃん、もういっそ、殿下方に乗り換えちゃった方が、幸せになれるわよぉ？　なんせ、見た目がどんなんでも、末代まで愛してくれる筈だから！」

「「「ね〜♡♡」」」

――……兄様方、比喩でもなんでもなく今現在、絶賛公開処刑中だったりするのだ。

それにしても、流石はオネェ様方。口撃に容赦の欠片も無い。

……だ、大丈夫かな？　兄様方。

メイデン母様とオネェ様方。父様方や兄様方が私に『あの』恰好をさせた事、よっぽど怒っていたのだろう。

実は私が『紫の薔薇の館《ヴァイオレット・ローズ》』から帰る時、父様方に「近いうちに息子達をこっちに寄こすように」と申し渡していたのだそうだ。

父様方から事情を聞いた兄様方やセドリックは、真っ青になりながらも、『紫の薔薇の館《ヴァイオレット・ローズ》』に行く事を承諾した。

「あの……。兄様方？　別に無理して行かなくても……」

あまりにも悲愴な表情を浮かべた兄様方を見て、そう言った私に対し、オリヴァー兄様もクライヴ兄様も首を横に振った。

「僕達が君にしてきた事は、それ程に罪深いんだよ。……あの人達が怒るのも無理はない。父上方が制裁を受けたのなら、僕らも受けるべきだ」

「むしろ受けなければ、お前の傍らにいる資格もなくなっちまうからな」

あの……兄様方。私達、あそこに楽しく訪問しに行くんですよね？　これから牢獄に収監されに向かう訳じゃないですよね？

「兄様方！　私は兄様方を恨んでなんかいないし、兄様方の気持ちも理解しています！　私だって、兄様方やセドリックが大好きで、離れたくなんかないから、あの恰好をしていたんですよ⁉」

そうだ。兄様方やセドリックだけが悪いわけじゃない。

だって、私だってあの恰好をするのは好きでは無かったけれども、そうする事で兄様達が安心してくれるのが嬉しくて……。

そして多分、それ以上に兄様達や他の皆の、私に対する執着心が心地よかったのだ。

こんな私をこれ程大切に守ろうとしてくれている……って。それを実感できて嬉しかったんだ。

そう。そもそもそうじゃなかったら、泣き喚いてでも拒否していましたよ。

あんなん、確実に女を捨てている格好だったんだから。

「有難う……愛しいエレノア」

「ああ、俺のエレノア……！　愛しているぞ！」

そう言って、兄様方は私を代わる代わる抱き締め、優しいキスを唇に落とした。

「ただし、セドリックは連れて行かない事にするけど、それで良いか？」

「え？　あ、はい。それは別に……。強制参加ではありませんし」

「クライヴ兄上！　何を仰るのですか⁉　この件に関しては、僕も兄上方や父上と同罪です！　僕にも罰を受けさせてください‼」

セドリックが必死に兄様方に言い募るが、兄様方は揃って首を横に振った。

「駄目だ！　……セドリック、お前はまだ幼い。そんなお前が、いらない傷を負うべきではない！」

「オリヴァー兄上……！」

——……オリヴァー兄様。貴方は生きては戻れない戦場へと赴く兵士ですかね？

う～ん……。益々私達はどこに向かおうとしているのか、分からなくなってくるな。

「……それに、あの時の公爵様のお姿で察するに、お前が一緒に行ったら、一番被害に遭いそうな予感がする。ここは大人しく、僕達が無事帰還する事を信じて祈っていてくれ！」

言われてみれば、セドリックってオネェ様方の好みのどストライクだったね。

オリヴァー兄様の言う通り、確かに余計なトラウマを負う危険がある。

「……え、えっと……はい、分かりました！　兄上……どうかご無事にお戻りください!!」

セドリックもそれを察したか、顔色悪く納得する。

……なんだろう。この状況。

あれか？　戦争の中、死を覚悟して戦地に赴く青少年が、残された家族に思いを託すあのシーン？

今現在目の前で展開されているやり取り、そのシチュエーションにしか見えなくなってきた。

兄様方……。そんなにあそこに行くのが嫌ですか。そうですか。

「オリヴァー兄様！　クライヴ兄様！　大丈夫です！　もし兄様方の身に危険が降り掛かりそうになったら、私が絶対守ってみせます！」

そんな私を見つめた後、兄様方は揃って肩を落とし、深い溜息をついたのだった。


——……そんなこんなで、私は兄様方を伴い、再び『紫の薔薇の館《ヴァイオレット・ローズ》』の扉を叩いたのである。

……が、驚いた事に、私達を出迎えたのは、黒服集団を背後に従えたメイデン母様その人だった。

……うん。今日の装いも、グッとくるほど気合が入ってますね！

「いらっしゃい、エレノアちゃん。婚約者ちゃん達もようこそ。……さて、それじゃあ行きましょうか？」

そう言うと、妖艶な笑みを浮かべたメイデン母様は、私達を広間へと連れて行ったのだった。

……そして、今現在の状況になっているという訳なのである。

兄様方を見たオネェ様方と、ついでに黒服一同は一斉に息を呑んだ後、にーっこりと、物凄く黒い笑顔を浮かべた。

「苛めがいがありそう……」とは、誰が呟いた台詞なのか……。

その言葉の通り、兄様方はここに来てからずっと、オネェ様方の容赦ない言葉責めに赤くなったり青くなったり、当てつけのように殿下方を引っ張り出され、暗黒オーラを出して一触即発状態になったりしているのである。

私はもう、ハラハラしっぱなしだった。

というか、リアム……は、前から私の事が好き……みたいな事を言っていたのは知っていたけど、親友ポジとして私の事を好きなんだと思っていたんだよね。

なのに、実は男女の好きだったって聞いて、本当にビックリだ！　……というか信じられない。

し……しかも……。

まさかのアシュル殿下までもが、何故か私の事を好き……だなんて！　本当に心から信じられない！

きっと何かの間違いだよね!?　うん、そうだよね!?

でもそれを言ったら「……あら……？　この母の言う事が信じられないっての……？」と、メイデン母様から物凄い圧を食らってしまい、プルプルと震える羽目になった。

「だーから言ったでしょ⁉　あんたは自分が思っているより、ずっとずっと素敵な子なのよ！　だから余計な虫を寄せ付けないよう、お兄ちゃん達が暴走しちゃったんじゃない。でしょ？　あんた達」

「「……」」

「……でもねぇ……。最初から正々堂々戦わないで隠すだけなんて、『自分には自信がありません』って公言しているようなモンじゃない？　あんたら、本当にあのグラントとメルヴィルの息子なわけ？　情けないったらありゃしないわ！」

メイデン母様の容赦のない言葉の刃に、兄様方は揃って顔を歪める。

「メイデン母様！　どうかもう、その辺で……」

たまらず制止しようとした私の手を、オリヴァー兄様が優しく握って止めさせる。

「……貴女の仰る通りです。僕もクライヴも、自分の欲望を優先するあまり、一番大切だった筈のエレノアの心を傷付けてしまいました」

「あ～ら？　てっきり言い返してくるかと思ったけど、思った以上に素直じゃなぁい？　じゃあ、自分に自信が無いって、認める訳ね？」

「――ッ！　自信なんて……持てる訳がないでしょう⁉」

立ち上がり、絶叫に近い声を発するオリヴァー兄様に、私はビックリして目を大きく見開いた。

「エレノアは……。僕らが他の男を寄せ付けさせないように、あんな姿に変えさせても、王族の心を掴んでしまえる程の子なんです！　僕を……いや、僕らだけを見て愛してほしいと囲っていても、彼女を慕う男は後を絶たない！」

オリヴァー兄様……！

「エレノアが僕らを愛してくれていると分かってはいても、不安で不安で……。彼女が僕ら以外の男の事を見たり話したりするだけで、嫉妬と独占欲が際限なく出てきてしまって……！」

一息にそう吐き出した後、オリヴァー兄様が苦し気な……切なそうな表情を浮かべ、目を伏せる。

「……ああ、そうだな。俺達は自分達を慕ってくれる、優しい妹の気持ちに胡坐をかいて、守っている気になっていただけの大馬鹿野郎だ……！」

クライヴ兄様も、オリヴァー兄様同様、苦し気な……悔しそうな表情を浮かべ、唇を噛んだ。

「……エレノア……。完璧な兄を演じていても、結局僕はこんな男なんだ。……クライヴがいなければ、醜い執着心を暴走させ、君に何をしていたのか分からない……。そんな僕が僕自身に対して、自信なんか持てる訳がないんだ……！」

「オリヴァー……兄様……！」

「……オリヴァー、それは俺も同じだ！　……エレノア。こんなダメな兄貴達で御免な？　……軽蔑……してくれて構わない……！」

「クライヴ……兄様……！」

いつでも完璧で、優しくて……。私の自慢であり、最愛のお兄様方。

そんな彼らが、こんなにも自分の荒ぶる気持ちを内に秘め、苦しんでいたなんて……。

……と、いうか……兄様方……。

こんな時に、ほんっとーに済みませんですけど、苦悩に満ちた憂い顔が、目潰し攻撃的に視界にブッ刺さってきます!! ハッキリ言って、ヤバイぐらいにエロいです！

兄様方は気が付いていないけど、マダムやオネェ様方、真っ赤な顔で兄様方の事、ガン見していますよ⁉

あっ！ 後ろの黒服のお兄様方も、ハリソンさんを筆頭に、揃って鼻息荒くしてらっしゃる！

涎流しそうにウットリしている方もいらっしゃって……あれ？ あの人って確か、父様方をもっと若くしたのが好みって言っていた兄ちゃんだな。

うん、そりゃあ、オリヴァー兄様やクライヴ兄様なんて、どストライクもいいトコでしょう。

……な、なんか……。この部屋の温度が急上昇している気がするな……。

「……はぁ……ヤバイわ……。すっごく……イイ……ッ!!」

「メルちゃんやグラちゃんと違って、スレてない未完成な青臭さがグッとくるわねぇ……♡」

「青い果実がこんなに美味しそうだなんて……。新たな扉が開きそう……♡♡」

あっ、クライヴ兄様が自分の置かれた状況に気が付いて、顔を青褪めさせてる！

まだ気が付いてないオリヴァー兄様に、必死に声かけてますよ。

クライヴ兄様、ナイスフォロー！ 流石は私達全員のオカンポジション！

でもちょーっと手遅れかなぁ⁉

「……まぁねぇ……。こーんな可愛い子が婚約者だったら、うっかり囲いたくなる気持ちも、暴走する気持ちも分かるわよ。……子供っぽい独占欲……か。男って、本当にバカでどうしようもないけど、そんなトコがたまらなく可愛いのよねぇ……♡」

おおっ！　メイデン母様の言葉が丸くなった！

「私がもしエレノアちゃんの立場だったら、こんな一途に独占欲ぶつけられたりしたら、思わず『どうにでもしてっ！』って、やっぱりなすがままになっちゃうかも……♡」

「愛に縛り付けられる……。女に生まれたからには、味わってみたい悦びよねぇ♡♡」

「それに、お兄ちゃん達って……男子の嗜みはともかく、まだ誰ともイタしてないのよねぇ……？」

「キャー何それ！『自分の全てを白いままで捧げます』ってやつー!?　いや～♡♡　純愛ッ!!」

「なんか……。全然足跡の無い真っ白い雪景色に、自分の足跡残したくなっちゃうみたいな心境だわっ♡♡」

「私……。殿下方推しだけど……。お兄ちゃん達も推すわ!!」

——……うん、オネェ様方。どうやら兄様方の事気に入ったようだ。

でも最後らへんの会話って、兄様方にとっては余計な情報だと思う。ほら、兄様方。真っ赤になって青筋立てて震えていますよ？

そして「……あのドクサレ親父共……！」との呟きに、誰が情報源かを察しました。

オネェ様方やメイデン母様。キツイ事を言っていたけど、つまりは兄様方に、自分達のしてきた事の自覚をしてほしい気持ちからだったみたいだし、普段滅多にお目にかかれないノンケの超絶美青年が、自分達の目の前で本音晒して苦悩していれば、そりゃあ女心も容赦なく疼くだろう。

「まあ、じゃあ自分の心を晒け出した所で、心機一転！　これからはあんな眼鏡に頼らず、正々堂々と王子様方と勝負をしなさいな！」

「済みませんが、それは出来ません」

「ちょっと、何でよ⁉　あんたら今までの反省、口先だけだった訳⁉」

メイデン母様が瞬時にドスの利いた顔と口調になり、それに対して兄様方が必死に声を張り上げる。

「やりたくてもやれないんですよ‼」

「そこら辺、俺らの自業自得なんだが、今あの眼鏡を止めたら、とんでもないギャップ萌えが発動しちまうんだ‼」

——はい？　ギャップ萌え？　何で兄様方、そんな言葉をご存じなんですか⁉

「「「ギャップ萌え？」」」

当然の事ながら、メイデン母様を筆頭に、オネェ様方が首を傾げる。

それに対し、オリヴァー兄様がギャップ萌えの何たるかを朗々と説明しだした。そしてそれにハリソンさんも追従する。

「マダム。確かにお嬢様のギャップ萌え……ですか？　私が言うのもなんですが、グッとくるものがありました」

「やだ！　ハリソンがきちゃうって、どんだけヤバいのよ！　そのギャップ萌えって‼」

「はい。……なので父上達との協議の末、徐々に外見を元に戻していく方向でいこうという事になっております」

「……うん。まぁ……それしかないかしらね？　……良いわ！　私達のイジメに耐えたご褒美に、納得してあげるわよ！　でも今度、私の娘を辛い目に遭わせたりしたら……潰すからね？」

「……はい。しかと心得ました」

「善処します……」

兄様方の顔色、青いの通り越して真っ白だ。

でも、なんかホッとしたような、妙にスッキリしたような表情をしている。

「オリヴァー兄様……。クライヴ兄様……」

「エレノア……！」

互いに見つめ合った私達の前に、ドン！　とワインボトルが置かれた。

「さあ！　これからはエレノアちゃんとお兄ちゃん達の新たな誓いと門出を祝って、皆で盛り上がるわよー!!」

マダムのお言葉に、オネェ様方が待ってましたとばかりに、戸惑う兄様方へと群がった。

――その後の展開はというと。

……えっと……。兄様方に、新たなるトラウマを刻みつけた……とだけ言っておきます。

ロイヤルカルテットと連絡鳥

「あれ？　今日はみんな居るんだ？」

王族専用のサロンにフィンレーが入室すると、兄弟達が揃ってお茶をしていた。

「珍しいね。特にアシュル兄上、公務は良いの？」

「うん。フェリクス叔父上が帰って来たんだけれど、それと同時に母上も視察から帰って来たから、父上や他の叔父上方が揃って休憩しに行っちゃったんでね。僕も束の間の休憩だよ。フィンも昼間にこっちに来るなんて珍しいじゃないか？」

「うん。ちょっとお茶したくなってね。ディラン兄上も久し振り。暫く見なかったよね」

「ちょっとストレス解消で、あちこちのダンジョン潜っていた。……ってかお前、何持っているんだ？　毛玉か？」

ディランの指摘に皆がフィンレーの手元に注目すると、何やらオレンジ色の小さな丸い物体を、ボール遊びの要領でポンポンと弄んでいる。

「ああ、これ？　さっき捕まえたんだよ。多分、誰かの連絡鳥じゃない？」

「連絡鳥!?」

『連絡鳥』とは、魔力で作られた使い魔の一種で、名前の通り、手紙の要領で相手に自分のメッセージを伝える役割をしている。

「……お前ってさぁ……。こないだのエルといい、本当に色んなモン捕まえてくるよな。虫取りホイホイかよ？」

呆れ顔のディランを、フィンレーが冷たく一瞥する。

「何？　なんか文句あるの？　ディラン兄上」

「……いや別に……」

自分の意中の少女を、たまたまではあるが捕まえてくれたフィンレーに対し、最近のディランは頭が上がらない。

しかも魔力探索はフィンレーの十八番な為、エル捕縛を共闘している身としては、更に強く出られないでいるのだ。

フィンレーが毛玉を弄ぶのを止め、手の平を差し出すと、まん丸の毛玉がポンッと鳥の姿に変わった。

「おっ！　本当に鳥だ！」

「へぇ……可愛いじゃないか」

毛玉を彷彿とさせるまん丸ボディーは、全体的にオレンジ色の羽毛に包まれ、胸のあたりだけが真っ白い。

そしてそのつぶらな黒い瞳は、ウルウルと何か訴えかけるようにこちらを見つめている。しかも心なしか震えている。

「……なんか怯えてない？」

「フィン。可哀想だから、放してやれよ」

「放す前に、誰の連絡鳥か確認してからね。いくら可愛くても、普通の鳥じゃなくて使い魔なんだから」

その時、ジ～ッと小鳥を観察していたリアムが嫌そうに顔をしかめた。

「その鳥、マテオの連絡鳥だ」

「マテオの？」

「うん。前に俺の部屋に飛んで来たことがあってさ。……可愛いから餌をやろうとしたら、いきなりマテオの声で朗々と恋文語り出したから、ビックリして思わず風の魔力で吹き飛ばしちゃった」

兄三人は、揃って末っ子に同情の眼差しを向けた。

可愛い小鳥が囀る代わりに、男の声で愛を囁いてくるなど、一体何の悪夢なのだろうか。

「リアム。これ、潰しちゃう？」

フィンレーの言葉に、小鳥が必死にピーピー鳴く。

多分だが、「やめて！　助けて！」とでも言っているのだろう。

「いや、そこまでは……。その鳥が悪いわけじゃないし」

「リアムがいいならそれで構わないけど。ま、じゃあ一応、何のメッセージを持ってきたか聞いてみようか？」

「聞く必要無いから！　早く放鳥しちゃってよ、フィン兄上！」

「まあまあ、良いじゃないかリアム。丁度ヒマしていたし、あいつがどんなアホな事ほざいているのか聞いてやろうぜ！」

何となくワクワク顔のディランを、リアムがジト目で睨み付ける。

「兄上達は聞きたくても、俺は全然、これっぽっちも聞きたくないんだけど!?」

「大丈夫だよリアム。あんまりにも不快だったら、その場でコレ、消してあげるから」

「フィンレー、止めなさい。ほら、鳥が傍目から見て分かる程怯えているから」

「……冗談だよ。はい、再生！」

そう言うと、フィンレーは小鳥の頭をツンと押した。

「ピィッ！」

ちょっと抗議の鳴き声らしきものを発した後、小鳥はパカッと嘴を開いた。

『今日はマテオ！　あのね、父様が買っていいって言ったから、私の分のシャンプーも追加で注文してくれる？　新学期にお支払いするから。請求書宜しくね！』

「あれっ？」

「ん？」

「へ？」

いきなり女の子の声が小鳥の口から聞こえてくる。

目を丸くする兄達を尻目に、リアムが声を上げた。

「あー！　エレノアの声だっ！」

「え!?　何だって!?」

「へぇ～。これがバッシュ公爵令嬢の声かー……声は可愛いね」

「ってか、何でマテオの連絡鳥に、エレノア嬢の声が入っているんだよ!?」

しかも、シャンプーがどうとか言っていた。何なのだろう？　訳が分からない。

「……ねぇ君。今迄の声の記録、残っているよね？　今すぐ再生してくれる？　……え？　何首を横に振ってんの？　ひょっとして出来ないって言いたいわけ？　あっそう。それじゃあ今すぐ術式で君を解体して、中身を解析しようかな……」

「フィンレー、だから小動物を脅すのは止めなさい！」

小鳥がガクガクと震えあがっているのを見たアシュルが、フィンレーを諌める。……だが。

「……まあでも、再生できないって言うのなら、そういう方法もありだね……」

ボソリ……と、とどめの追撃を放つと、小鳥は必死な様子で嘴を開いた。

『おいエレノア！　お前、私が前にやった基礎化粧品で、ちゃんと肌の手入れしているんだろうな⁉　これからは日差しの強い季節になるんだから、手入れをサボるなよ⁉　怠ったツケは、ソバカスの増加という悲劇として現れるんだからな⁉』

『分かっているわよ！　言われなくてもちゃんとお手入れしています！　でもアレって凄いね。ちょっと使っただけでもお肌が凄く潤う！　流石はマテオ、大好きなリアムの為とはいえ、ムダに良いモン使っているわよね』

『ムダ言うな！　希少なハーブを使って作らせた限定品なのだからな！　お前ごときが使うには勿体ない程の最高級品を、発育不良を憐れんで、特別に施してやったんだ！　そこら辺を理解して、もっと有難がって使え！　というか、伏して私を拝め！』

『発育不良児で悪かったわね！　というか、誰が伏して拝むか！　……そう言えば、サンプル品として入っていたシャンプー、使ってみたけど凄く良いね！　ひょっとしてあれも、マテオが使っているヤツ？』

『そうだが？　何だ、お前も興味が湧いたか？』

『うん！　アレ使ったら、凄く髪の毛に艶が出たの！　しかも指通りも良くなったんだよ！　ひょっとして、オリーブオイルか何かが入っているのかな？』

『オリーブオイルじゃない。私の家の領地で採れる、最高品質の蜂蜜が入っているんだ。だがそうか、気に入ったか！　それならば丁度いい。その枯れ葉色のバサバサ髪が目にウザかったから、改善する気があるんなら、お前に分けてやってもいいぞ？　高いがな』

『バサバサ髪で悪かったわね！　……う～ん……でも高いのかぁ……。どうしようかな～？』

『お前、腐ってもちんくしゃでも、公爵令嬢だろうが！　娘バカなお前の親や、お前命の婚約者達に強請れば何百本だって買ってくれるだろう？　ってか、唸る程金持っている公爵令嬢が、お金の事で悩むな！　馬鹿なのか⁉』

『あんたねぇ！　私を蔑む言葉を入れないと、気が済まない病気にでも罹っているわけ⁉　……分かった。父様に聞いてみる』

『そうしろ。こと美容に関しては、お前は私の言う通りにしていれば間違いないんだ！　いいか、お前がリアム殿下や私の傍にいるつもりなら、少しは女を磨け！　今のままのお前では、私の引き立て役にすらならないからな！』

『あんたは私の小姑か⁉　……まあでも、頑張るよ』

『そうしろ。じゃあ注文したかったら、ちゃんと言えよ』

『うん。ありがと！』

『休みだからって、ゴロゴロして太るなよ？　益々不細工に磨きがかかるからな⁉』

『あんたは私の母か⁉』

――……ここで小鳥は嘴を閉じる。

どうやら会話はここで終わりのようだ。

「……なんつーか……。本当に聞きしに勝る、面白いご令嬢だな、エレノア嬢って」

ディランはちょっと唇を震わせながら、今の愉快なやり取りの感想を述べる。

以前、エレノアが王宮にやって来た時は、フィンレー共々エルの探索に躍起になっていたので、対面するチャンスをふいにしてしまったのだ。

後で一部始終をアシュルやリアムに聞いた時は、フィンレー共々心の底から後悔したものだ。

「やっぱ、こないだエレノア嬢が来た時、同席してりゃあ良かった」とぼやくディランに、フィンレーが同意とばかりに頷いた。

「そうだね。僕も思いっきり同感。……でも、なんかこの声、聞いた事があるような……？」

「お前もか？　奇遇だな。俺もなんか、妙に既視感が……」

揃って首を傾げるディランとフィンレーを他所に、リアムとアシュルはフィンレーから奪い取るように受け取った小鳥に今の会話の再生を命じ、聞き入っていた。

「それにしてもマテオのヤツ……。俺に内緒でエレノアと文通していたなんて！　俺なんか三回に一回ぐらいしか、返事返って来ないのに！」

「僕なんか、一通も返って来ないけど？　……というかコレ、まるっきり女子同士の会話だよね。

「……ああ。でもエレノア嬢は相変わらずだね。また直接お話をしてみたいものだな……」

「俺もエレノアに会いたいです。……早く新学期が来ないかな……」

──しかしあの二人、いつの間にこんなやり取りをする程、仲良くなったのだろうか。

アシュルとリアムの目が、段々と半目になっていく。

「……なんかムカついたから、マテオに俺の作ったクッキーの試食をさせようと思います」

「ああ、それは良いねぇ……。きっと涙を流して喜ぶ事だろう」

その後、マテオは行方不明になってしまった連絡鳥の行方を捜索するかたわら、リアムが作ったクッキーの試食係を、長期休暇中ずっとさせられる羽目になったという。

宰相様の家庭事情

「お呼びでしょうか？　ワイアット宰相様」

王宮の中心部にある、少々簡素ではあるものの、歴史を感じる重厚な造りの広い執務室。

この国の宰相に与えられるその部屋に音も無く現れたのは、黒い髪と鋭い切れ長の黒い瞳を持った長身の青年だった。

また、青年が纏う衣服も全体的に黒を基調としており、青年の持つ色と合わせて、まるで闇の住人のような雰囲気を醸し出している。

「来たか、ヒューバード。……少し遅れたな？　またどこぞの女の尻でも追い掛けていたのか？」

「当たらずとも遠からず……と言った所でしょうか？　なんせ実際、追い掛けているのは可愛い女の子ですし」

「ふん、ディラン殿下……と、フィンレー殿下の想い人か。だがヒューバードよ。お前ともあろう者が、いくら殿下の命であったとしても、他人の想い人の為に熱くなり過ぎてやしないか？」

咎めるでも叱責するでもない。淡々としたその言葉に秘められたある種の揶揄いに、青年の眉がピクリと吊り上がった。

『……相変わらず、食えないじじい様だ』

今現在、目の前の老人が座っている執務机。

それは、何代もの宰相達が使用してきた、この国の最北端でのみ採れる希少な巨大樹を使用し、作り上げたという最高級品だ。

その希少性もさることながら、年月の重みがそのまま顕われているかのごとく、その部屋の主とも呼べる程の存在感を醸し出している。

きっと、生半可な者が座ったとしたら存在感負けしてしまい、威厳どころか逆に貧相に見せてしまうという、『主を選ぶ』いわくつきの机だ。

だが、この目の前の頑強な老人は、その机の存在感などものともせず、この机がまるで自分の為に作られたのだと言わんばかりに『主』としてその場に座し、君臨している。

『きっとこの人にとって、自分などまだまだ幼い子供に等しい存在なのだろう』

尤も、それこそ当たらずとも遠からず……という所なのだが。

「……私を呼び出した用件とは、その事についてなのでしょうか？」

自分の仕えるべき王族の想い人に対し、邪《よこしま》な心を抱くなという牽制かと思い、発した言葉だった。

だが推測とは異なり、宰相は「何を言っているんだ？」と言うように眉を顰める。

「他人の色恋に口を出す程、耄碌《もうろく》してはおらん。お前が誰を気に入ろうが、嫁にしたいと言おうが、それはお前の自由だ。……それに、公私を分けられぬ愚か者に、『影』の総帥の座を譲ったつもりはないぞ？」

ニヤリ……と、人の悪そうな笑みを浮かべる目の前の老人に対し、青年は『クソジジイ』と心の中で悪態をついた。

「お前を呼んだのは、今後の事について話す為だ。……先日、フェリクス王弟殿下がシャニヴァ王国の視察を終え、帰国された」

「存じております」

「王弟殿下はシャニヴァ王国の国王に、王子・王女殿下方の短期留学を請われたそうだ。……どうやら、腹に一物ある国のようでな。フェリクス王弟殿下はかの国の思惑を探る為、その申し出を了承されたそうだ」

「友誼を結ぶ為ではなく、探る為に……ですか？」

「そうだ。元々あの国は、東の大陸にある国々の中でも選民意識が極端に強く、また人族を『力無き者』として見下しているようでな。そんな国がわざわざ、人族国家に国交を呼び掛けている真意が知りたい……との陛下の仰せだ。……それにしても、フェリクス王弟殿下とバカ弟子の尽力の賜物であろうが、よくぞあのバカ二人組が、あの国で大暴れしなかったものだ」

――……バカ弟子とは、次期宰相であるアイザック公爵の事で、バカ二人組とは、オルセン将軍とクロス魔導師団長の事だろう。

希代の逸材と言わしめたお三方を、そのようにこき下ろせるのは、このじい様だけだろうな……。

「それで？　私にどう動けと？」

「うむ。留学生との名目でこちらに送り込まれる殿下方は、当然王立学院で受け入れる。王立学院に配されている影は今現在、リアム殿下付きと、教師として潜り込ませた数名のみ。彼らには学院全体をカバー出来る程の力は無い。ゆえに、留学が終わる迄の間、お前とお前の配下とで彼らをフォローしてやってくれ」

「……それこそ何故、私自らが出張る必要が？」

「あの学院には、バッシュ公爵令嬢がいる。彼女は多分……いや、間違いなく、あの国の思惑と悪意に巻き込まれてしまうだろう。だからこそ、お前自身が直々に動いてほしい」

――エレノア・バッシュ公爵令嬢。

リアム殿下とアシュル殿下の想い人であり、あのオリヴァー・クロスとクライヴ・オルセンの掌中の珠。……成程。いかにも厄介ごとに巻き込まれそうだ。

「将来の王族の妃になるかもしれない女性を守る為……という事ならば、確かに私が出張る案件ですね」

「その通りだ。それにな、両殿下方は当然として、マテオもエレノア嬢の事をえらく心配していてな」

「は⁉　マテオが⁉」

「そう、あのマテオが……だ。意外だろう？」

いや、意外なんてものではない。

マテオが女を……しかも、自分の愛するリアム殿下の意中の女性を気に掛けるなんて……！

一体どうしてしまったというんだ⁉　ひょっとして明日は槍でも降るのか⁉

「エレノア嬢は、どうも人タラシな所があってな。それにしてもまさか、マテオまでもが篭絡されるとは思ってもみなかったが……」

……確かに。

リアム殿下はともかく、あのアシュル殿下の心をも捕らえた少女なのだ。それは確かに尋常ならざるタラシっぷりだろう。

……でもまさか、あのマテオが……。にわかには信じがたい。

「人生初の『友人』に浮かれるあの子を見るのは、祖父として実に感慨深いものがあってな。お前も王家を守護する『影』として。……そしてマテオの『兄』として、弟の大切な友人であるエレノア嬢を守ってやってくれ」

「ジジバカ炸裂ですね。お祖父様」

「まあ、そう言うな。お前だって、たった一人の弟の事は可愛いのだろう？」

「あいつ、ちょっと生意気になってきましたから。最近はあんまり可愛くありません」

「まあそう言ってやるな。大好きな兄が女を追い掛けてばかりいるのが気に入らないのだろう」

先程までの鋭い威厳はどこへやら。

可愛い孫の事となると、途端に目尻に皺を作るこのジジバカ宰相の姿を、バッシュ公爵やクロス魔導師団長に見せてやりたいものだ。

マテオと俺を産んだ母親は、現宰相であり、筆頭公爵家の前当主であるギデオン・ワイアットの娘だ。

マテオは、母親の筆頭婚約者であった義理の兄との間に出来た子で、俺は数ある夫の一人である、クライン子爵との間に出来た子供だった。所謂、外孫というやつである。

母は身体が弱かった為、俺を産んだ後、中々次の子が出来なかった。

ワイアットのじい様は外孫とはいえ、唯一血のつながった孫である俺をとても可愛がってくれたが、ある日いきなり俺に「お前には『影』としての才能がある。直々に鍛え上げ、いずれは総裁の座を譲りたい」……などと言い放ったのだ。

そもそもワイアット家は、王家と国を守護する『影』を束ねる一族で、この祖父は特に、歴代最強と謳われる程の実力を持っていたのだそうだ。

優秀な人材を確保する為、王立学院で講師をしていた時、あのオルセン将軍をねじ伏せた事もあるというのだから、若かりし頃はどれ程の実力者だったのか、想像が出来ない。

——そんな人物に見込まれる程の才覚が俺にあったのは、喜ぶべきなのか悲しむべきなのか……。

ともかくその後、あれよという間にじい様は俺を手元に引き取ると、直々に英才教育を施してくれやがった。……今となっては思い出したくもない、悪夢の日々だ。

やがて俺が十二歳になる頃、待望の内孫であるマテオが生まれた。

じい様も、勿論俺も、喜び勇んで可愛がったのだが……。

何をどう間違ったか、可愛い女の子ではなく、リアム殿下を初恋相手に選び、今現在は『第三勢力《同性愛者》』の道を爆走している。

当然というか特殊な家庭事情もあり、まともな友人一人おらず、実の兄に対しても「兄様が醜悪な雌鶏に媚びを売る、情けない男の一人だったなんて思わなかった！　不潔だ!!」と、軽蔑の眼差しを向けてくる始末。

昔は俺に憧れて「兄様みたいな立派な『影』になりたい！」と、俺に教えを請うてきていたというのに……。

というか、次代に血を残す為、女性に誘われればお受けするのは、この国の男としては当然の事であるし、そもそも女性のお誘いを断って恥をかかせるなど言語道断。

なのに不潔と言われるなど、理不尽極まる。納得がいかない。

その事をじい様に愚痴った時は、「お前は度が過ぎてるんだ！　殿下方にも悪影響を与えおって……。まったく！」と、逆に説教を食らってしまった。

だが、そう言っている本人だとて、若い頃は相当遊びまくっていたと噂で聞いて知っている。

なのに何故俺だけが責められるんだ。納得できん。

しかし……弟に待望の友人が……。しかも『女の友人』が出来ただなんて。

うん。それは確かに二重に目出度い。寧ろ奇跡としか言いようがないな。

よし、今日はとっておきのワインを開けて祝うとするか。

「しかし……。どんなご令嬢なんでしょうね？　エレノア・バッシュ公爵令嬢って」

殿下方の会話や部下達からの報告で、エレノア嬢の見た目や人となり。そして行動などは把握済みなのだが、今迄はさして興味が無かったから、積極的に本人と会おうという気にはならなかった。

だがこうなってくると、命令が無くとも、直接この目で本人を見定めたくなってきてしまうな。

「見た目はまぁ……。お前の好みではない事は間違いない。だが、そういう外見的な事は抜きにして、非常に素直で愛らしい子だった。……あんな子が孫になってくれたら、老い先短い人生、一片の悔いも無く終わらせられるのだが……」

——あと五十年はしぶとく生きそうなくせに、何を言っているんだこのジジイは。

「じゃあ是非とも、マテオを煽ってその気にさせて、ひ孫ゲット出来るように頑張ってくださいよ」

「ものの例えだ、このバカ孫が！　大体、エレノア嬢は殿下方の想い人なのだぞ!?　そう言った意味では、お前も変な病気出すんじゃないぞ!?」

なんだそれは。この俺が、弟と同い年の……しかも平凡顔よりも、やや低めな容姿の女性に手を出すとでも言いたいのか？

いくら屈指の女好きと自他ともに認める俺でも、そんな節操の無い事する訳ないだろうが。

「ふん。お前、その年端も行かぬ少女によろめいた前科があるのだから、そう言われるのも当然だろうが！」

……痛い所を突かれた。

だが、あれはエル君だったからこそであって、俺に幼児愛好《ロリコン》の趣味は断じて無い。

「失礼します。お爺様！　済みませんが、私が使っているシャンプーを、いつもの倍取り寄せる事は可能でしょうか？」

——噂をすれば……か。

何故かシャンプーの件を口にしながら執務室に入って来たマテオは、普段、昼間は滅多に姿を見せない俺が祖父と一緒にいるのを見て、目を丸くしたのだった。

書き下ろし

とある連絡鳥のひとり言

皆様、初めまして。

ワタシは四大公爵家筆頭、ワイアット家の嫡男であらせられます、マテオ様に作られた『連絡鳥』という使い魔でございます。

ワタシの名は……まだありません。

とりあえず、見た目はオレンジ色の小鳥です。

お腹の白い毛がチャームポイントです。

ご主人様からは、よく「綿毛のようで可愛い」とお褒めのお言葉を頂きます。とても照れます。

え？「なのになんで、名前を付けられていないんだよ？」ですって？

ひょっとして、そんなに愛されていないんじゃないか？

いいえ。そのような事は断じて御座いません。

ワタシのご主人様は、ちょっとツンツンしておられますが、その実繊細でお優しく、とても愛情深いお方なのです。

「使い魔ごときに名などつけん！」……などと仰いながら、便せん数枚分にワタシに付ける為の名前を書き連ね、悩んでおられたお姿、柱の陰から隠れて確認済ですから間違いありません。

でも悩んだ挙句、そのまま名無しに突き進まれるのはいかがなものでしょうか？

ええ、分かっております。ご主人様の周囲には、ご主人様を弄って遊ぶのがお好きな方々が多いという事を。

その方々に、名付けのセンスを弄られるのがお嫌だったのですよね？　決して面倒くさくなったからなどという理由ではありませんよね？　ご主人様、ワタシは信じております。

さて。

いつもツンツンされてらっしゃるご主人様ですが、実は唯一デレるお相手がいらっしゃいます。

そのお相手とはなんと、同性のお方です。

そう……。ご主人様が生涯お仕えする事を誓った、リアム殿下なのです。

茨の道を踏みしめるがごとく、お辛い恋をなさっているご主人様の為に、ワタシはワタシの使命を全うすべく、日々頑張っております。

ちなみに使い魔と申しましても、『連絡鳥』の出来る事はと言えば、お手紙代わりにご主人様のお言葉を相手の方にお届けする。ただそれだけです。

まさに名は体を表すと申しましょうか。その名のごとき存在なのでございます。

ゆえに、ワタシはご主人様の募る恋心を代弁すべく、青色のキラキラ輝く王子様の元へと馳せ参じました。

彼の方は、ワタシの姿を見るなり優しく微笑まれ、手を差し出されました。

ワタシはその掌の上に降り立つと、足を踏ん張り気合を入れます。

さあ、王子様。ワタシのご主人様の思いのたけを、どうぞお受け取りください！

……その後、ワタシの身体は王子様の魔力により、王宮よりも遥か先。王立学院を飛び越え、郊外まで吹き飛ばされてしまいました。

ちなみにご主人様の思いのたけは、半分もお伝え出来ておりません。

なんたる事でしょうか。

『連絡鳥』の存在意義とは、ご主人様のお言葉を寸分たがわず、確実にお相手の方にお届けする事なのです。

なのに、お言葉の半分もお伝え出来なかったなどと……。このような体たらく、『連絡鳥』としてダメダメです。失格です。

ワタシは静かに、ご主人様からの叱責を待ちました。

お役目を全う出来ない『連絡鳥』などに、存在価値はないのです。

ワタシは殺処分をも覚悟しました。

元々ワタシは、雛の時分に兄弟達との生存競争に破れ、巣から落ちて死にかけていた身です。

ご主人様は、そんなワタシを見つけて保護し、慌ててお父様の元へと向かわれました。

「マテオ。残念だけど、この雛はもう助からないよ」

「そんな……！　お願いです父様！　何とか助けてあげてください!!」

「……そうだね。それじゃあ、この子の核……心臓に魔力を注ぎ込んでおあげ。上手くすれば使い魔に生まれ変われるかもしれないよ」

そうお父様に言われ、ご主人様が必死に魔力を注ぎ続けた結果、ワタシは『連絡鳥』として生まれ変わる事が出来たのでございます。

ご主人様によって救われた命です。この場で果てようとも、元の運命に戻るだけ。悔いはありません。

……いえ、そういえばありました。

裏庭に生っていたイチジク。虫や野鳥といった外敵から守り、育ててまいりましたが、そろそろ食べ頃です。出来ればそれを味わってから……。いえ、今の言葉はお忘れください。

結論を申し上げますと、ワタシは今もこうして元気に生きております。

しかも、「吹き飛ばされて恐かったろう。無事で良かった」とのお言葉付きです。

ご主人様は、なんと寛大でお優しいお心の持ち主なのでしょうか。

ご主人様。ワタシは一生、ご主人様に付いてまいります。

余談ですがその後、王子様のお部屋には結界が張られ、何度通ってもワタシを招き入れてくださらなくなってしまいました。あ、イチジク美味しかったです。


ああ、そうです。ワタシのお役目として、もう一つ大切な事がございました。

それはこの身で、ご主人様のお心をお慰めする事です。

卑猥な意味ではございませんよ？

純粋にこのモフモフの身体を使い、ご主人様に癒しをお届けするのです。

ご主人様、よくワタシの身体を顔の近くに持っていかれ、「お日様に干したワラの香りがする……」と呟きながら、スンスン嗅いでおられます。ええ、楽しんでいただけて何よりです。

ですが、少々気になる事がございます。

ワタシの匂い……ワラなのでしょうか？

公爵家の『連絡鳥』がワラの香りなどと、あまりにも庶民的過ぎやしないでしょうか。

ここはいっそ、薔薇の中に我が身を沈め、高貴な香りに染まるべきではないかと愚考いたします。

その後、実際に挑戦してみましたが、薔薇の棘にあちこちひっかけてしまい、身体がハゲだらけになってしまいました。

あの時は、ご主人様を大変に心配させてしまったものです。反省です。己の愚かしさに、我が身を地に埋めたくなったものでございます。

そしてそれを実行しようと、ワタシは地面のぬかるみに我が身を投じました。

ですが、そのまま楽しく水浴びに移行してしまい、結果泥だらけになって終わりました。

やはり元は小鳥。野生の本能には抗えません。

「お前は一体、何をしたいんだ？」と仰りながら、私の身体を優しく洗ってくださったご主人様。

やはりお優しい方なのです。大好きです。

◇◇◇◇◇

「今日はお前に、行ってもらいたい所がある」

ある日、ご主人様はそう仰って、何故かワタシに基礎化粧品の取り扱いについての説明を始めました。

しかも、このメッセージのお届け先はと言うと……。ご主人様の想い人であるリアム殿下を巡る恋のライバル、エレノア・バッシュ公爵令嬢だったのです。

ちょっと待ってください。

恋のライバル相手に、罵詈雑言を送りつけるのならばともかく、何故基礎化粧品の取り扱い説明なのでしょうか？

ちょっと色々おかしいと思うのは、私が知識不足だからなのでしょうか？

そんな私の当惑が顔に出ていたのでしょう。

ご主人様はツンとそっぽを向きながら、「べ、別に、違うからな⁉　あいつが心配とか、そんなんじゃなくて、せっかく送った高級品を、あいつが無駄にしないようにしたいだけなんだからな！

そこの所を履き違えるなよ⁉」と仰られます。

……ご主人様。照れ隠しですか？　そうなのですか？

「ち、違う!!　いいから、さっさと行け!!」

何も口にしていないのに、ご主人様に心を読まれ、怒られてしまいました。

不甲斐ない。またしても『連絡鳥』失格です。

私はこれ以上、ご主人様のお心を乱す前にと、バッシュ公爵家に向け、飛び立ったのでございます。

さて、バッシュ公爵家に到着いたしました。

ワイアット公爵家と張る程に大きなお屋敷です。流石は由緒正しき貴族の邸宅です。

……ですが、ちょっと待ってください。

なんなのでしょうか？　この尋常ではない魔力のこもった防御結界は。

まるで網のように、お屋敷のみならず、敷地全体にまで、すっぽりとドーム状に展開されております。

しかもこれ、かなりえげつない仕様です。殺傷能力半端ないです。

普通の鳥や虫などは問題なく通過出来るようですが、悪意のある者や、魔力を帯びたものに反応するようですね。使い魔であるワタシが触れたりしたら、多分丸焼きになります。

恐ろしい……。なんと恐ろしい結界なのでしょうか。

この結界を作った方は、本当に血の通った人間なのでしょうか？　多分人間であったとしても、その身に流れる血は青いに違いありません。

ですが幸い、ワタシの身体は小鳥です。

なので、結界の網目を簡単に抜ける事が出来ます。……うん、ちょっとギリギリでしたね。

そういえば最近、ご主人様から「お前、なんか太った？」と言われていたのを思い出しました。

ひょっとしたら果実の食べ過ぎかもしれません。

私は使い魔ですので、ご主人様が与えてくださる魔力を糧としておりますが、作られた経緯が特殊だった為か、鳥の食性が残ってしまっているのです。

なので、果実も虫も食べられます。パンくずもバッチリいけます。

多分ですが、それが太る原因の一端であるのかもしれません。

この時期、実の生る木が多いので、なるべく自重する事にいたしましょう。

さて、エレノア・バッシュ公爵令嬢はいずこに……ああ、いました。寝室で休まれているのですキラキラとしております。


か。そういえばお身体の具合が悪かったのでしたね。

……いえ、ちょっと待ってください。本当に、あの方がエレノア・バッシュ公爵令嬢……？

豊かに波打つヘーゼルブロンド。パッチリとした大きな黄褐色の瞳は、まるで宝石のようにキラキラしております。

ふっくらとした桜色の唇。健康的な薔薇色の頬……。私の知るエレノア・バッシュ公爵令嬢とは似ても似つかない、とても愛らしいご容姿に戸惑います。

ですがこの魔力は、間違いなくエレノア・バッシュ公爵令嬢です。

戸惑いながらも、開いていた窓からお部屋にお邪魔します。

するとワタシに気が付いたエレノア・バッシュ公爵令嬢が、パアッと、破顔しました。

その笑顔は、まるで花が一斉に綻んだかのような愛らしさです。心が浮き立ちます。

ワタシは差し出された掌に降り立ちました。

「今日は、可愛い小鳥さん。バッシュ公爵家にようこそ！」

はい、今日は。

突然の来訪に対し、丁寧なご挨拶有難う御座いました。

「ふふっ。ピィピィ囀《さえず》っている。可愛い！」

可愛いなどと、照れるではありませんか。

それに、貴女様の方がワタシなどよりよほど可愛い……あっ！　く、首の後ろと耳のあたりを
……!?　な、なんという絶妙な場所を撫でられるのでしょうか。

素晴らしいテクニックです。あ、そこそこ。う～ん……気持ちいい。

……などと、心地よさにうつつを抜かしている場合ではありません。職務怠慢です。

さあ、お仕事を開始しましょう。

ワタシは両足を踏ん張り、嘴を開いてまずは第一声を……。

「ピィッ⁉」

発しようとして、ワタシは身体を硬直させました。

不意に背後から、凄まじい威圧がワタシ目掛けて襲い掛かったのです。

しかも三人分です。思わず身体がプルプル震えて止まりません。

「あ、オリヴァー兄様！　クライヴ兄様！　セドリック！　お帰りなさい！」

エレノア・バッシュ公爵令嬢が、震える私をキョトンとした顔で見つめた後、私の背後に向かって嬉しそうな笑顔を浮かべました。

「うん、ただいまエレノア」

「おう！　調子はどうだ？」

「エレノアの好きなお菓子買って来たよ。……ところでその小鳥、どうしたの？」

「うん！　この子さっき、窓から入って来たの。凄く可愛いでしょう？」

「……ふうん……そうなんだ。窓から……ね」

ギギギ……と、首を後ろに向けると、黒髪黒目の美青年と、銀髪碧眼の美青年、そして茶色の髪と瞳の美少年の姿が……！

ご主人様のポケットから覗き見た事があります。この方々は、エレノア・バッシュ公爵令嬢のご婚約者様方です。

とても美しい方々ですが、同時にとても恐ろしい方々と認識しております。

そのご婚約者様方ですが、エレノア・バッシュ公爵令嬢には蕩けるような笑顔を向けつつ、ワタシにはピンポイントで、ビシバシ威圧を向けてこられます。

……ひょっとして、ワタシが魔鳥だという事がバレているのでしょうか？

「おかしいな。結界に引っかからなかったのかな？」

「どこかに綻びとかあったんじゃねぇのか？」

「いえ、父上とオリヴァー兄上の結界に限ってそんな！」

婚約者様方が、小声でヒソヒソ会話されています。

というか、バレてます!!　バレバレです!!

エレノア・バッシュ公爵令嬢のご婚約者様方は皆、優秀な方々だと知っておりました。ですが、何でそんな簡単にワタシの正体を!?

「普通の小鳥にしては、あまりにも不自然だからね、君」

「うん。主にその身体がな……。冬でもないのに、丸々し過ぎだろ」

「それに、僕達の威圧に怯えてても逃げないし、鳥なのに表情が人間臭すぎだよ」

ああっ！　しかもワタシの考えまでもが読まれております！

しかもこの体型がバレる要因だったとは！　なんという不覚！　己の食欲が、今ほど恨めしいと思った事はございません！

「……ひょっとして、誰かの連絡鳥……かな？　僕達がガードしているから、直接エレノアに想いを伝えようと……。うん、潰そう」

サラッと殺害宣言ー!!

「に、兄様!?　何を言っているんですか！　そんな可哀想な事、やめてください!!」

エレノア・バッシュ公爵令嬢が、ワタシを両手に包んで庇います。

ああ、なんとお優しい方なのでしょう！

お願いです！　どうかその手を離さないでください！　本当に、心の底からそう願います!!

「オリヴァー、落ち着け。連絡鳥だったとしても、潰す前に誰から送り込まれたのか知るのが先決だろう？」

「そうですよ兄上。もし厄介な相手からでしたら、公爵様にご相談しなくてはなりませんし。そうじゃなければ、警告を録音させてから帰した方が、後腐れないと思いますよ？」

銀色の方。止めるようでいて、潰すのは決定事項なのですね。

そして茶色い少年。庇っているふりして何気に黒いです。

「まあ、それもそうか。じゃあ君、言付かってきたもの、洗いざらい吐いてくれる？」

黒い方の、ニッコリ笑顔が恐いです。

多分ですが、心も真っ黒に違いありません。こんなにも美しいご容姿をお持ちなのに、残念なことです。

「……君、なんか失礼な事考えている？」

また心を読まれてしまい、ワタシは必死にプルプルとかぶりを振ります。やはりこの方は魔王であるに違いありません。

ワタシは観念すると、ご主人様から仰せつかった言付けを読み上げ始めました。

『エレノア、元気か？　まあ、お前の事だから無駄に元気だろうがな』

「え？　マテオ!?」

エレノア・バッシュ公爵令嬢の目が丸くなります。他の方々もビックリされているご様子。

『お前に贈ってやった基礎化粧品だが、女を捨てているお前の事だ。きっと効率よく活用なんて出来やしないだろうから、私がちゃんと教えてやろう。いいか、感謝してよく聞いとけ。そうすればお前のソバカスだらけのひび割れた地面のごとき肌や、曇天のようにくすんだ肌色も、少しはマシになるだろうからな！』

……なんでしょう。話を進めるにつれ、空気が不穏なものへと変化していきます。

特に黒い方の背後から、真っ黒い何かが噴き上がっているようで、恐ろしさのあまりに顔が下を向いていきます。身体の震えも止まりません。

落ち着いてください。

確かにご主人様のお言葉の内容はアレですが、これはあくまでご主人様が仰った事で、ワタシがそう言っている訳ではないのです。

「……うん、話の内容はよく分かった。と言う訳で、やっぱり潰そうか」

基礎化粧品の取り扱い説明が終わった瞬間、黒い方が極上の笑顔を浮かべながら、そう言い放ちます。銀色の方も茶色い少年も、それに同意するように頷いておられます。

……どうやらワタシの人生……いえ、鳥生はここまでのようです。

連絡鳥は時に、敵対関係である相手の元へと宣戦布告や望まぬ言葉を届け、その結果命を散らす事もあります。

ワタシがリアム殿下に吹き飛ばされた時もそれに当たります。それが連絡鳥の使命であり、辿る道の一つなのです。

ですが、一つだけ慈悲を与えてくださるならば……。最後にご主人様へ、お別れの言葉をお伝えする事を、お許し願えませんでしょうか。

一日、一言だけでいいのです。

このような出来損ないの連絡鳥を愛し、慈しんでくださったあのお方に、ワタシは幸せであったとお伝えしたいのです。

ワタシは必死に、ピィピィ囀《さえず》りながら懇願いたしました。

するとご婚約者様方は、揃って手で顔を覆い、脱力したように蹲ってしまわれました。

「……なんか……なんかコレ、誰かを連想しちゃって力が抜ける……！」

「しかも、囀っているだけのくせに、何言ってんのか、なんとなく分かる所が……ッ！」

「マテオ……。こうなる事を分かって送り付けてきたんでしょうか……⁉　だとしたら、思ったよりも策士ですね、彼」

何やらブツブツと呟かれておりますが、きっとワタシの心からの懇願が、彼等の心に届いたに違いありません。

エレノア・バッシュ公爵令嬢も、「大丈夫！　兄様達は絶対貴方を潰したりしないし、私も潰させないから！　ちゃんと無事にマテオの元に帰してあげるからね!?」と、目を潤ませながら、そう仰ってくださいます。

そのお言葉が止めとなったのか、ご婚約者様方の口から「うん、潰さないよ」との言質を取る事が出来たのです。

女神様。こんな小さき存在にもお慈悲を下さり、心から感謝いたします。

その後、私は言葉のやり取り以外、エレノア・バッシュ公爵令嬢についての一切を秘匿するという誓文に、足スタンプで署名させられ、結界に触れても丸焦げにならないようにしていただきました。

「それじゃあね、マテオに宜しく！」

ワタシに返事を託し、にこやかに笑って見送ってくれたエレノア・バッシュ公爵令嬢に、頷きを返します。

その際、背後にいらしたご婚約者様方の、複雑そうなお顔は敢えてスルーさせていただきました。

こうしてワタシは、大好きなご主人様の元へと再び帰る事が出来たのです。

余談ですが、エレノア様のお返事をお伝えした時のご主人様。

相変わらず憎まれ口を叩かれておいででしたが、そのお顔には、隠し切れない喜びが浮かんでおり、ワタシの心もほっこりとしてしまったのです。ご主人様、良かったですね！

その後も、ワタシとエレノア様との交流……と言う名の、ご主人様との交換日記的やり取りは続きました。

「いらっしゃい！　今日は百合の球根を植えるんだよ！」

そう仰いながら、手を土まみれにされ、楽しそうに球根を植えるエレノア様。

なんでも、ご婚約者様方の誕生日に贈られる花を育てるのだとか。

そう楽しそうに話されるのを、麦わら帽子にちょこんとお邪魔しながらお聞きします。

エレノア様はワタシの知る限り、他のどのご令嬢方とも違ったお方です。

こうして土を触るのも厭わず、自分の為にお相手に何かをさせるのではなく、自分がお相手の為にと、一生懸命頑張られております。

そのうえ、誰に対しても分け隔てなく、朗らかに接せられているのです。

ご婚約者様方をはじめ、周囲の方々は皆、そんなエレノア様をこれ以上はない程優しい眼差しで見つめておられます。

ええ、そうでしょうとも。このようなお方を愛さずにはおれましょうか。

思えば学院でも、エレノア様は一貫してこういうお方でした。

だからこそ、あの女性嫌いのご主人様がご友人としてお認めになり、こうしてワタシを使って交流を深めておられるのでしょう。

もしエレノア様が、お心だけではなく、ご容姿までもが天使のようにお可愛らしい方だとご主人様がお知りになれば、リアム殿下一筋のご主人様もひょっとして……。いえ、たられば話は止めましょう。

それに、その事を暴露した瞬間、ワタシの命は絶たれるのです。

そんな事になってしまえば、ご主人様もエレノア様も悲しまれます。

大切なご主人様方に、そんな思いをさせないよう、今後もエレノア様の真実は、ワタシの心の中に封印の方向でいきたいと思います。

決して命が惜しいからとか、そんな事ではありませんので、あしからず。


『おい、エレノア！　ぴぃに魔力以外のもん食わせんな！　これ以上太ったら飛べなくなるだろうが！』……とは、本日のご主人様のお言付けです。

「あちゃ～！」と仰られているエレノア様は、ワタシがご主人様からのお言葉を持って来るたび、魔力をくださいます。

その魔力は、まるで花の蜜のように甘く、身体が生命力に満ち溢れるような極上の甘露で、頂くたびに幸せな気持ちになります。

ですが更にそれに加え、ワタシの為にと、わざわざクッキーやケーキを沢山用意していてくださるのです。

そのようなご好意を無下にするなど、出来ようはずもありません。

よってワタシは毎回、有難く施しを頂戴しているという訳なのです。

……ですが確かに、少々控えた方がいいかもしれません。

つい先日など、今迄は通り抜けられた結界の隙間にすっぽり嵌り、身動きが取れなくなったところを、呆れ顔のクライヴ様に保護されてしまいましたしね。

あ、そしてお気付きでしょうか？　ワタシに名が付いた事を。

この名前はなんと、エレノア様が付けてくださったのです。

何故エレノア様が名付けをされたのかと言えば、ワタシの名前がないと、『沈黙の誓約』を施す事が出来なかったからです。

あ、そもそもワタシに名がない事を、何故皆様がお知りになられたのかというと、「じゃあ、これ使って君の名前を教えてくれるかい？」と言って、宮廷魔導師団の団長様が文字盤を差し出されたからです。

ワタシは文字盤をピョンピョンと踏み、「ナハアリマセン」と皆様にお伝えしました。

伝え終わった後、団長様が机に突っ伏し、震えておられたのが印象的でした。

そしてその事実を知ったエレノア様が、「貴方、名前が無いの？　……う～ん……。じゃあ、ピィピィ鳴いているから、『ぴぃちゃん』ね！」と、一瞬で名付けをしてくださった訳なのです。

エレノア様のご婚約者様方は、「エレノア……君ねぇ……」「センスが親父並み……。しかも、安直過ぎる……！」「エレノアらしくていいんだけどさ。マテオが怒りそうだね」……等と、まるで可哀想な子を見るような眼差しをエレノア様に向けておられました。

ですがワタシは、この名前を大変気に入っております。

ご主人様の方はと言うと、「エレノア！　お前と言う奴はー!!　なんだ、その名前！　馬鹿にしてんのか!?　私がノート九ページ分、候補を書き連ねて悩んでいたのに!!」などと、激高されておりました。

ですが、ワタシの名前は今でも『ぴぃ』のままです。

なにせ、『ぴぃ』の名で誓約を交わした為、改名した瞬間、制約違反の罰則が発動してしまうのです。

制約違反の代償は、ワタシの命。

その事を知ったご主人様は、ワタシの改名を諦められました。

でもワタシは知っているのです。

ご主人様、なんだかんだ言って、ご友人であるエレノア様が、自分の使い魔の名前を考えてくれた事が嬉しかったに違いありません。

だって、その事をお知りになった時、ちょびっと口の端が上がっていましたから。

ええ。ご主人様は本当に素直ではいらっしゃらないのです。でもそんなご主人様が、ワタシは大好きです。

そんな具合に、素直ではないご主人様と、素直過ぎるエレノア様は、不思議とお気が合うのか、お互いに罵り合ったりしながらも、ワタシを介して仲良くされております。

そのお陰かここ最近など、エレノア様のご婚約者様方の、ご主人様に対する態度も軟化されております。大変に良い傾向です。

エレノア様も、そのお立場ゆえにご友人が少ないので、きっとその事がご主人様への態度の軟化に一役買っているのでしょう。

このお二人が良いご友人関係を構築されていくよう、ワタシも微力ながら、精一杯頑張っていこうと思います。


「……さて。今日はどんなメッセージを持って来たのか、聞かせてくれるかい？」

今現在、ワタシは黒い婚約者様……もとい、オリヴァー・クロス様の執務机の上にて震えております。

そんなワタシに、極上の笑顔を向けるオリヴァー様。

今日も背後の暗黒オーラが禍々しいです。

この方がお屋敷にいらっしゃる時は、大抵エレノア様の元に辿り着く前に捕獲され、こうして検問という名のお言付けチェックが行われます。

あまりにもアレな内容を消去する……というのは建前として、実際はご主人様のメッセージに紛れて、王家の方々のお言付けが入っていないかの確認をされているのです。

実はワタシ、長期連休中に、フィンレー殿下に捕らえられた挙句、今迄のご主人様方のやり取りを、強制的に暴露させられた過去があるのです。

その後、こっそりリアム殿下やアシュル殿下に、エレノア様へのメッセージを託されたのですが、それがうっかり、この方にバレてしまって以降、この検問を終えないとエレノア様の元に行けなくなってしまったのです。

「……うん、今日は大丈夫だったか。でもね、今後いくら偉い人から頼まれたとしても、自分の為にも断る勇気は大切だよ？」

幸い、今回はご主人様のメッセージだけだったのですが、オリヴァー様は笑顔のまま、私にそう仰いました。

直訳すると、「もし殿下方の頼みを聞いて、恋文なんぞ届けたりしたら……分かってるだろうな？」です。

アルバの男の、愛する者への執着と執念、大変に恐ろしいです。

私はコクコクと高速で首を縦に振りました。

ここで逆らうのは得策ではありません。笑顔のまま、滅せられてしまいます。

解放されたワタシは、心に負った深いダメージを払拭すべく、もう一人のご主人様であるエレノア様の元へと飛び立ちました。

ああ……。恐ろしい。今日もまた寿命が縮まりました。

こういう時には甘いものを頂くに限ります。

さて、今日のオヤツは何をご用意してくださっているのでしょうか？　今からとても楽しみです。

——そんなワタシに『痩せるまでオヤツ抜き』の刑が執行されるのは、もう少し先の話……。

あとがき

初めましての方も、一巻、二巻を読んで興味を持って下さった方々も、こんにちは。暁　晴海です。

このたびは、本作品を手に取って下さり、まことに有難う御座いました。心よりお礼を申し上げます。

一巻、二巻に引き続き、『この世界の顔面偏差値が高すぎて目が痛い』の三巻を刊行して頂けました。これもひとえに、本作を読んで応援して下さった皆様のおかげです。本当に有難う御座いました！

今回のお話は、ロイヤルカルテット……つまりは王家直系であるアシュル殿下と、おなじみオリヴァー、クライヴとのガチの睨み合いからスタートしました。

そして、エレノアの溺愛要員は性別を超え、第三勢力の聖地たる『紫の薔薇の館《ヴァイオレット・ローズ》』にまで拡大中であります。

思いもかけず、素敵なオネェ様方や義理の母（?）が増え、その彼女らにより、エレノアだけではなく、婚約者達を含めたエレノア親衛隊の意識改革にも波及しましたね。
それにより、エレノアの婚約者達に対する気持ちも、ようやっと形になって進展したような気がします。今後その気持ちが、どのように育っていくのか、その過程を面白おかしく書いていけたらと思います。

そして、エレノアにとってもアルバ王国にとっても不穏な国、獣人王国が出てまいりました。しかも、エレノアとオリヴァーが共に、獣人王国であるシャニヴァ王国の王子・王女の番である事が判明。色々と絡まれて嫌な思いを味わわされております。
レナーニャ王女の執着が、今後エレノアとオリヴァーにどう影響していくのか。また、裏で暗躍する国同士の思惑が、どのような結末を迎えるのかが、大注目です。

今回も、美麗な表紙&口絵&挿絵をこの世に生み出して下さった、茶乃ひなの様。タイトル通り、目が痛い程の神々しいキラキラっぷりが最高です！　なんといっても、今回もエレノアが最高に可愛いらしい！　執筆作業の大きな潤いと励みになりました。感謝感謝です。

最後に、今迄発刊された本に引き続き、沢山のアドバイスを下さった担当様。そしてこの本の出版に携わって下さった全ての方々に、今回も心からの感謝を捧げさせて頂きます。
皆様、本当に有難う御座いました。

暁　晴海

この世界の顔面偏差値が高すぎて目が痛い

@COMIC

コミカライズ第一話試し読み

漫画◆雨宮潔

原作◆暁晴海　キャラクター原案◆茶乃ひなの

TOブックス

真山里奈 18歳
本日晴れて大学デビューを迎えることになります！
――…と思ってたのに
トッ
グラァ…
あれ……
急に意識が…

パチッ
!?

意識を失い
目覚めた先には
見知らぬ
イケメンたちがいた
この時
私は悟った
ダラ
ダラ
突如
異世界へ転生して
しまったのだと
第1話

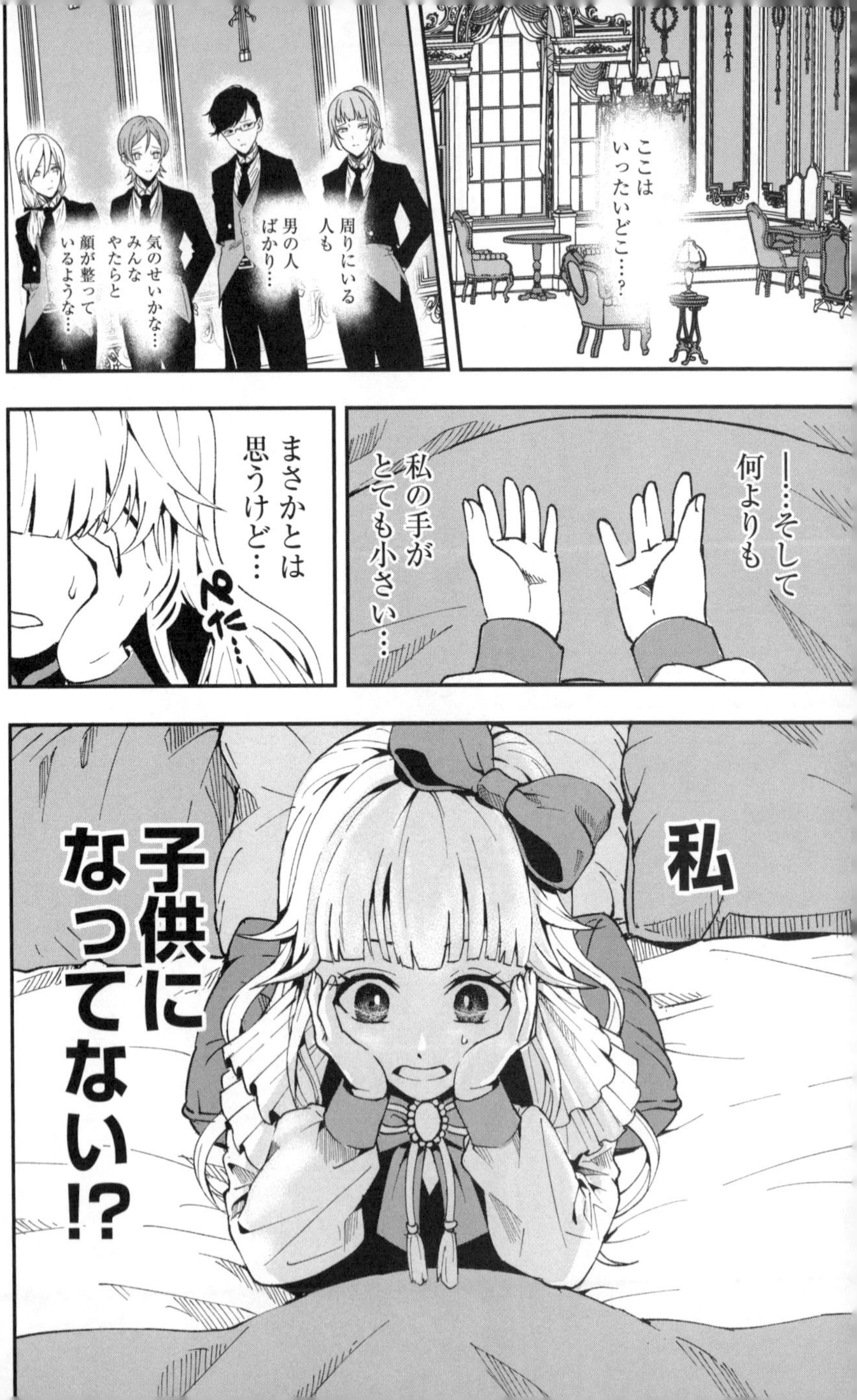
ここはいったいどこ…？
周りにいる人も男の人ばかり…
気のせいかな…みんなやたらと顔が整っているような…
…そして何よりも
私の手がとても小さい…
まさかとは思うけど…
ぺた…
私子供になってない!?

エレノア！
よかった…
目が覚めたんだね!!
エレノアって…
私のこと…？
えっと…
いきなり倒れたから
みんな心配したよ…
大丈夫かい…？
みんな…？
チラッ
そっか…
私が転生した
この子は
急に倒れて
みんなを
心配させちゃった
んだ…

だったら！
ぴょんっ
シュバッ
私がやるべきことはひとつね！
ギョギョッ
深々ー
まずは誠意を込めて謝罪よ!!
皆様 ご心配をお掛けして申し訳ありませんでした
?!!

シーン…
あれ……この…水を打ったような静けさはなに……？
誰か何か言って欲しいんだけど…
い……
い……？

医者を呼べ!! エレノアがおかしくなってしまった!!
なんでそうなるのよ!?
記憶喪失だね
しかも原因不明
ふらっ…
エレノアが…
原因不明の…記憶喪失…?
だあああっ…

エレノアが記憶喪失…
ぐぬぬ…
じゃあ何かあったらまた呼んで
お世話になりました
エレノアって子が記憶喪失ってことになってパニックになってる…
とりあえず 今は私が誰で ここがどんな世界か 知る必要ある訳だけど…
チラッ…
あの男の子に この子の記憶喪失に かこつけて情報を 聞き出せないかな…？
うぐぐっ
すごく苦しそうだけど…
CORONA EX
続きは コロナEX にてお楽しみください
TObooks

この世界の顔面偏差値が高すぎて目が痛い3

2023年10月1日　第1刷発行

著　者　暁 晴海

発行者　本田武市

発行所　TOブックス
〒150-0002
東京都渋谷区渋谷三丁目1番1号　PMO渋谷Ⅱ　11階
TEL 0120-933-772（営業フリーダイヤル）
FAX 050-3156-0508

印刷・製本　中央精版印刷株式会社

ISBN978-4-86699-952-4